CONTRA-BASS

Titelfoto: © Andreas Bahlmann

1. Auflage 2020
Ausstattung, Herstellung und ©:
Literarischer Verlag Edition Contra-Bass UG Hamburg
Homepage: www.contra-bass.de
E-mail: contra-bass@orange.fr
Druck+Einband: Centre Littéraire d'Impression Provençal, Marseille
ISBN 978-3-943446-45-6
Alle Rechte vorbehalten

Die Edition Contra-Bass unterstützt die Förderung einer freien, unabhängigen Verlagslandschaft in der Kurt-Wolff-Stiftung KWS.

www.kurt-wolff-stiftung.de

Andreas Bahlmann

AMOUR BLEU

Roman

Liebe ist eine Sache der Duldung und riecht unangenehm.
Tränen sind kein Ausdruck des Leidens, sondern eine Waffe des Mitleids.
Für Umarmungen in meiner Kindheit reicht die Erinnerung nicht aus.
Stattdessen war ich viel alleine und mein Herz pulsierte unbarmherzig gegen die Einsamkeit an, aber auch gegen den Tod, der mich jederzeit ereilen konnte.
Der Herzschlag beruhigt und hält die chronische Todesangst am Leben.
Der Tod soll wie Schlaf sein, nur länger und noch dunkler, schwarz halt und lautlos, vollkommene Stille.
Man muß jederzeit darauf vorbereitet sein, mit einer reinen Seele.
Also empfiehlt es sich doch besser, das Einschlafen zu vermeiden.
Übrig blieben der Spott und die Unfähigkeit zu lieben.
Die Wut auf Tränen.
Die Heimatlosigkeit und die Suche nach irgendeiner Zugehörigkeit, aber auch die Mitleidlosigkeit mit dem Selbstmitleid.
Übrig blieb die kalte Gefühlsdecke der höhnischen Erpressung nach der Umarmung.
Vertrauen macht dich nur erpressbar, und die Eltern sind Verbündete des Fegefeuers.
„Es ist nur zu Deinem Besten!" lallte die urvertraute Stimme aus dem eisigen Nichts der Erinnerung, während ich gegen den Brechreiz ankämpfte, den der besoffene Gestank seiner Worte in mir erzeugte, bevor ich verprügelt wurde, um mich für das Leben abzuhärten. Manchmal zerbrach der Kleiderbügel an der Härte des Lebens, das angeborene Urvertrauen am splitternden Holz.
Später meine Liebe.
Sie war gegangen.
Der Platz neben mir war leer.
Ich war entsetzt, vielleicht auch verzweifelt, aber nicht überrascht.

Ich hatte es so sehr gewollt, auch versuchen wollen.
Und ich war wieder allein, mein Leben kannte sich damit gut aus.
Da war ich sicher vor dem Vertrauen zu anderen.
Und auch frei von dem Vertrauen der anderen.
Aber ich hatte Liebeskummer, und es schmerzte unendlich.
Ich schaute aus dem Fenster.
Mein zerrissenes Herz, meine rotgeweinten Augen, lautlos versiegende Tränen, die sich in salzigen Flussbetten durch mein rotfleckiges, erschöpftes Gesicht fraßen.
Tränen wie brennender Regen erzeugten Feuerqualen, so heiß, daß sie mich vor Kälte erfrieren ließen, ...weil unsere Liebe zerbrochen war.
Sie hatte ihren Kopf nach vorne gebeugt, ihre langen, dunklen Locken hingen herab, teilten sich an ihrem Hals und legten ihren schönen Nacken frei. Ich wollte ihn küssen, tat es aber nicht, weil ich es einfach nicht konnte.
Ich tat und konnte vieles nicht, auch wenn ich es mir sehr wünschte, aber früher oder später wird es dann doch wieder gegen dich gedreht und brutal in deine Seele zurück gestochen.
Also blieb ich stumm sitzen.
Sie schüttelte kurz und heftig ihre Haare und schaute mich aus großen, mit Tränen gefüllten Augen an. Aus ihrem sanften Gesicht schrie eine tiefe Traurigkeit. Es schnürte mir die Kehle und mein Herz zu und fesselte mich, zu keiner Bewegung fähig, auf meinem Platz. Ich begann, an ihren Gefühlen und meinen Gefühlen qualvoll zu ersticken. Sie wischte sich mit ihrem grazilen Zeigefinger unter ihrer Nase entlang und schluchzte schniefend.
Wie sehr wünschte ich mir, die salzigen Perlen ihrer von Tränen benetzten Augen mit meinen Lippen aufzunehmen, sie zu trösten oder sie wenigstens zu umarmen.
Aber ich konnte es nicht.
Es ging einfach nicht.
„Es ist nur zu Deinem Besten!" lallte es höhnisch aus dem eisigen Nichts.

Ich wollte Isabelle, aber wieso konnte ich ihre Liebe und ihre Umarmungen manchmal nur ertragen?
Wie ein Tiger in seinem zu kleinen Käfig lief ich vor den Gitterstäben meiner Seele auf und ab. Mein Herz stolperte beim verzweifelten und doch vergeblichen Versuch, mit heftigen, sich selbst überschlagenden Pulsschlägen meine Liebe zu ihr hinaus zu pumpen.
Die Gitterstäbe standen zu fest und hielten dicht, so sehr ihre Augen auch flehten.
Jeder ihrer Wimpernschläge schnürte das Vakuum enger um meine nach Luft ringende Liebe.
Alles tat weh, viel mehr als alles.
Dann war sie schluchzend aufgestanden und wortlos gegangen.
Sie ließ nicht nur mich zurück, sie ließ einfach alles zurück.
Und ich war sitzen geblieben.
Stumm schrie ich immer wieder ihren Namen heraus, aber sie würde mir nicht mehr antworten.
Sie würde es nicht mehr wollen, es war vorbei.
Isabelle war fort.
Ihr Platz fühlte sich immer noch warm an, und meine Tränen konnten diese Liebe nicht zum Erkalten bringen.
Früher hatte ich nie geweint. Jetzt wollte ich so sehr, dass sie noch vor mir sitzen würde, auf dem grünen Samtkissen am Boden, zart lächelnd aus ihren großen Augen schauend, mit behutsamer Zärtlichkeit und verspielt eine Haarsträhne um ihre Finger wickelnd, um sie dann aus ihrem Gesicht zu streichen.
Ich liebte Isabelle. Ich hätte es ihr sagen und zeigen müssen! Aber darf man einem Menschen, den man liebt, auch gleichzeitig vertrauen? Meine Erinnerungen reichten dazu nicht aus.
Aber Isabelle musste es doch gefühlt haben, meine Gedanken, mein Verlangen nach ihr ...
Es hatte sich alles wie in einem Film abgespielt, und dieser verdammte Film sollte endlich aufhören und gefälligst ein „Happy-End" haben, so wie alle anständigen Liebesfilme.

Aber dieser Film ließ sich nicht abstellen, und meine Tränen des Schmerzes, der Liebe, der Sehnsucht und der Wirklichkeit gruben sich ihren Weg durch mein Gesicht.
Mühsam versuchte ich, meine Gedanken und Gefühle klar zu kriegen und den Weg zum Plattenspieler zu finden, um diesem sinnlos gebrauchten Tag noch irgendeine sinnvolle Wendung zu geben.
Liebeskummer kann durchaus sinnvoll sein, und er hat gewiß auch seine tiefe Berechtigung, aber er nervt genauso sehr wie er schmerzt, weil er alles lähmt und man die verlorene Liebe erst durch den Verlust neu entdeckt oder sogar nur durch den Verlust diese Liebe überhaupt erstmals spürt.
Irgendwie schaffte ich es, mich zu erheben.
Von tonnenschwerer Leere niedergedrückt durchfingerte ich meine Schallplatten, um mein auf Liebeskummer maßgeschneidertes Stück zu finden, welches meinen untröstlichen Gemütszustand in sich aufnehmen und ihm eine Stimme geben könnte. Es würde meine Sehnsucht zwar ins Unermeßliche steigern, sollte aber helfen. Früher gab es ein paar Freunde, die erzählten so was. Sie kannten sich wohl ziemlich gut in Liebesdingen aus, zumindest redeten sie viel darüber. Mir blieb mehr das interessierte Zuhören und manches klang ganz brauchbar.
Hatte man seine musikalische Auswahl getroffen, wäre der Weg frei für das ungehemmte Zerfließen in Selbstmitleid. Danach das nahezu vollständige Erlahmen der Arbeitsfähigkeit, einhergehend mit dem Erliegen jeglicher Hygiene-Motivation und der theatralischen Erkenntnis der verflossenen Liebe als DIE eine, absolut große und wahre Liebe.
Zur Erlangung der angemessenen sozialen Aufmerksamkeit im gesellschaftlichen Umfeld lässt sich dieses komplexe Pathos-Gesamtpaket außerdem äußerst effektiv durch das laute Hören von Musik abrunden... das zerbrochene Herz mußte schließlich tränenreich wieder zusammengepuzzelt werden, auch wenn ich mich fragte, wofür und für wen.
Der Pathos des Selbstmitleids triumphierte. Ich litt Höllen-

Qualen und ich ging aufs Ganze. Es landete „Unchained Melody" von den Righteous Brothers auf dem Plattenteller.
Eine der besten Entscheidungen, die diese schweren Stunden für mich treffen konnten...
„...Oh...my love...my darling...I´ve hungered for your touch ..." schluchzte es triefend aus dem Lautsprecher.
Diese nicht nur erstklassig gesungene, sondern auch unverhüllt kitschige und gerade deswegen so erstklassige Rock´n´Roll -Schnulze beantwortete nicht nur nahtlos sämtliche Fragen meines todunglücklichen Daseins, sondern steigerte meinen Liebes-Schmerz noch einmal dramatisch – es war großartig!
Die eisige Decke der Vergangenheit wurde auf der Überholspur ausgebremst.
Tränen, Verzweiflung, Selbstmitleid und das Glorifizieren der verlorenen Liebe..., all das konnte ich jetzt nochmals ungehemmt beweinen, betrauern und beschmerzen.
Meine Erinnerung rebellierte mit vehementer Ratlosigkeit, schaute schließlich betreten weg und schwieg mit eisigem Hohn.
Das Lied war viel zu früh zu Ende, meine Bilder der Liebe blieben.
Aber waren es auch ihre?
Es gab diese lähmenden Momente, ihre stillen Tränen der Einsamkeit, auf die ich nur mit Sprachlosigkeit reagierte.
Isabelle saß im Schneidersitz vor mir und lächelte traurig. Ich wollte sie berühren, ihre Haut riechen, aber meine Sinne trieben haltlos in der trüben Gefühls-Leere, und mir ging es noch viel schlechter als vorher. Liebeskummer ist eine beinharte Realität, dabei überhaupt nicht alltagstauglich und vor allen Dingen unmöglich zu ignorieren...
Zum Teufel damit!
Sollten doch alle an meinem Liebeskummer teilhaben, der so musikalisch punktgenau von den Righteous Brothers getragen wurde!
„Oh...my love...my darling..." dröhnte es nun entschieden lauter nicht mehr nur durch meine kleine Wohnung.

Wahrscheinlich fielen sich mittlerweile im Treppenhaus alle Hausbewohner inniglich in die Arme.

Danach folgte Led Zeppelins Jahrhundert-Ballade „Stairway to Heaven", natürlich dreimal hintereinander. Anschließend drängte sich Led Zeppelin mit „Black Dog" auf den Plattenteller. „Hey, hey Mama, said the way you move, gonna make you sweat, gonna make you groove…" kreischte Sänger Robert Plant, bevor die Band, unnachahmlich angetrieben von Schlagzeuger John Bonham, dieses Stück in die Rockgeschichte hämmerte.

Die wilde Rückkehr meiner Seele und meines Herzens löste schlagartig schieres Entsetzen in mir aus.

Also sofort zurück zu den Righteous Brothers… und dieses Mal volle Pulle! „OH…MY LOVE…MY DARLING…" brüllte es nun bis zum Verzerren aus der Box, durch das Haus, hinaus auf die Straße und über die Stadt.

Reflexartig stieß ich unwirsch gegen den Tonarm auf dem Plattenteller. „…MY DAR… …" verabschiedete sich mit einem laut keifenden Kratzen ins musikalische Exil. Es reichte.

Mir ging es immer noch saumiserabel, aber das Leben mit seinem ganzen Schmerz begann dennoch wieder in musikalisch korrekten Bahnen zu pulsieren, um in deren Sicherheit hinein zu schlüpfen. Die Plattennadel hatte den Rock´n´Roll-Kitsch weggekratzt und George Thorogoods Version von „One Bourbon, one Scotch, one Beer" vertrieb mit seinem gnadenlosen Boogie, acht Minuten und sechsundzwanzig Sekunden lang, meine geistige Liebeskummer-Lähmung.

Ich musste raus…, aber nicht, um in irgendeiner Bar zwei Whisky – einen Bourbon und einen Scotch – anschließend mit einem Bier hinunter zu spülen…

Ich mußte einfach raus, um nicht mit den nächsten Atemzügen mein elendiges Leben auszuhauchen.

Mühsam rappelte ich mich auf, zwängte meine Füße in die Turnschuhe und griff mit kraftloser Entschlossenheit nach meiner Jacke.

Ich schaffte es ohne Zwischenfälle die Treppen hinunter und trat vor die Haustür. Draußen war es dunkel und naßkalt, trotz

des Frühlings, Anfang Mai. Es hatte geregnet und ich schaute in einen mondlosen, aber sternklaren Nachthimmel.
Ich fror und zitterte in Schauern am ganzen Körper. Die vielen Tränen hatten mich körperlich und seelisch ausgemergelt, und der Heulbojen-Gesang der Righteous Brothers hatte mir den letzten Rest abverlangt.
Ich holte tief Luft und fühlte erneute Tränen in mir hochsteigen. Meine Augen brannten, aber ich ging nach vorne und nicht zurück in die Wohnung.
Hinter mir fiel die Tür ins Schloß, und ich stand wie betäubt auf dem Gehweg.
„Guten Abend, Monsieur", hörte ich von gegenüber eine mir vertraute, freundlich warm klingende Stimme. Mein verschwommener Blick erahnte eine menschliche Silhouette, aber mein Gehör täuschte mich nicht.
Es war Djamal, der Inhaber des kleinen Lebensmittel-Magazins an der Ecke auf der anderen Straßenseite.
Anfang der sechziger Jahre, während der Kriegswirren in Algerien, war er als kleines Kind mit seinen Eltern nach Paris gekommen. Dort galt es zwar auch, gerade für Algerier, harte Lebensbedingungen zu meistern, aber sie waren dort sicherer als in ihrer Heimat, worüber sie sehr froh und dankbar waren. Djamals Vater Faruk ernährte die Familie als Straßenarbeiter. Sie lebten in sehr beengten Verhältnissen im Pariser Arbeiterviertel Belleville, wo Djamal seine Kindheit und Schul-zeit verbrachte. Er war das jüngste von fünf Kindern. Sie teilten sich mit acht Personen eine Dreieinhalb-Zimmer-Wohnung, und seine Mutter Rana kümmerte sich liebevoll um die Kinder und lachte viel mit ihnen. Sie waren eine fröhliche Familie. Nachdem er die Schule beendet hatte, arbeitete Djamal, wie sein Vater, als Straßenarbeiter.
Irgendwann, an irgendeiner Straßenbaustelle, als er mit Schaufel und Spitzhacke auf einem Gehweg inmitten aufgestapelter Pflastersteine eine tiefe Grube ausschachtete, lief ihm Azzedine über den Weg.
Es war Liebe auf den ersten Blick.

Als er dann mit Azzedine seine eigene Familie gründete, zogen sie in den Pariser Vorort La Garenne Colombes, weil ihm ein Cousin seines Vaters, der sich zur Ruhe setzen wollte, sein kleines Geschäft zur Übernahme angeboten hatte. Die junge Familie nahm das Angebot dankend an. Das Leben war hier etwas einfacher und beschaulicher, die Wohnungsmiete günstiger und der Straßenverkehr außerdem weniger gefährlich für die Kinder. Djamal fegte, wie jeden Abend und Morgen, den Gehweg und Eingangsbereich vor seinem kleinen Magazin. Das scharf bürstende Geräusch seines Reisig-Besens hallte zwischen den Hauswänden und erfüllte die ansonsten menschenleere Straße.

Ich erwiderte seinen Gruß nicht und schaute nur wortlos zu ihm hinüber. So freundlich es mir mein Gemütszustand ermöglichte, winkte ich mit einer fahrigen Handbewegung zurück.
Ich brachte sogar ein kurzes Lächeln zustande und wollte eigentlich stillschweigend weitergehen.
„Hey, Gottfried! Er kann nichts dafür, dass es dir so schlecht geht – er hat dir nichts getan," schob es sich in meine trübsinnigen Gedanken und meine vom schlechten Gewissen gesteuerte Höflichkeit drängte mich mit schweren, schlurfenden Schritten hinüber auf die andere Straßenseite, zu Djamal. Sein Geschäft lag ebenerdig in einem Eckhaus an der Einmündung zur Rue Colbert, schräg gegenüber von meinem Hauseingang. Das war sehr komfortabel, denn ich brauchte immer nur über die Straße zu fallen, wenn ich etwas benötigte.
Djamal kannte fast jeden im Viertel, und seine immer freundliche Art war beliebt. Sein kleiner Laden war ein steter Treffpunkt lebhaft miteinander plaudernder Anwohner der näheren Umgebung, die dann in kleinen oder manchmal auch größeren Gruppen vor oder in seinem Geschäft zusammen standen und den neuesten Tratsch aus Nachbarschaft und Weltpolitik austauschten. Vom frühen Morgen bis manchmal sogar tief in die Nacht traf man ihn in seinem kleinen Laden an

der Straßenecke an, und er war immer freundlich, immer gut gelaunt und offen für einen kleinen Plausch.
Nie beklagte er sich und nie erlebte ich ihn krank.
Seiner Familie galt seine ganze Liebe.
Sein kleines Geschäft war sein ganzer Stolz, für das er hart arbeitete, um seine Familie ernähren zu können. Wenn er neue Waren für seinen Laden besorgte oder andere Dinge zu erledigen hatte, vertrat ihn Azzedine. Die beiden hatten zusammen vier Kinder im Alter von vier bis neun Jahren, alles Mädchen.
Azzedine war eine bildschöne Frau, in deren Gesicht sich allmählich der anstrengende Familien-Alltag einzugraben begonnen hatte. Sie blieb dennoch bildschön. Im Gegensatz zu vielen ihrer weiblichen Landsleute band sie sich kein Kopftuch um, es sei denn, das Wetter war kalt oder es regnete. Sie trug ihre langen, fast tiefblau schimmernden schwarzen Haare meistens offen und mit anmutigem Stolz. Nach Schulschluss alberten ihre vier Töchter fröhlich lachend und spielend im Laden oder auf dem Bürgersteig vor dem Geschäft herum. Azzedine und Djamal ermahnten sie ab und an kopfschüttelnd und liebevoll lächelnd, aber auch zur Mäßigung, wenn es etwas zu wild wurde. Manchmal, wenn sie sich unbeobachtet wähnten, tauschten sie kleine, liebevolle Zärtlichkeiten aus, streichelten einander sanft über die Wangen oder gaben sich auch mal verstohlen ein Küsschen. In der Herkunfts-Kultur ihrer Eltern war so etwas in der Öffentlichkeit verpönt, aber man lebte ja in Frankreich, in Paris, in der Stadt der Liebe.
Ich betrat das kleine Magazin. Djamal hielt mit dem Fegen inne, lehnte seinen Besen an eine der ausgestellten Obst- und Gemüsekisten, folgte mir und trat hinter seinen Verkaufstresen. Nach all den Jahren war selbst in diesem kleinen Schritt noch keine gedankenlose Routine erkennbar. Djamal zelebrierte dieses Einnehmen seines Platzes immer noch mit sichtlich ungebrochenem Genuss, und diese Freude übertrug er in einer unaufdringlichen Art und Weise überall im Verkaufsraum und auf die Kundschaft. Man kaufte einfach gerne bei ihm ein, auch,

wenn es bei ihm etwas teurer als im Supermarkt war, der sich ein paar Straßen weiter befand. Aber dafür fand hier das Leben statt, und das konnte man für keinen Preis der Welt kaufen.
„Haben Sie die Musik so laut gehört, Monsieur Gottfried?" fragte mich Djamal. Ich nickte nur bejahend.
„Ich mag dieses Lied, Monsieur Gottfried. Es ist schön, eine schöne Melodie." Damit hatte ich überhaupt nicht gerechnet! Ich war überrascht, denn mit keiner Silbe erwähnte er die brutal hohe Lautstärke, die mindestens straßenbeschallend gewesen sein musste,... kein Wort der Beschwerde,...nichts dergleichen.
Djamals innere Ruhe und sein Lebensglück waren beneidenswert, weil es ihm trotz der täglichen harten Arbeit eine solche Gelassenheit bescherte. Ich mochte ihn vorher auch schon, aber jetzt erst richtig.
„Monsieur Djamal...," begann ich zögerlich, „... wir kennen uns doch schon eine ganze Weile..., wollen wir nicht ‚Du' zu einander sagen?"
Djamal lächelte und reichte mir zur Antwort die Hand: „Gern!" Mit einem herzlichen Händedruck besiegelten wir das „Du".
Dann deutete ich auf die Zigaretten im Regal hinter ihm, und er gab mir eine kleine Schachtel französischer, filterloser Gauloises und eine Packung Streichhölzer. Er sah mich mit einem leicht verwunderten Gesichtsausdruck an: „ Was ist mit dir? Du hast doch noch nie Zigaretten bei mir gekauft. Es geht dir nicht gut, nicht wahr?"
„ Leider nein", entgegnete ich matt.
„ Was fehlt dir denn? Bist du etwa krank?"
„Die Liebe, sie fehlt mir..." sagte ich und sah ihn traurig an.
Djamal musterte mich mit einem Blick der Anteilnahme und sagte nur:
„...Isabelle...?"
„Ja...," nickte ich und kämpfte gegen erneut aufsteigende Tränen an.
Ohne weitere Worte zu wechseln legte ich ihm das Geld für die Zigaretten auf den kleinen Tresen. Er öffnete eine Schublade

unter dem Tisch, und die Münzen fielen klackernd hinein. Beim Verlassen seines Geschäfts drehte ich mich noch einmal zum Abschied um, und Djamal wünschte mir mit einem aufmunternden Lächeln alles Gute. Ich lächelte zurück.
Draußen folgte ich der Rue Pierre Brossolette, die entlang der Bahngleise verlief. Ich schaute nach oben und sah mein Zimmerfenster. Gleichgültig stellte ich fest, daß drinnen noch das Licht brannte und ein Fensterflügel nur angelehnt war. Ich wohnte im vierten Stock und zu holen gab es bei mir nichts, außerdem war es mir egal.
Ich nahm eine Zigarette aus dem Päckchen, steckte sie an und inhalierte tief. Der harte Rauch brannte in meiner Lunge. Ich unterdrückte reflexartig einen starken Hustenreiz, der alles nur noch verschlimmert hätte. In meinem Mund und Rachen breitete sich ein Geschmack aus, als hätte ich in einen verkokelten Balken gebissen.
Aber ich rauchte tapfer weiter.
Die Sehnsucht zerfraß mir bereits mein Herz, als Zugabe fühlte ich mich jetzt auch noch wie innerlich ausgeräuchert. Alles um mich herum, mein Dasein, geschah wie ferngesteuert. Ich wurde gegangen, vorbei an der kleinen Bäckerei und dem Friseur-Laden, dann wurde ich die Straße überquert, die Eisenbahnbrücke wurde mühsam bezwungen, und der Bahnsteig 2 landete unter meinen Füßen, wo man die Bahn in die City von Paris besteigen konnte.
Der Bahnhof lag in bequemer Sichtweite unter meinem Wohnungsfenster. Die rumpelnden Züge und mich trennten nur vier Stockwerke mit knarrenden Holztreppen und wenige Straßenmeter Fußweg.
Das quietschende Bremsen der einfahrenden, das laute Dröhnen der abfahrenden Vorstadtzüge und RER-Bahnen war tagsüber alle paar Minuten zu hören, abends weniger. Nachts zwischen halb drei und vier Uhr ruhte der Bahnhof der Pariser Vorstadt „La Garenne Colombes".
Mich störten die Züge nie, ganz im Gegenteil.
Ich mochte diesen Teil meines neuen Lebens, besonders wenn

15

es dunkel war und jedes Geräusch wichtig wurde, weil es sich nicht mehr mit dem Tageslärm vermischte. Die zischend öffnenden Türen, die bedachtsamen oder stolpernden Schritte der aussteigenden Nachtschwärmer, das Klacken der Absätze, das Reißen eines Streichholzes oder Klicken eines Feuerzeuges, welches die eigene Ankunft oder das Weiterfahren des Zuges mit dem Anzünden einer Zigarette quittiert. Die schabenden Schritte auf den Treppenstufen der Eisenbahnbrücke, das Bellen eines Hundes irgendwo in der Ferne oder das Miauen einer Katze im Hinterhof um die Ecke... ich liebte diese geräuschvolle Kulisse des Lebens.
Nach einer gefühlten Ewigkeit näherte sich ratternd die RER-Bahn. Eine Ewigkeit voller schwermütiger Gedanken, die nicht aus dem Herz entweichen wollten, zu sehr zerrte in mir die Liebe nach Isabelle.
Henri hatte also tatsächlich Recht gehabt.
Henri?
Wieso kam ich jetzt bloß auf Henri?
„Ja,... ich weiß, Henri", sagte ich im gedanklichen Dialog zu mir selbst:
„Es ist nicht gutgegangen mit uns beiden ..."
Aber ob es wirklich an unseren Sternzeichen lag, wie er damals orakelt hatte?
Ich wußte nur so viel: Mit Isabel war es anders geplant und gehofft gewesen,... wenn ich denn überhaupt einen Plan oder eine Hoffnung gehabt haben sollte...
Nur spielte das jetzt überhaupt keine Rolle mehr.
Die Metro hielt an, die Türen öffneten sich zischend. Der Sog dieser geöffneten Stahlschlange nahm mich in ihrem Inneren auf und plazierte meine willenlose und weinerliche Existenz auf einer muffig riechenden, leicht speckigen Kunstleder-Sitzbank.
Die ratternde Reise auf den Gleisen zu dieser einzigartigen Großstadt schüttelte meinen guten Freund Chandon in meine Gedanken.
Unsere Freundschaft begann zufällig in einem Pariser Bistro-

Café, ausgelöst durch einen umgefallenen Stuhl.
Zufällig?
So richtig mag ich nicht an Zufälle glauben. Sie erweisen sich doch meistens als Verkettungen von Zufälligkeiten, deren jeweilige Geschichten beinahe zwangsläufig, aber zufällig zusammengeführt werden, was dann wiederum vom Zufall abhängt.

Damals wurde in diesen Pariser Bistros noch viel geraucht, und beim Betreten empfing einen diese unvergleichliche Geruchs-Melange aus Pastis, Rotwein, Espresso und dem unparfümierten Tabakqualm der französischen Gauloises oder Gitanes.
Die kleinen blauen Zigarettenschachteln mit dem Gallier-Helm oder die flachen, blauen, aufschiebbaren Pappschachteln mit der abgebildeten Tamburin spielenden und tanzenden Zigeunerin, waren als französisches Kulturgut überall erhältlich.
Ich liebte diesen süßlich-herben, schweren Geruch und die leicht hallige Akustik der Bistros mit ihren gefliesten Böden, auf denen nach Feierabend die graue Asche, ausgetretene Zigarettenkippen, zusammengeknüllte Papierservietten, leere Zuckertütchen, heruntergefallene Baguette- oder Eierschalenreste vom Kellner, manchmal auch vom Patron selbst, mit Besen und Kehrblech zusammengefegt wurden. Aber nicht selten wurde der ganze Boden-Unrat auch mit Schwung über den Gehweg in den Rinnstein gefegt, um dort den im Morgengrauen auftauchenden, sich träge vorwärts schleichenden, alles in sich aufsaugenden Kehrmaschinen, gelenkt von dösenden, stumpf und müde dreinblickenden Fahrern, zum Fraß vorgeworfen zu werden.
Damals betrat ich um die Mittagszeit das Bistro-Café „Les Colonnes" in der Rue du Général Leclerc, nahe der Metro-Station Issy-les-Moulineaux.
Drinnen war es ziemlich voll und laut.
Die französische Lebhaftigkeit und legere Lebensart vermischte sich mit dem geschäftig-hektischen Geschirr-Geklapper, übertönt vom kreischenden Zischen der Kaffee-Maschinen beim Zubereiten von Espresso und Milchschaum.

Ich schaute mich nach einem freien Platz um.
Ich verspürte keine Lust auf einen Kaffee im Stehen an der Theke, auch wenn der Verzehr von Getränken oder essbaren Kleinigkeiten dort preiswerter als auf einem der Sitzplätze war. Am teuersten war es draußen, an einem der Tische an der Straße, wegen der längeren Bedienungs-Wegstrecke.
An der Theke hingegen erfuhr man die Vorzüge einer schnörkellos direkten, jede Überflüssigkeiten vermeidenden Bedienung.
Entweder wurden das Getränk oder der kleine Imbiss resolut knackig vor dir abgestellt oder rutschten mit viel Schwung und punktgenauem Stopp zu deinem Platz. Man brauchte nur noch die Hand zu senken, einzutauchen und umzurühren, wenn man bereits einen Löffel in der Hand hielt oder einfach reinzubeißen.

Am Fenster, an einem der kleinen runden Tische, entdeckte ich einen freien Platz. Ich bahnte mir einen Weg durch die eng sitzenden, schwatzenden, flirtenden, lesenden und lachenden Bistro-Gäste und blieb am Tisch hinter dem freien Stuhl stehen. Gegenüber saß ein etwas unscheinbar und älter aussehender Mann. Er schien tief in seine Gedanken versunken und schaute seitlich nach draußen. Seinen dunklen, grobstoffigen Mantel hatte er nicht abgelegt, ebenso wenig seine Baskenmütze. In seinen Händen hielt er behutsam eine Postkarte. Vor ihm auf dem Tisch stand auf einem dickrandigen Unterteller eine leergetrunkene Espresso-Tasse, an deren Rand sich braune, verkrustete Spuren heruntergelaufenen Espressos abzeichneten.
Inmitten dieser lärmenden, lebhaften Umgebung strahlte der Mann eine seltsame aber angenehme Ruhe aus, beinahe wie eine Oase der Stille.
Ich fragte ihn, ob der Platz an seinem Tisch noch frei wäre.
Sofort tauchte er freundlich lächelnd aus seinen Gedanken auf und bot mir mit einer einladenden Geste den freien Stuhl an. Ich setzte mich dankend und bestellte einen doppelten Espresso.

Mein Gegenüber orderte das Gleiche.
Wir schauten durch das Fenster und verfolgten schweigend das geschäftige Treiben draußen auf der Straße. Vor uns stauten sich ungehalten hupende Autos, die nicht weiterfahren konnten, weil ein Lieferwagen auf der Fahrbahn parkte. Sein Fahrer, ein untersetzter Mann in Latzhose, mit schmutzig-gelb erkaltetem Stummel einer filterlosen Maispapier-Zigarette zwischen seinen Lippen, stand vornübergebeugt, vom Hupkonzert gänzlich unbeeindruckt, in der geöffneten Hecktür seines Vehikels und lud in aller Seelenruhe seine Warenkartons aus. Wieder andere Autos hupten nervös, weil die Vorderleute nicht zügig genug durch den Verkehr drängten. Klingelnde und laut knatternde Mopeds suchten im Slalom schlängelnd ihren Weg durch die überfüllten Fahrspuren. Fußgänger, selten mal ein Radfahrer, passierten den Bürgersteig vor unserem Fenster. Die meisten Passanten gingen eiligen Schrittes vorbei. Einige hielten Aktentaschen in der Hand, manche hatten lange Papprollen unter den Arm geklemmt und hetzten zum nächsten Termin. Ein Grüppchen von jüngeren und älteren Frauen stöckelte, mit ihren an feinen Riemchen in der Armbeuge hängenden Handtaschen, fröhlich schwatzend an uns vorbei.
Etwas weiter weg schien ein eng umschlungen flanierendes Liebespaar das hektische Geschehen um sich herum komplett auszublenden.
Das Geschenk der Liebe, eine wohltuende Ausnahme angesichts der rastlos hastenden und eilenden Passanten-Gemeinde. Einige übertrieben es mit der Terminhetze und rempelten rücksichtslos einen auf seinen Handstock gestützten vorsichtig dahintappenden Greis an. Andere verfehlten im Sprint gegen die Zeit nur um Haaresbreite eine mit schweren Tragetaschen bepackte, gebeugt gehende alte Frau, die dadurch fast zu Fall kam.
Die alten Leute hatten unendlich viel Zeit und Würde in ihren Bewegungen und erschienen wie lebende Mahnmale wider die Hetze des geschäftigen Lebens.
„Was für ein irrsinniger Wahnsinn", dachte ich beim Betrachten

dieser Szenerie auf dem Trottoir vor mir.
Im selben Moment sprang unvermittelt mein Tischnachbar auf. Dabei schleuderte sein Stuhl in die Sitzgruppe hinter ihm. Das allein wäre nicht so schlimm gewesen, wenn nicht in diesem Augenblick eine Pelzmantel-Frau mit überladener Figur und üppig aufgetragenem Make-up und Wimperntusche ein etwas zu großes Stück Torte auf der zu kleinen Kuchengabel balanciert hätte, um damit ihren apricotfarbenen Pudel zu füttern.
Der schwungvoll umkippende Stuhl versetzte der Frau einen Stoß, sie erschrak und das Stück Torte krönte den mit rosa Schleifchen versehenen Fellschopf des Pudels mit einer klebrigsüßen Krone aus Zucker und Sahne.
Die Frau kreischte auf, und für einen Augenblick verstummte fast alles im Bistro. Der Schrei erschreckte meinen aufgesprungenen Tischnachbarn, er drehte sich mit wirbelndem Mantel um.
Natürlich befand sich daraufhin mit Schlagsahne verzierter Kaffee auf dem zart violetten Kostümrock der Dame mit Pudel. Mit vor Entsetzen entgleisten Gesichtszügen und hysterisch nach Luft japsend fuhr die Dame hoch, und der Pudel purzelte zu Boden. Laut knisternd und funkensprühend unterstrich der synthetische Kostümstoff jede ihrer Bewegungen. Im selben Moment war die sahnige Torten-Krone als Beute in der apricot-farbenen Hundeschnauze verschwunden.
Mit tief gesenktem Blick und verlegen um Worte ringend entschuldigte sich mein Tisch-Geselle bei der fassungslosen Frau für sein Malheur. Mit hilflos ungelenken Bewegungen versuchte er, die Sahne- und Kaffee-Flecken wegzuwischen. Der Reinigungserfolg war nicht einmal mäßig, dafür waren die Flecken jetzt großflächig verteilt.
Mit einem wutschnaubenden „Weg hier!" wischte die Pelzmantelfrau den mit Lappen und Handtuch herbeigeeilten Kellner zur Seite.
Mein Tischnachbar unterbrach abrupt seine entschuldigenden Gesten. Mit ungläubigem Blick starrte er die Dame an:
„…Nati…, Du? …Du bist es tatsächlich! ….Daß wir uns so

wiedertreffen würden…"
Weiter kam er nicht, zu gewaltig schüttelte ihn eine Lachsalve. Mehr zu sagen war aber auch gar nicht möglich, denn Pelzmantel und rosa Dutt wurden bereits von der bekleckerten Dame mit kurztaktigen Schritten zum Ausgang gestöckelt.
Der zuvor ungehalten weggewischte Kellner schickte sich an, mit der unbeglichenen Rechnung in der hocherhobenen Hand hinterher zu eilen, aber meine Tischbekanntschaft signalisierte, die offenen Kosten von Pudel mit Dame zu begleichen.
Die Situation hatte sich wieder beruhigt, und das zwischenzeitliche Raunen der Gespräche erreichte bald wieder die gewohnt lebhafte Lautstärke. Mein Tischnachbar hob den umgestoßenen Stuhl auf und setzte sich mit grinsenden Gesichtszügen wieder an den Tisch.
Ich sagte nichts, sondern schaute ihn nur fragend an.
Nach einer Weile begann er, anfangs zögerlich, zu erzählen:
„… meine Ex-Frau, … Renate, … sie wollte immer, dass ich sie Nati rufe, weil es so süß und reizend nach kleinem, zierlichen Mädchen klingt. Mich nannte sie ‚Schandi`…"
„Schandi?" unterbrach ich meinen gerade in Redefluss gekommenen Tisch-Partner.-
„Na, weil …oh Pardon, wie unhöflich von mir …, gestatten Sie, dass ich mich Ihnen vorstelle: Mein Name ist Chandon, ich heiße Chandon Marôt, " entgegnete er und streckte mir über den Tisch seine Hand entgegen. Ich ergriff sie und stellte mich ebenfalls vor:
„Ich heiße Gottfried Joseph. Sehr erfreut, Ihre Bekanntschaft zu machen."
Chandon zog die Stirn ein wenig kraus und überlegte:
„Gottfried …, ich kenne den Namen …, in Frankreich heißt es Geoffroi …"
„Geoffroi, " dachte ich, „… ja, das klingt auch nicht schlecht, es klingt sogar richtig gut …".
Chandons Händedruck war freundlich, fest und warm.
„Wir sagen Du?" fragte ich ihn.
„Aber ja, selbstverständlich …," antwortete er lächelnd.

Chandon erzählte mir seine Geschichte mit Renate.
Er hatte sich, einige Jahre vor unserer Begegnung im „Les Colonnes" wegen seelischer Grausamkeit von ihr scheiden lassen, und ausgerechnet der apricotfarbene Pudel habe ihm „buchstäblich sein Leben zurückgegeben".
Renate flirtete und tüterte ständig mit diesem bis zur Dekadenz verwöhnten Pudel herum, dass es nicht mehr zu ertragen war. Aber nicht nur deswegen hatte sich Chandon immer wieder gefragt, wie er eigentlich und überhaupt in diese Ehe hineingeraten konnte.
Mehrere für Chandon ungünstige Faktoren bildeten im Zusammenhang eine knüppelharte Konstellation:
Renates Vater war ein roher, bulliger, noch dazu großer und humorloser Mann. Als Chandon vor dem Standesbeamten stand, spürte er, wie der gefährlich warme Atem seines künftigen Schwiegervaters stoßweise in seinem Nacken und Hemdkragen kondensierte.
Die Lage hinter Chandon war damit also geklärt. Die Beantwortung der Frage des Standesbeamten vor ihm jedoch noch nicht, bis Renate ihren spitzen Stöckelschuh-Absatz auf seinem Fuß fixierte. Sie bohrte gnadenlos, mit einer unbarmherzigen Druck- und Zielfestigkeit. Ihr Gewicht war nicht ohne, ihr Schuh noch dazu aus knallrotem Knautschlack.
Chandon beugte sich, vom physischen und optischen Druck traumatisiert.
„Es ist wirklich schwer vorstellbar, nicht wahr?" schob Chandon ein, als er meinen immer stärker zweifelnden Gesichtsausdruck registrierte. „Irgendwie kam ich aus dieser ganzen Nummer nicht mehr heraus ...," beteuerte er.
Dann schaute er mich mit eindringlichem Blick an:
„Das war alles wie ein lähmender Albtraum, das kannst Du mir wirklich glauben. Es war ein verdammter Albtraum..."

Der Standesbeamte hatte ihm also die eine, alles entscheidende Frage gestellt und schaute ihn fragend und mit bohrenden Blicken an.

„Ja ...", preßte der gemarterte Bräutigam mit letzter Kraft heraus.
Der Druck auf seinem Fuß verpuffte schlagartig, der heiße Atem in seinem Nacken kühlte ab, und Chandon fiel erleichtert in sich zusammen.
Anschließend rammte Renate ihm bei der nachfolgenden Ringzeremonie mit robuster Zärtlichkeit den Ring bis zum Handflächen-Anschlag auf den Finger.
„Ich dachte einen Moment wirklich, meine Hand wäre bis zum Handgelenk aufgerissen", erinnerte sich Chandon an die Tortur.
Unwillkürlich musste ich, trotz meines Mitgefühls, gleichzeitig grinsen. Laut Chandons Beschreibung war Nati ein weiblicher Schrecken mit roten Lippen, orangeroten Haaren, apricot-farbenem Pudel, rot lackierten Stöckelschuhen und einem Vater, mit dem man sich überall sicher fühlen konnte, wenn man auf der „Du-bist-mein-Freund-Seite" stand.
Zerknirscht und humpelnd folgte er ihr in die Ehe. Schuld daran waren das schlechte Wetter und eine Taxifahrt.
Er hatte ihr einen Platz im Taxi angeboten, weil es so stark regnete und Taxis deswegen nur schwer zu bekommen waren. Und es war das einzige Mal in seinem Leben, daß Chandon es bitter und nachhaltig bereute, Kavalier gewesen zu sein.
Nach seinem Jawort ging es nur noch ums Überleben.
Die Ausheilung seines stilettierten Fußes schritt stetig voran und damit auch die Sehnsucht nach einer Rückkehr in die Freiheit. Und Chandon erkannte in dem Pudel nicht die einzige, aber dafür die beste Chance zur Wiedererlangung seines alten Lebens.
Renates Hingabe für diesen verwöhnten Pudel war extrem und nicht nur schwer, sondern eigentlich gar nicht auszuhalten.
Die nächsten Monate ließ sich Chandon als beleidigter, verstoßener und eifersüchtiger Ehegatte fast bis zur Selbstaufgabe gehen. Er flötete „Nati" zuckersüß und so lange, bis es irgendwann nicht mehr weitergehen konnte.
Mit blutunterlaufenen Augenrändern bis zum Mundwinkel,

einer nach billigem Wein und Dosenbier übelriechenden Fahne, in schmuddeliger Kleidung, stellte er sie schließlich vor die Entscheidung:
„Entweder der Hund oder ich..."
Renate ließ von ihrem Pudel ab und blickte erschrocken auf. Solche Töne war sie von ihrem „Schandi" nicht gewohnt, und sie fand ihn auf einmal gar nicht mehr so putzig. Qualvolle Minuten spannungsgeladener Angst schlichen dahin.
„... der Pudel ..."
Natis Stimme drang aus dem hallenden Jenseits zu ihm durch, resigniert und gedemütigt drehte sich Chandon um und schlurfte mit gesenktem Kopf und hängenden Schultern aus dem Zimmer. Er langte kraftlos nach seinem Mantel und schloss wie ein Verstoßener die Haustür hinter sich zu. Kaum vernahm er das zuschnappende Geräusch des Hauseingangs hinter seinem Rücken, riss er die Arme hoch und stieß einen stummen Jubelschrei aus.
„Geschafft! Endlich geschafft! ..."
Dann sank er mit dem Rücken an der Hauswand hinunter und weinte, von lautlosen Tränen geschüttelt. Gleichzeitig fühlte er, wie das Leben und das freie Atmen in ihn zurückkehrten. Die Rolle als gepeinigter Ehemann hatte alles Können von ihm abverlangt.
Die Ehe wurde geschieden.
Chandon und ich saßen nach diesem folgenschweren Ereignis noch lange Zeit zusammen am Tisch im kleinen Bistro in der Rue du Général Leclerc.
Als ich von ihm wissen wollte, warum er denn so unvermittelt aufgesprungen war, wodurch ja erst diese ganze Sahne-Verkettung gestartet wurde, erklärte er mir, dass er das geschäftige und rastlose Treiben auf der Straße beobachtet hatte und sich dabei vorzustellen versuchte, wie es wohl wäre, wenn sich die alte, mit Tragetaschen bepackte Frau oder der am Handstock gemächlich und gebückt dahin schlurfende Greis im normalen Tempo bewegen würden.
„Man würde die anderen Fußgänger, Radfahrer, Mopeds und

Autos nur noch als Lichtblitze oder Lichtstrahlen wahrnehmen, ... eine ungemein erschreckende Vorstellung, nicht wahr?" führte ich Chandons Gedanken zu Ende.
Chandon war seit mehreren Jahren wieder verheiratet.
„Sie ist meine große Liebe", sagte er zu mir.
Ich freute mich für ihn.
Die Postkarte, die Chandon bei unserer ersten Begegnung in seinen Händen hielt, hatte ihm seine Frau zugesteckt.
Kurz bevor ich mich damals zu ihm an den Tisch setzte, hatte er sie in seiner Manteltasche entdeckt.
„Ich sitze hier und denke mir, wie gern wär ich bei Dir ..., " stand darauf geschrieben.
Gelegentlich, wenn ich das Café „Les Colonnes" in Rich-tung Metro-Station verließ, gönnte ich mir einen kleinen Schlenker durch die nahegelegene Rue Marceau, um dem nahezu ununterbrochenen musikalischen Gewitter einer dort ansässigen Schlagzeugschule zu lauschen. Manchmal warf ich auch einen Blick durch die trüben Fenster dieser Hinterhof-Kaderschmiede für die trommelnden Talente aus ganz Frankreich und Europa.
So wurde ich einige Male Zeuge von beeindruckenden Demonstrationen der Kunst des Schlagzeugspielens. Etwa, wenn Gruppen von fünf oder sechs, vor Spielfreude nur so sprühenden Schlagzeugern sich gegenseitig zu Höchstleistungen antrie-ben. Sie spielten konzentriert und synchron ihre rhythmischen Übungen, oftmals in atemberaubendem Tempo, mit nicht min-der atemberaubender Geschicklichkeit. Gerade diese spielerische Leichtigkeit erfrischte mich immer wieder aufs Neue.
Ein lautes Hupsignal riß mich aus meinen Gedanken und holte mich unsanft zurück in die Realität als Fahrgast auf der Flucht vor meiner haltlosen, von Liebeskummer durchtränkten Existenz.
Die einfahrende Metro bremste rumpelnd ihre Fahrt ab. Mit einem lauten Zischen flogen die Türen auf, und ich wurde in die gelb und blau gekachelten Katakomben der Pariser Unterwelt

hinaus gespuckt.
Ich ließ mich in eine dieser lehnenlosen Kunststoff-Sitzschalen plumpsen, die auf gekachelten Betonsockeln an den Bahnsteigen vor den röhrenförmigen Fliesenwänden verschraubt waren.
Da saß ich nun und wartete auf gar nichts, nicht einmal auf die nächste Metro.
Meine innerliche Leere brachte nicht einmal mehr sogar keine Traurigkeit zustande und drohte in einem gierigen, alles schluckenden Grau zu verschwinden.
Chandon war so glücklich mit seiner neugefundenen Liebe wie ich unglücklich mit dem Verlust meiner war.
„Henri ist schuld!" lief es mir immer wieder durch den Kopf.
„... Blödsinn!"
Energisch versuchte ich, diesen sich ständig wiederholenden Satz aus meinen Gedanken zu blocken.
Vergeblich.
Ich stand auf, weil ich keine Lust hatte, weiterhin an Henri und seine Prophezeiung zu denken. Vielleicht blieben die Gedanken ja einfach in der Sitzschale liegen, wenn ich mich nur zügig genug entfernte.
Ziellos trieb ich durch das Tunnel-Labyrinth der Metro, aber Henri hatte sich hartnäckig in meine Gedanken geklettet.
Ich blieb vor einem Fahrplan stehen und suchte nach den Anschlüssen zu einer amerikanischen Kirchengemeinde, nahe dem Quai d´Orsay. Dort sollte an diesem Abend ein Konzert einer französischen Blues-Band stattfinden.
Der Weg dorthin war nicht allzu weit, dauerte aber lange genug, um die Gedanken an Henri frei laufen zu lassen und sie dann hoffentlich ein für alle Mal abzustellen.
Die U-Bahn raste heran und bremste mit einem scharfen Quietschen. Die Türen zischten auf und saugten mich in das Innere des Waggons.
Im nächsten Augenblick fiel ich in die typische „Metro-Reise-Apathie", die alle Passagiere miteinander zu teilen schienen, sobald sich die Metro wieder in Bewegung setzte.

Mein Reisekoma trug meine Gedanken zu Henri.
Es war schon lange her und gehörte zu einem anderen Leben, aber die Bilder waren geblieben und mir in jedes meiner Leben gefolgt:
Es war nicht mehr richtig Nacht, aber der Tag mochte auch noch nicht wirklich beginnen.
Es war „Blue Hour".
Die Zeit zwischen Nacht und Tag, die Zeit der Zwischenwelt, in der alles zusammen fließt und sich vermischt, was sonst voneinander getrennt zu sein scheint oder nur getrennt wahrnehmbar ist.
Das Glück ist melancholisch, die Liebe tief erfüllend und schmerzhaft. Die „Blue Hour" klingt flüchtig, zärtlich, verletzlich, intensiv ... Sie ist einzigartig eigenartig.
Die Geräusche und das Schwarz der Nacht mischen sich in die Klänge und das Strahlen des Tages und zerfließen in eine graue Stille.
Die „Blue Hour" ist die Zeitzone der fiktiven Realität, in der Wirklichkeit und Traum ineinander zu realen Geschichten verschmelzen, um sich in der Fiktion zu verflüchtigen ... und sie besitzt eine mächtige Magie...
Isabelle und ich saßen in einem Frühlokal.
Fast alle der hier anwesenden Gäste waren Übriggebliebene der Nacht. Taxifahrer wie ich, Nachtschwärmer, Glücksspieler, Musiker, Zuhälter, Prostituierte, Dealer und andere Existenzen, die gemeinsam gut und gerne dreihundert Jahre Knast zusammenbrachten.
Henri saß uns gegenüber und trank, in sich versunken, seinen Kaffee.
Seine olivgrüne Parka-Jacke stauchte sich an ihm hoch und der halbgeöffnete Reißverschluss gab sein graues, bartloses Gesicht frei. Ich sah Henri nie ohne diese Jacke. Wahrscheinlich schlief und duschte er sogar in ihr.
Immer wieder fielen Henris Augen träge zu. Er war müde, aber eigentlich war er stets müde, und er sank immer wieder in sich zusammen.

Wenn er etwas sagte, was unerwartet und unregelmäßig vorkam, sprach er mit trägem und entrücktem Blick und wiederholt zufallenden Augenlidern.
Sein Frühstück stand vor ihm auf dem Tisch.
Es bestand aus zwei Brötchen, einem gekochten Ei, einem Glas-Schälchen mit Erdbeermarmelade, zwei Alu-Päckchen mit Butter und einer Scheibe Wurst. Henri döste tief in sich versunken vor sich hin.
Vor ihm dampfte aus einer dickwandigen Tasse sein Kaffee.
Der weiße, blütenförmige Papierkranz auf der Untertasse war braunfleckig verfärbt.
Mein Frühstück stand ebenfalls unangetastet vor mir auf dem Tisch, was nur daran lag, dass ich meine Hände nicht zum Frühstücken frei bekam.
Ich war verliebt ... in Isabelle.
Frisch und unsterblich verliebt.
Eigentlich zum ersten Mal.
Und es fühlte sich wie die große Liebe an, trotz meiner bescheidenen Vergleichsmöglichkeiten.
Für Frisch-Verliebte ist es ein ungeschriebenes, aber unumstößliches Gesetz, – es gab hin und wieder, eigentlich mehr in der Vergangenheit, ein paar Freunde, die über die Liebe genau Be-scheid wußten ... – daß man erstens mindestens unsterblich verliebt ist und zweitens „Händchen halten" muß.
Händchen halten nonstop ... bis zum Hunger- oder Durst-Tod
... bis daß der Tod uns scheidet.
Also folgte ich diesem Gesetz der Liebe, hielt unsterblich verliebt Händchen und wartete glückselig lächelnd auf meinen Hungertod.
Ich verspürte schon Lust auf einen kleinen Schluck Kaffee.
Das ließ aber der Fahrplan der Liebe nicht zu.
Als nächstes das Küssen.
Das gehört zur Liebe dazu.
Die sinnvolle Ergänzung zum Händchenhalten.
Anschließend das glückliche Aneinander-Lehnen der Köpfe.
Zwei Tische weiter brach zwischen zwei Nachtschwärmern ein

lautstarker Streit aus. Ich hatte keine Ahnung, worum es ging, und der Grund war nicht aus der Situation heraus ersichtlich, es endete aber sehr schnell damit, dass sie mit den Fäusten auf einander losgingen und sich eine handfeste Prügelei lieferten.
Eigentlich ging es mich ja auch nichts an.
Wichtig war nur, die Konzentration fürs Tief-Verliebt-Sein hoch zu halten und die Sorge um meinen unberührt vor sich hin dampfenden Kaffee, dass er nicht verschüttet wurde, was aber angesichts des sich konstant vergrößernden Aktions-Radius der beiden Streithähne mehr als nur im Bereich des Möglichen lag.
Die Gastwirtin, eine dicke Frau mit schwarz gefärbten Haaren und schwarzer Hornbrille, schob erbost ihren mächtigen Hintern zwischen die beiden Prügelknaben und trieb sie, resolut und keinen Widerspruch duldend, durch den dunkelroten, schweren Samtvorhang zur Tür hinaus, auf die Straße.
Missmutig kehrte die resolute Wirtin an ihren Platz hinter der Theke zurück, um den übrigen friedlichen Gästen ihre Getränke zu zapfen oder einzuschenken.
Sie war chronisch wütend und eifersüchtig auf ihren Mann, ein charmanter Hallodri, der zu ihrem großen Missfallen auch dem eigenen Geschlecht nicht abgeneigt war und sie wegen seiner zahlreichen Affären mit anderen Männern in den Wahnsinn trieb.
Als Gast benahm man sich in ihrem Lokal besser nicht daneben, denn der Zorn auf ihren untreuen Gatten konnte gewaltig sein.
Ich hatte die Gunst des Zwischenfalls genutzt und ganz ohne Liebes-Verlust eine Hand frei bekommen. Als ich nach meiner Tasse langte, um endlich einen heißersehnten Schluck des mittlerweile lauwarmen Kaffees zu nehmen, öffnete Henri, wie von der Bewegung aufgeweckt, seine Augen weit und knurrte kurz und nur ein einziges Mal:
„Das wird nicht gut gehen mit Euch beiden! Mit Euren Sternzeichen wird das nicht klappen …"
Das saß!

Und ich wußte nicht einmal, warum überhaupt, aber es schnürte mir sofort die Kehle zu.

Sternzeichen ..., niemals würde ich einen Astrologen oder ein Horoskop nach meiner Liebes-Tauglichkeit befragen, aber ausgerechnet Henris knappe Bemerkung hatte mich bis ins Mark getroffen.

Eine ganze Weile konnte ich keinen klaren Gedanken mehr fassen, ich konnte an nichts anderes mehr denken als ...

„Das wird nicht gut gehen mit Euch..."

Ich versuchte, mir nichts anmerken zu lassen, und legte meinen Arm ganz fest um Isabelle.

Ich spürte, wie ihr Herz pochte. Der Tod konnte einen jederzeit ereilen..., aber sie auch?

Ich hätte vor Liebe zerplatzen können.

Isabelle erwiderte meine Umarmung, und aus dem diffusen Nichts einer Zwischenwelt heraus begann sich unaufhaltsam diese Eiseskälte der Angst und Einsamkeit zwischen unsere Hände zu drängen, gesteuert von vertraut lallenden Stimmen der Vergangenheit, ohne Chance zur Flucht.

„Henri ist nicht schuld," dachte ich beim Aussteigen aus der Metro:

„... aber er hat leider Recht gehabt..."

Zu meiner Erleichterung verabschiedeten sich allmählich die Gedanken an Henris Schuld.

Ich stieg die lange Treppe zum Ausgang hinauf, und kaum hatte ich die Unterwelt von Paris verlassen, schlug mir das prall gefüllte Leben der beginnenden Nacht entgegen.

Man kann sich dieser unglaublichen Lebenslust in der französischen Hauptstadt gar nicht entziehen oder verweigern. Wenn man strauchelt oder fällt, hat man eigentlich gar keine andere Wahl, als wieder aufzustehen.

Aber dennoch gibt es hier viel zu viele, die es nicht geschafft haben. Etliche von ihnen leben in den häßlichen Trabanten-Vororten, zusammengepfercht in hermetisch abgeriegelten Wohnsilos ohne Zukunft, regiert von Resignation und Gewalt, vor den Auffahrten des Péripherique, diesem chronisch verstopften Autobahn-Ring rund um den Stadtkern von Paris. Und dann diejenigen, die es auch dort nicht geschafft haben: Sie vegetieren, zu menschlichen Lebend-Hüllen mutiert, vom Mitgefühl der Menschlichkeit ausgeschlossen, auf Pappen gebettet oder vollkommen besitzlos, in den Katakomben der Pariser Unterwelt dahin. Lautlos anklagend, in den blank gefliesten Röhren der Metro, wo jegliche Zeit und das Leben für sie stehengeblieben zu sein scheinen, während die mit rastlos hetzenden Menschen vollgestopften U-Bahnen an ihnen vorbei rasen.

Diese Ärmsten der Armen haben es irgendwann nicht einmal mehr geschafft, diese eine, letzte Stufe zu nehmen, um im Leben zu bleiben. Zu groß ist der Sog des vom Tageslicht befreiten Röhren-Labyrinths, welches überall nach Urin riecht, aber wenigstens Wärme und Trockenheit spendet.

Für einen Moment verlor ich den Liebeskummer aus meinen Sinnen und schlenderte den Quai d´Orsay am Ufer der Seine entlang.

Träge und braun floss die Seine durch ihr mancherorts kunstvoll von Menschenhand bereitetes Flußbett. Das gemächliche Tuckern der Motoren der „Bateaux Mouches", den Taxi-Booten mit den Glasdächern für Touristen, wiederkehrendes Hupen, Motorengeräusche von Autos, Motorrädern und Motorrollern, von Windbrisen getragene Akkordeon-Musik, Fußgänger-Getrappel und Stimmengewirr vermengten sich zu einer lautstarken Liebeserklärung an das Leben.

Wenig später erreichte ich das Gelände der Kirchengemeinde, und ein kleines Hinweis-Schild aus Pappe wies mir den Weg zum Konzert-Ort der Blues-Band. Ich durchquerte einen Innenhof, der wie ein Kloster-Atrium angelegt war, mit seinen überdachten und mit Blau-Basalt gepflasterten Wegen und den von kniehohen Buchsbaum-Hecken umsäumten Rasenfeldern, die im Sommer zum Im-Gras-liegen einluden, um die Sonne zu genießen.

Entlang der Wege standen zwischen Dachstützpfeilern einige

Holzbänke mit Füßen aus massiv geschmiedetem Metall, und ich ließ mich nieder, um die Idylle dieses Atriums auf mich wirken zu lassen. Vom Straßenlärm war nichts mehr zu hören. Nur fünfzig Meter entfernt befand ich mich in einer völlig anderen Welt der Stille und Ruhe.

Ich begann zu frieren und kämpfte gegen die aufsteigenden Tränen und die alles niederdrückende Schwermut an, indem ich aufstand und den Wegweisern aus Pappe folgte.

In einem Seitentrakt des kirchlichen Hauptgebäudes tauchte ich in den muffigen Geruch von Linoleum, Weihrauch und Bohnerwachs ein. Meine Schritte hallten, trotz der Turnschuhe, im langen und dämmerig beleuchteten Korridor. Ich entdeckte einen weiteren, mit rotem Filzstift auf Pappe geschriebenen Hinweis und betrat die breiten, abgewetzten, grauen Steinstufen einer mächtigen Treppe mit kunstvoll geschnitztem, dunkelbraun lasiertem Holzgeländer.

Der Konzertbesuch verlangte mir alpine Qualitäten ab, denn ich musste bis in den zweiten Stock hochsteigen. Mein seelischer und körperlicher Zustand in Kombination mit dem schweren, bedrückend muffigen Geruch hatte sich bereits beim Erreichen des ersten Stockwerks durch eine beängstigende Kurzatmigkeit deutlich verschlechtert. Schwer keuchend und nur mit Hilfe des Treppengeländers und seiner massiven Handläufe schaffte ich es, den Gipfel zu erklimmen. Oben knarrte ein altehrwürdiger Holzdielenboden unter meinen Schritten. Eine einseitig geöffnete, sehr hohe Holztür lud in die Konzertstätte ein. Die Ornament-verzierten Türgriffe befanden sich in Brusthöhe, im Türschloss steckte ein riesiger, handgeschmiedeter Schlüssel. Vor dem geschlossenen Türflügel saß hinter einer Schulbank eine junge, freundlich lächelnde Frau mit braunen, langen Haaren. Sie war anscheinend eine Studentin, aber bestimmt keine Französin, denn der Kragen ihres hochgeschlossenen, grünen Sweaters lag wie ein Keuschheitsgürtel um ihren Hals. Vor ihr auf der Schulbank stand eine geöffnete Geldkassette.

Ich bezahlte den Eintritt, und sie stempelte einen geflügelten Engel in meine Handinnenfläche. Dabei stützte sie mit ihrer

Hand die meine und lächelte. Die zarten Hände der Hochgeschlossenen waren warm und streichelweich.
Mit einem amerikanischen Akzent wünschte sie mir viel Vergnügen beim Konzert.
Der Boden knarrte, als ich den spartanisch bestuhlten und spärlich beleuchteten Konzertraum betrat, der kaum größer als ein leergeräumtes Klassenzimmer war. Das Publikum verteilte sich übersichtlich, es herrschte eine gedämpfte, leicht gedrückte Flüster-Atmosphäre im Raum.
Die eingeschalteten Verstärker brummten im Ruhebetrieb vor sich hin, und ihre Kontroll-Lämpchen leuchteten rot und blau. Links und rechts markierten auf massive Boxen-Stative aufgebockte Gesangs-Lautsprecher die seitlichen Grenzen der ebenerdigen Bühne. Ein einsames Stativ mit Gesangs-Mikrophon bildete die Bühnen-Mitte. Dahinter, auf einem abgewetzten Perser-Teppich plaziert, stand ein schwarzes Schlagzeug mit geschundenen Fellen und Becken. Um den Hocker herum lagen einige abgespielte, an Schaft und Köpfen abgesplitterte Trommelstöcke wie überdimensionale Mikado-Stäbchen auf dem Boden.
Eine Tür öffnete sich, die Musiker näherten sich seitlich der Bühne und nahmen ihre Plätze ein. Der Begrüßungs-Applaus der anwesenden Gäste klang nicht geschlossen, es war mehr ein vereinzeltes Klatsch-Knallen. Irgend jemand pfiff sogar.
Das kam wohl aus der „Sehr-gute-Freunde-Ecke".
Insgesamt schien sich eine eher deprimierende Veranstaltung anzubahnen. Angesichts meines ohnehin bescheidenen emotionalen Zustands belastete ich mich aber nicht mit Fluchtgedanken.
Die Blues-Band bestand aus vier Mitgliedern, in der Besetzung Gesang, Gitarre, Baß und Schlagzeug. Sie nannten sich „The Red Rumbles", alles Franzosen um Anfang zwanzig. Sie waren nicht nur sichtlich nervös, sondern spielten auch gnadenlos schlecht. Die Jungs liebten den Blues, aber sie konnten ihn einfach nicht spielen, das war deutlich zu hören. Es lag nur an meinem angeschlagenen Gemüts-Zustand und an den

bezwungenen zwei Stockwerken, daß ich wie in Schockstarre dieses instrumentale Gemetzel ohne mentale Gegenwehr über mich ergehen ließ.

Es war eine Veranstaltung einer Kirchengemeinde in Paris, und anscheinend half diese seligmachende Kraft und Frömmigkeit den übrigen Konzert-Gästen dabei, über das dargebotene musikalische Blues-Dilemma hinweg zu lächeln.

Diese unendliche Güte Gottes hätte ich auch gerne auf meiner Seite gehabt. Ich schaffte ein Set, dann erstarben mein Wille zur Güte und die Lust auf weiteren Konzert-Genuß.

Der Abstieg aus dem Obergeschoß war getragen von zielstrebiger Flucht-Leichtigkeit.

Ich durchquerte den Innenhof, verließ das Kirchengelände und trieb wieder hinaus, in die Nacht von Paris.

Ich stieg hinunter zum Seine-Ufer und setzte mich auf den Steg einer Haltestation der Bateaux Mouches. Das Wasser schlug plätschernd und glucksend gegen die Kaimauern, und ich dachte unwillkürlich an den Froschkönig.

Wie bitte?

„Ich bin nicht tatterig!" schoß es mir urplötzlich durch den Kopf. Was war das denn jetzt? Ich wunderte mich über meine eigenen, verwirrenden Gedanken und grinste. Das Licht der Uferlaternen, welches sich im trüben Wasser widerspiegelte, und das Glucksen und Plätschern bohrten mir hartnäckig den Froschkönig in den Sinn, und ich ließ meine Gedanken in die Seine einsinken:

„Ich bin nicht tatterig!" dachte der Froschkönig, als er aufwachte und sich den Schlaf aus den Tränensack-Augen rieb. Laut und mit einem langgezogenen Quaken gähnte er und hoffte auf einen guten Tag.

Nur hoffte er das jeden Tag aufs Neue.

Der Froschkönig Arno Rudolf Wenz-Desolatis entstammte einem alten Froschkönig-Geschlecht von reinster adeliger Abstammung. Arno und seine adeligen Vorfahren verband seit jeher die Hoffnung, entweder zum Prinzen geküßt oder an die Wand geklatscht zu werden... mit dem gleichen Ziel: sich in einen

schönen Prinzen zu verwandeln.
Der zweite Weg der Hoffnung lag bisher immer näher, denn Arno war äußerst fett, wabbelig, warzig und von abschreckender, monströser Dummheit. Er war schon einigen Prinzessinnen begegnet, doch küssen wollte ihn keine, dafür hatte er schon viele Wände gesehen.
Arno war ein wunderschöner Prinz, das dachte er – nur die Prinzessinnen waren immer die falschen, das wußte er. Die falschen Prinzessinnen und die ungezählten Wände hatten letztlich zu einer zusätzlich degenerierten Optik seines Äußeren beigetragen, die nicht nur seine Krone arg verbeult hatten. Aber mit einer Prinzessin war er sogar mal verheiratet.
Sie hieß Lieselotte Wenz.
Lieselotte war eine Kröte, die keiner haben wollte. Nach einem günstigen Moment vorteilhafter Beleuchtung hatte sie den warzigen Arno an ihren Hacken. Er sah in ihr die Einlösung all seiner Hoffnungen, und sie war für ihn seine Prinzessin.
Sie küßten sich leidenschaftlich, aber Lieselotte war keine Prinzessin.
Sie küßten sich trotzdem noch einmal... – ohne Erfolg.
Sie machten einen Probewurf, aber Lieselotte warf daneben.
Sie war keine Kröte für nur eine Nacht, und sie heirateten. Fortan übten sie jeden Tag, aber schließlich trennte sie sich wieder von ihm, allerdings ohne jemals die Wand getroffen zu haben.
So saß er da und dachte wehmütig zurück an die Zeiten voller leidenschaftlicher Würfe und Wandverfehlungen mit Lieselotte. Jeder Tag mit ihr hatte ihn, Stückchen für Stückchen, näher ans ersehnte Ziel herangebracht, aber es sollte beim schicksalhaften „fast" geblieben sein.
Arno gähnte träge quakend und hoffte auf einen guten Tag...

„ Was für ein Blödsinn! ... was für eine Geschichte..." schüttelte ich, über meine eigenen Gedanken breit grinsend, den Kopf.
Begann etwa meine Phantasie mit mir Amok zu laufen?
Ich erhob mich vom Steg und verließ das unmittelbare Seine-Ufer, allerdings nicht, ohne noch einmal einen Blick in die

braune Fluß-Brühe zu werfen. „*Ich bin nicht tatterig...*," wiederholte ich lautstark zu mir selbst. Laut genug, um verwunderte Blicke eines Pärchens auf mich zu ziehen, welches einige Schritte von mir entfernt händchenhaltend am Ufer der Seine saß.
„Ist doch wahr – oder?" rief ich zu ihnen hinüber. Ihren irritierten Blicken nach zu schließen, zweifelten die beiden Liebenden nicht nur wahrscheinlich an meinem Verstand.
Mir war´s egal. Mir war wieder so richtig elend zumute, und eines wurde mir immer mehr klar:
Das einzige Große in unserer Liebe war die Wand, gegen die Isabelle und ich ungebremst geprallt waren.
Jeder von der anderen Seite. Ich von innen und Isabelle von außen.
Es gab keine Chance auf ein Durchkommen, aber es gab auch kein Zurück mehr, um vielleicht doch noch einen anderen Weg zu suchen und zueinander zu finden.
Ihre Augen waren so schön, doch reflektierten sie nur das Licht der Sonne, auch wenn diese Erkenntnis unerträglich weh tat.
Ihr Platz ist noch warm gewesen, aber hoffnungsleer.
Die Wärme ihres Platzes würde erst mit dem Nachlassen der Schmerzen meines glühenden Verlangens nach ihrer Sinnlichkeit erkalten.
Den jüngst erlebten musikalischen Bankrott in der Kirchengemeinde wollte ich dennoch nicht so stehen lassen.
Ich brauchte ganz dringend ein seelisches und musikalisches Fallnetz und blieb in meiner Suche nach einem gedanklichen Rettungsanker beim „Caveau de la Huchette" hängen. Bis dorthin lag zwar ein gutes Stück Wegstrecke vor mir, aber mir war überhaupt nicht nach dem Schlund der Pariser Metro zumute, also machte ich mich zu Fuß auf ins Quartier Latin.
Mein Weg führte mich weiter am Ufer der Seine entlang. Einige Stände der „Bouquinistes" hatten zu dieser später Stunde noch geöffnet, und ich blieb ab und zu stehen, um einen Blick auf die angebotenen Bücher oder auch kleinen Plakate und Bilder zu werfen. Ich mochte diese kleinen Bücherstände, die in großen,

aufklappbaren Holzkisten auf den Mauern des Seine-Ufers, im Herzen der Stadt, angebracht waren und während der Schließungszeiten mit alten, verrosteten Vorhängeschlössern gesichert wurden.
Ich verließ das Seine-Ufer und überquerte die mehrspurige Straße.
Der „Caveau de la Huchette", einer der ältesten Jazzkeller Europas, ist beheimatet mitten im Quartier Latin, diesem engen, lebhaften und geschäftigen Viertel in Paris, mit seinen nie versiegenden Touristenströmen. Unzählige Bistros, Bars, Restaurants, Läden aller Art, Mini-Imbisse, Kunstgalerien und Eisdielen säumen dicht an dicht die engen Gassen. Straßenkünstler, Maler, Clowns, Musiker, Bands, Tänzer, Akrobaten, Pantomimen, lebende Statuen, betrügerische Trickspieler und fliegende Händler mit ihren Schmuggelwaren nutzen jede noch so kleine Nische, die die Straßen, Bürgersteige und Plätze freigeben.
Ich durchstreifte die Rue St. André des Arts und blieb bei zwei Stepptänzern stehen, die sich ein atemberaubendes Tanz-Duell lieferten. Sie schlugen sich abwechselnd ab und trieben gegenseitig ihre schwitzenden, drahtigen und durchtrainierten Körper zu tänzerischen Höchstleistungen an. Dicke Schweißperlen tropften in Strömen von ihren strahlenden Gesichtern, und ihr unbändiger Spaß übertrug sich schnell auf die im Kreis um sie herum anwachsende, mitklatschende und lachende Zuschauermenge.
Das Finale steppten sie synchron. Rasant und mit höchster Präzision inszenierten die beiden Stepptänzer einen atemberaubenden Showdown, der mich für einen Moment alles andere vergessen ließ. Die Zuschauer waren begeistert, und der durch die Reihen gereichte Hut füllte sich schnell.
Beschwingt durch das „taggedi-dag-dag, taggedi-dag-dag…" zog ich mit federnden Schritten weiter.
Überall um mich herum ertönte in Fetzen Stimmengewirr. Trotz der nächtlichen Kühle saßen viele Menschen draußen an den Tischen der Restaurants, Bars und Cafés. Ihre Unterhaltungen

übertönten und durchmengten sich mit dem Verkehrslärm und der allgegenwärtigen, französischen Akkordeon-Musik, die mit ihren virtuosen Melodien aus allen Richtungen zu wehen schien.
Schließlich stand ich vor dem unscheinbar in der Straßen-Szenerie liegenden Eingang zum „Caveau de la Huchette".
Ich bezahlte an der Kasse, erhielt einen Verzehr-Bon und tauchte in die Höhlenwelt des Jazz ein, in der ich zunächst so gut wie nichts sah, weil der Weg in den Club durch einen schummrig beleuchteten, tiefschwarz gestrichenen Tunnel-Korridor führte.
Außer mir hielten sich vielleicht acht oder zehn weitere Gäste im Jazz-Keller auf, die Atmosphäre war gruselig und deprimierend.
Die Band bestand aus einem Schlagzeuger mit Hornbrille und Seitenscheitel, einem schlaksigen Kontrabassisten mit Mönchs-Glatze und blauen Pullunder, einem abgehärmt wirkenden Gitarristen mit mittelblonden, strähnigen langen Haaren, die im Nacken zu einem dünnen Pferdeschwanz zusammengebunden waren und einem Tenor-Saxophonisten mit Pomade-Frisur.
Ich bestellte mir an der Theke ein Bier und erfuhr, daß es sich um die Haus-Band handelte, die hier so explosiv aufspielte und die Zuschauermassen begeisterte.
„Wie viele Abende haben die wohl schon auf diese Art und Weise hinter sich gebracht", dachte ich.
Im Vergleich dazu fühlte sich mein Liebeskummer gleich ein wenig besser an.
Um im „Caveau de la Huchette" zur Hausband zu gehören, mußten die Musiker in der Lage sein, wirklich jeden Musikwunsch der Gäste zu erfüllen.
Die Bühne sah aus wie ein überdimensionales Laufgitter, dessen abgeschabte Lauffläche sich etwa einen Meter aus dem schwarzen Estrichboden empor hob, umzäunt von einem Geländer aus Holz und Metall, wie bei einer Galerie.
Schüchtern näherte sich eine junge Frau mit mausbraunen

Haaren dem Musiker-Laufgitter und gab dem Saxophonisten ein Zeichen. Dieser unterbrach kurz darauf sein Saxophonspiel, während die Band weiterspielte. Er beugte sich zu ihr hinunter und hielt ihr ein Ohr hin. Sein weit geöffnetes Hemd spannte abenteuerlich stramm und unterteilte seinen von vielen Longdrinks und billigem Essen aufgedunsenen Bauch in unförmige Wülste.

Die in ihrer unauffälligen Art und Weise sehr hübsche Frau flüsterte dem Saxophonisten etwas ins Ohr, und er nickte zustimmend. Als sie sich anschickte, wieder zu ihrem Platz zurückzukehren, tippte er ihr noch einmal von hinten auf die Schulter. Die Frau drehte sich um, er beugte sich erneut zu ihr hinunter, wobei er mit dem Zeigefinger auf seine von geplatzten Äderchen durchzogene, schwitzig-glänzende Wange deutete.

„Hey Lady, I´m gonna play it for you and you´ll give me a kiss ..."

Dieser Mann ließ kein Klischee unberührt.

Die Frau schien überrumpelt und lächelte unsicher. Dann gab sie dem Saxophonisten einen flüchtigen Kuß auf seine feiste Wange und kehrte eiligst, eher fluchtartig, in die hinter einem Pfeiler vom Scheinwerferlicht unbeleuchtete, geborgene Sicherheit ihres Barhockers zurück.

Die Kommunikation auf der Bühne war kurz und geräuschlos knapp. Der Schlagzeuger tauschte einige Worte mit dem Kontrabassisten aus, dann zählte er die Band ein.

Aus dem Saxophon schmalzte die Melodie von „You are the Sunshine of my Life", getragen von den träge-seichten Bossa-Rhyth-men der Band.

Der schmierige Saxophonist beherrschte sein Instrument in einer bewundernswerten Art und Weise.

Er verschmolz regelrecht mit seinem Saxophon, alles an ihm zerfloß mit den sanften Tönen, die durch das Mundstück, dann durch den geschwungenen Hals tief in die Seele seines abgewetzt aussehenden Instruments hinab glitten, um dann aus dem nach oben gebogenen dunklen Trichter-Schlund heraus zu perlen.

Eine wunderbare Zartheit verzauberte den Raum.
Die mausbraune Frau nippte in ihrer Ecke, beinahe zärtlich und mit geschlossenen Augen, an ihrem Getränk.
Ich blendete den traurigen Anblick dieser abgehalfterten Band aus und schloß ebenfalls die Augen, um mein von Liebeskummer durchtränktes Herz diesen wunderbaren Klängen zu übergeben. Kaum hatte ich jedoch die Augen geschlossen, da zerstörten laut trampelnde, stampfende Schritte diesen kurzen Moment der Innigkeit.
Ein wissendes Grinsen ging durch die Reihen und Gesichter des Theken-Personals, aber auch der Band und einiger Gäste.
Eine imposante Frau tauchte mit schweren Schritten stampfend aus der Dunkelheit auf und baute sich, wie ein zu Fleisch gewordenes Monument, mitten auf der Tanzfläche auf.
Aus ihrem Schatten heraus trat eine mickrige Gestalt, die von der monumentalen Frau blitzartig, mit unfaßbarer Gewalt gepackt und wie eine Puppe vor sich geschleudert wurde. Dort landete das Männchen mit einem „Klick-Klick" der Schuh-Absätze und das Paar verharrte einander gegenüberstehend, wie in einer Tanzposition.
Die Frau war fast einen Meter und neunzig groß und trug einen weißen Petticoat mit roten Punkten.
Sie besaß die Statur eines Gewichthebers und die Arme und Hände eines Schwergewicht-Boxers.
Ihre widerspenstigen, zu einer roten Pferdeschwanz-Frisur gebündelten Haare gaben ihr dennoch etwas von einem kleinen, wilden, aber auch musikalisch empfindsamen Mädchen, welches die Natur mit Maßen ausgestattet hatte, die wohl nur den berühmten französischen Bildhauer Rodin uneingeschränkt beglückt hätten.
Ihr männlicher Begleiter war ein schmächtig ausgefallenes Geschöpf mit einer Körpergröße von wohlwollenden einem Meter und sechzig und schulterloser Statur.
An seinen Füßen trug er Schuhe mit hohen Plateau-Sohlen.
Die Absätze waren mit Metallwinkeln beschlagen.
Der Mann wirkte auf eine rührende Art unproportioniert, und

seine linkischen Bewegungen verliehen ihm den schüchternen Charme eines liebenswürdigen Trottels.

Seine Haare waren zu einer riesigen „Entenschwanz"-Haartolle zusammengekämmt, wie es die Halbstarken der fünfziger und sechziger Jahre zu tun pflegten. Nur entpuppte sich dieses Exemplar als wahres kunsthandwerkliches Meisterwerk:
Der Haaransatz des Mannes war bereits bis zur Kopfmitte zurückgewichen, und nur durch verwegenes Nach-Vorne-Frisieren, unterstützt durch brachialen Einsatz von Haarspray und Pomade, konnte diese imposante Tolle entstanden sein.

Der massive Einsatz von Plateau-Sohle und Haartollen-Turm brachten ihn größenmäßig noch nicht auf Augenhöhe, aber zumindest ein gutes Stück näher an seine Dame.

Ein markerschütternder „Rooock'n'Roool!"-Schrei brachte den Jazzkeller in seinen Fundamenten zum Erbeben.

Ihr linker Arm pumpte in rhythmischen Stoßbewegungen nach oben, ihre mächtige Hüfte schwang bebend und ihre Füße stampften dazu ungeduldig im Takt mit.

Elvis lebte – daran konnte es nun keinen Zweifel mehr geben!

Das Gesicht unter der Haartolle wirkte leicht nervös angespannt und dann passierte es endlich:

Der Schlagzeuger nahm grinsend das Tempo der stampfenden Füße und des pumpenden Arms auf, schlug seine hölzernen Schlagstöcke gegeneinander und zählte laut ein:

„... one ... two ... one - two - three - four..."

Mit dem ersten Ton landete der Saxophonist auf seinen Knien, blies sich zu Bill Haley's Rock'n'Roll-Klassiker „Rock around the Clock" die Seele aus dem Leib, und die Knöpfe schienen mit seinem Hemd verschweißt zu sein.

Die mächtige Frau explodierte regelrecht in eine leidenschaftlich getanzte Demonstration tief erfüllter Liebe zum Rock'n'-Roll, und die Haartolle kämpfte akrobatisch um ihr Leben.

Mit einer erstaunlichen tänzerischen Leichtigkeit entlud sich die Musik im Körper der riesigen Frau, nicht nur ihre ganze Kraft, sondern auch ihr Gewicht bahnte sich einen ungezügelten, rhythmischen Weg. Sie prallten ungebremst in den

kleinen Mann. Das Paar tanzte hüpfend zur Musik, die Frau wirbelte den Mann über die Tanzfläche.
Immer im starken Griff ihrer Boxerhände zog sie ihn juchzend und mit kraftvollem Schwung zwischen ihren Beinen hindurch, ließ sich von ihm anspringen, und er vollendete mit tollkühnem Rückwärts-Salto, sicher auf den klickenden, eisen-beschlagenen Absätzen gestanden.
Die Band hatte sich binnen kürzester Zeit in einen musikalischen Vollrausch gespielt. Der Saxophonist gab auf dem Rücken liegend alles und presste mit angespannt auf und ab wippendem Becken wie bei eng aufeinanderfolgenden Geburtswehen hohe, heisere und vibrierende Töne aus seinem Instrument. Der Bassist lag slappend und kopfschüttelnd auf seinem Kontrabass, der Gitarrist trieb auf Knien den vor ihm liegenden Saxophonisten in ekstatische Höhen, und der Schlagzeuger hämmerte sich die Seele aus dem Leib.
Die Rock´n´Roll-Amazone wollte mit wildem Schwung ihren Mann wieder einmal zwischen ihren Beinen durchwerfen, dabei verlor sie ihn aus ihrem Griff. Er prallte zuerst ungebremst unter ihrem Petticoat zwischen ihre mächtigen Oberschenkel und anschließend mit voller Wucht auf die Tanzfläche, wo er schwer angezählt liegenblieb.
Die Band hatte in ihrem Rausch nichts von dem Unfall mitbekommen und spielte gnadenlos weiter. Die Frau beugte sich über den Gestrauchelten und riss ihn zu sich hoch. Das Männchen hielt sich nicht nur benommen torkelnd so gerade eben auf den Beinen, sondern bemühte sich auch noch um wippende Schritte...
Seine Haartolle war beim Eintauchen zwischen ihre Beine in einem Stück nach hinten geklappt und hing nun, formgefestigt wie der Haarknoten einer Nonne, an seinem Hinterkopf, während sich oben eine blanke Glatze präsentierte.
Angesichts des schadenfrohen Grinsens in den Gesichtern der Club-Gäste und der lärmend ausklingenden Rock´n´Roll-Schallwand der Hausband war es ein eher sinnloses Unterfangen, aber sichtlich bemühte sich der benommene Gestrau-

chelte um die Bewahrung seiner Würde. Mit stelzenden, mühsam die Balance haltenden Schritten schwankte er auf seine, in orgiastischer Ekstase zuckende Tanzpartnerin zu. Ohne Umschweife herzhaft zupackend nahm sie ihn erneut in ihren grifflichen Gewahrsam.

Die Band wechselte nahtlos aus der Rock´n´Roll-Lärmwand in die zackig akzentuierten Melodie-Linien eines Tangos.

Die gewaltige Frau reagierte mit einem verzückten Juchzer der Begeisterung. Der kleine Mann stöhnte kurz auf und bewies gleich darauf ungeahnte Qualitäten und ein Höchstmaß an Flexibilität.

Ihre monumentale Präsenz und ihre dominant-straffe Führung ließen ihm keine andere Wahl als die Beherrschung des gesamten Repertoires weiblicher Tango-Schritte. Seine Gelenkigkeit und Präzision waren trotz seines angeschlagenen Gesundheitszustands beeindruckend: ... eine zackige Drehung hier, eine abenteuerlich tiefe Rückenlage da... und seine Hingabe in die starken Arme dieser massigen Frau schien grenzenlos.

Das kurz zuvor noch schadenfrohe Grinsen in einigen Gesichtern wich einem anerkennenden Lächeln.

Trotz der grotesken Gesamtsituation war es ein Tango der puren Liebe und Leidenschaft.

Irgendwie begann ich, dieses seltsame Paar zu bewundern und auch ein wenig um ihr Glück zu beneiden.

Trotz aller Liebe und Leidenschaft litt die Seriosität dieser Tango-Darbietung dennoch unter der zum Nacken-Haardutt mutierten Haartolle, die gerade in der tiefen Rückenlage wie ein haariger Abschlepp-Haken an seinem Hinterkopf nach unten baumelte. Die Schluss-Akkorde des Tangos ertönten, händchenhaltend und sichtlich geschafft begleitete das Männchen seine Frau zur Theke.

Ich wartete ab, bis das ungleiche Paar an der Theke Platz genommen hatte und steuerte auf sie zu.

In unmittelbarer Nähe wirkte der kleine Mann noch mickriger, die Frau dagegen umso riesiger. Schwer schnaufend wuchtete

sie ihren massigen, aber keineswegs fett erscheinenden Körper auf einen Barhocker, der die Last ihres Gewichts mit einem herzhaften Knirschen kommentierte.
Der Mann tauchte kurz ab in den Schutz einer unbeleuchteten Ecke, wo er sich mit Schwung die Haartolle auf den Kopf zurück holte.
Mit spitzen und routinierten Fingern nestelte er auf seinem Kopf zwischen Kopfhaut und der wiederhergestellten Haartolle herum, dann tauchte er wieder aus dem Lichtschatten hervor.
Er tat etwas in einen Aschenbecher, und ich erkannte einen zusammengeknüllten Streifen doppelseitigen Klebebands.
Zum Grinsen blieb mir nicht viel Zeit, denn beim näheren Betrachten seines ramponierten Gesichts erschrak ich kurz.
Die Nase war krumm, platt und schief wie die eines Boxers und seine Oberlippe leicht geschwollen. Außerdem zierten zahlreiche kleine und größere Narben, ältere und frische Kratzer und Hautabschürfungen sein Gesicht.
Als er sich auf den Barhocker neben seiner Herzensdame setzte, erwiderte er mit einem Lächeln meine Blicke:
„Ja, so ist das, wenn man seine Frau, die Musik und den Tanz über alles liebt…". Seine Aussprache war undeutlich.
„Seine Frau also…", dachte ich.
Er fuhr fort:
„Darf ich vorstellen? Mathilde, und mein Name ist Bernard."
Trotz seiner Kleinwüchsigkeit wirkte er sehr in sich und mit der Welt verankert, ausgestattet mit einer Seele wie ein Fels. Vielleicht schreckte ihn in seinem bewegten Leben aber auch einfach nichts mehr ab.
Mathilde drehte sich mir zu, und der Barhocker knirschte abenteuerlich laut. Das übertönte sogar kurz die Musik der Band, die mittlerweile wieder in die instrumentale Lethargie zurückgekehrt war.
Mathilde schaute mich aus grünen Augen freundlich an. Ihre wilden, roten Haare umrahmten ihr lächelndes, breites Gesicht. Das Lächeln dieser eben noch vibrierenden Frau war bezaubernd, und mein wundes Herz folgte bereitwillig diesem

Sog ihrer Augen.

„Ja, …ich liebe dieses Lächeln, aber auch diese ganze Menge Frau…", raunte mir Bernard zu, als ob er meine Gedanken erraten hätte.

„Geoffroi", stellte ich mich den beiden vor.

Aus einem gedanklichen Reflex heraus hatte ich das erste Mal die französische Übersetzung meines Namens benutzt … und es gefiel mir.

Dieses ungewöhnliche Paar irritierte mich auf eine eigenwillige, aber schöne Art und Weise.

Bernards Lächeln war charmant, jedoch im Schneidezahn-Bereich weitgehend zahnlos. Und wieder schien er meine gedanklichen Beobachtungen erkannt zu haben und sagte nur: „Rock´n´Roll"

Ich verstand sofort die Ursache seiner Zahnlosigkeit und seiner undeutlichen Artikulation.

Mathilde war das pralle Leben.

Bernard nahm alles ohne Kompromisse hin. Er ertrug nicht nur sein persönliches Schicksal, sondern er liebte seine Mathilde so wie sie war.

Angesichts dieser Kraft der Liebe der beiden holte mich aber die grausame Unbarmherzigkeit meines liebeszerrissenen Herzens ein.

Ich musste schnell raus.

Ich verließ den Caveau de la Huchette, jedoch nicht, ohne mich noch einmal nach der mausbraunen und so unscheinbar hübschen Frau umzusehen.

Sie saß immer noch im Halbdunkel ihrer Ecke. Ihr Getränk stand vor ihr auf der Theke, und sie lauschte der Musik.

Für einen kurzen Moment erwiderte sie meine Blicke mit einem versonnenen Lächeln.

Ich stockte kurz, ging dann aber trotzdem.

Draußen war es inzwischen merklich ruhiger geworden. Viele Restaurants hatten bereits geschlossen, und ich genoss die einkehrende nächtliche Einsamkeit in den Straßen von Paris.

Ich suchte die nächste Metro und sprang durch die erste geöffnete Waggontür. Ich landete in einem weich gepolsterten Sitz der ersten Klasse.
Unter Frankreichs sozialistischem Staatspräsidenten Mitterand war ein sogenannter „Feierabend-Sozialismus" in der Pariser Metro eingeführt worden, denn dann durften alle Fahrgäste auch die erste Klasse ohne Aufpreis benutzen. Der praktizierte U-Bahn-Sozialismus mit seiner klassenlosen Gesellschaftsform existierte aber erst ab 19.00 Uhr und hat die Katakomben der Pariser Metro nie in die Oberwelt verlassen
Mir war es eigentlich egal, ob ich erster oder zweiter Klasse fuhr, es hatte sich durch die geöffnete Tür eben so ergeben.
Meine Ohren summten, eigentlich war es mehr ein Pfeifton. Ich brauchte etwas Ruhe, um mich und meine aufgewühlten Gedanken und Gefühle herunterfahren zu können.
Wie von einer unsichtbaren Hand geleitet zog es mich in Richtung Belleville, dem Arbeiter- und Künstlerviertel, das auf mich so wirkte, als wäre es irgendwann im 19. Jahrhundert einfach ein Stückchen aus der Zeitrechnung gefallen. Den Rest der magischen Führung erledigten die Schienenstränge meiner Metro-Linie, denn beim Blick auf den Fahrplan über der Tür entdeckte ich auf der Route die Haltestation Friedhof „Père Lachaise".
In meiner Verfassung ein ideales Ziel.
Nach einigen, mit halb geschlossenen Augen durchgefahrenen Stationen erreichte ich den rund um einen Hügel gelegenen Friedhof.
Die Eingänge waren nachts verschlossen, also suchte ich eine günstige Stelle und kletterte über die Mauer.
Der Mond schien hell und warf sein blasses Licht auf die uneben gepflasterten und kurvigen Wege rund um die Gräber. Von irgendwoher hörte ich leise Gitarren-Musik. Ich folgte den Klängen und gelangte zum Grab von Jim Morrison, dem legendären und früh verstorbenen Sänger-Poeten der „Doors". Er lebte die letzten Jahre seines Lebens in Paris, bis er im Sommer 1971 starb, dahingerafft von Drogen- und

Alkoholexzessen.
Kurz vor seinem Tod gemachte Photographien zeigen das einstige Sex-Symbol der Rock- und Hippie-Bewegung als einen ungepflegten, vollbärtigen Mann mit aufgedunsenem Gesicht und ausgebrannter Seele, beherbergt im aufgeschwemmten Körper eines alten und kranken Mannes im Alter von siebenundzwanzig Jahren.
Selbst Morrisons Stimme klang auf den letzten Aufnahmen der Doors gebrochenen und alt.
Am Sockel des Grabes saßen bei Kerzenschein einige Alt-Hippies. Sie lauschten im Schneidersitz, mit verträumten Gesichtern und sanft hin und her wiegenden Köpfen, den leise gezupften Klängen alter Songs der Doors und anderen Liedern aus der Hippie-Zeit. Zwischen ihnen, auf dem ausgetretenen, sandig steinigen Boden, standen und lagen einige angebrochene Weinflaschen. Es roch süßlich herb nach Haschisch, ein qualmender Joint wurde herumgereicht.
Etwas abseits der kiffenden und Wein trinkenden Friedhof-Hippies hockte im Schein einer Kerze, vornübergebeugt und in ein Buch versunken, eine hagere, in Rot und Lila gekleidete, Jesus-Latschen tragende Frau mit langen Haaren.
Sie sah älter aus, ihr Gesicht war von tiefen Falten durchzogen. Trotzdem war sie eine schöne Frau.
Ich setzte mich, etwas Abstand haltend, neben sie auf eine der steinernen Grabumrandungen, vernahm ihr leises, monotones Murmeln und erkannte, dass sie einen Gedichtband des amerikanischen Kultautors der Beat- und Hippie-Zeit, Allen Ginsberg, in den Händen hielt.
Mit sanfter, zerbrechlicher Anmut hielt sie dieses völlig zerlesene Taschenbuch zwischen ihren schlanken Händen, auf deren Handrücken sich kräftige Adern abzeichneten. Ihre fein gliedrigen Finger zierten kleine und große Ringe aus Silber, mit und ohne Stein, allesamt den Zeitgeist der Hippiebewegung widerspiegelnd.
Die Hippie-Frau hatte alles um sich herum ausgeblendet und schien nur noch in Kontakt mit Jim Morrison zu sein.

Sie las ununterbrochen aus den Texten der Ginsberg-Gedichte, ab und zu schaute sie hoch zum Grabstein, wie um sich zu vergewissern, ob Jim auch tatsächlich zuhörte.
Die Frau umgab eine seltsame, spirituelle Aura, Jim Morrisons Geist schien die ganze Szene zu beobachten.
Berührt, aber auch erschüttert von der einsamen Inbrünstigkeit dieser Frau stand ich auf und entfernte mich von dieser Szenerie, die auf mich anziehend und gleichzeitig erstickend wirkte.
Ein Leben, erstarrt im glorifizierten Käfig des ewig Gestrigen, gefangen im Marihuana-Nebel und dem Rollsplitt aus LSD-Pillen, auch wenn mir vieles am gewaltlosen, von Liebe geführten Geist der Hippie-Zeit gefiel.
Ich schlenderte weiter über die Wege des hügeligen Friedhof-Geländes, und es war, als ob eine besondere Stimme rief.
Ich stand vor dem Grab von Edith Piaf, dieser kleinen, schwerkranken und oft unglücklichen Frau, die mit einzigartiger Kraft und dem unnachahmlichen Vibrato in ihrer starken, zugleich zerbrechlichen Stimme trotzig „Non, je ne regrette rien" sang. – „Nein, ich bereue nichts!" – Edith Piaf starb mit siebenundvierzig Jahren. Siebenundvierzig Jahre Leben ohne Reue, voller Schmerzen, Leidenschaft, getrieben von der einsamen, unerfüllten Sehnsucht nach Liebe. Ihr Herz zerbrach, aber ihr einzigartiger Gesang blieb unvergessen.
Ich verließ Père Lachaise wieder so, wie ich gekommen war – heimlich über die Mauer.

Es trieb mich weiter zur „Sacré-Coeur" – der weißen Basilika, die sich auf dem Montmartre- Hügel über Paris erhebt –, um dort auf den Treppenstufen des Kirchen-Vorplatzes das Morgengrauen und das Erwachen dieser Stadt zu erleben.
Ich konnte einfach noch nicht nach Hause fahren.
Bei Barbès-Rochechouart stieg ich aus und erlebte das sonst von Basar-Ständen und Menschen unterschiedlichster Kulturen dicht bevölkerte Straßen-Viertel entlang des Boulevard de Rochechouard, ziemlich menschenleer und ruhig, wenn auch

nicht gerade beruhigend angesichts der mitunter zwielichtigen Gestalten, die sich um diese Zeit in den engen Gassen herumtrieben.
Mir war die potentielle Brisanz meiner Lage aber ziemlich egal, da ich einerseits todmüde war, es andererseits bei mir nichts zu holen gab.
Außerdem litt ich viel zu sehr unter meinem Liebeskummer, um auch noch der Angst einen bedeutsamen Platz in meinen Sinnen einräumen zu können.
Am Ende einer kleinen Seitenstraße erreichte ich die lange, steile Treppe, die hoch zur Sacré-Coeur führt. Die Stufen erstreckten sich unendlich und uneinnehmbar vor mir in die Höhe. Der Fahrstuhl, eine kleine Bahn parallel zur Treppe, war nicht nur mental ausgeschlossen, sondern auch außer Betrieb. Ich begann also mit der Gipfelbesteigung. Mich erschöpften schon die Gedanken an den Aufstieg.
Überflüssigerweise spürte ich bereits nach wenigen Stufen, wie meine Beine schwer wurden und die Muskeln meiner Oberschenkel zu Eisenballons mutierten.
Eine furchtbare Tortur.
Ich dachte an nichts mehr und gab dafür alles in diese verdammte Treppe hinein.
Auf der Hälfte der Bergpiste war ein kleiner Absatz, nicht unbedingt biwak-tauglich, aber zumindest ein punktuelles Erholungs-Angebot. Ich stoppte, schnaufte tief durch – und fiel fast vornüber. Wie ferngesteuert vom Schwung meiner sogar die Knochen umkrampfenden Bein-Muskulatur hatte ich weitere, mechanische Steigschritte ausgeführt und trat auf dem Absatz, mangels fehlender Stufen, ins Leere.
Ich spürte die Schmerzen meiner Beine gar nicht mehr, aber der für die imaginäre Treppenstufe hoch ausholende, haltlos in der Leere der Ebene landende Steigschritt erschütterte mein Gleichgewicht und meine Wirbelsäule bis in den Schädel hinein.
Ich schwitzte kalten Schweiß, keuchend rang ich um Atemluft. Wie in Trance gelangte ich nach oben und schleppte mich zum

breiten Treppensockel, der in einen großzügigen Panorama-Weg gebettet die „Sacré-Coeur", das „heilige" oder „geheiligte Herz" umgab. „Sacré-Coeur" kann aber auch „verfluchtes Herz" bedeuten, was mir in meiner katastrophalen Verfassung deutlich näher lag.
Erschöpft, gedanklich leer, ließ ich mich auf eine der breiten Stufen fallen und sog gierig die kalte Luft durch die Nase ein.
Am Tage und vor allen Dingen bei gutem Wetter bildeten die breiten Sockelstufen einen internationalen Treffpunkt unterschiedlichster Menschen. Touristen mit geschulterten Rucksäcken und Stadtplänen in der Hand waren hier ebenso anzutreffen wie Gitarre spielende Hippies, die zu „Blowin´in the Wind" ihre Joints durch die Reihen kreisen ließen.
Überfallartig aus dem Nichts tauchten manchmal Gruppen von Japanern auf. Sie sprangen aus ihren Reisebussen, schwärmten aus und stürzten sich auf jede Attraktion. Dann hüpften sie in den Bus zurück, um in 7 Tagen 10 europäische Länder zu bereisen. Alles musste auf Fotos festgehalten werden, weil das rasende Reisetempo jegliche Eindrücke ungeduldig durchwinkte, bevor sie in der sinnlichen Erinnerung bleiben konnten.
Illegale, fliegende Händler breiteten vor den rastenden Touristen ihre Schmuggelwaren auf Decken aus, um gefälschte Rolex-Uhren, Miniatur-Eiffeltürme, Meerschaum-Elefanten, Armbänder und Haarschmuck oder auch eisgekühlte Mineralwasser-Flaschen zu Wucherpreisen anzubieten.
Aber jetzt um diese Zeit war es hier wohltuend ruhig und nahezu menschenleer. Ich ließ meinen Blick durch die Nacht und über die Dächer von Paris schweifen, als ein Rascheln ganz in meiner Nähe meine Einsamkeit unterbrach.
Einige Schritte hinter mir auf einer der höheren Stufen saß ein älterer Mann. Er war ebenfalls allein, schien aber nicht bedrückt zu sein, ganz im Gegenteil. Er saß einfach nur da, doch dieses Bild der Ruhe wollte nicht zu seinem äußeren Erscheinungsbild passen. Sein kurzärmeliges, schrill buntes Hawaii-Hemd und seine hellblaue, weite Hose bildeten optische Farb-Ausreißer jenseits jedes modischen Geschmacks.

Der bunte Mann saß da und lächelte unentwegt in sich hinein. Über seinem rechten Arm hing ein zerknitterter Mantel, und ich wunderte mich, dass er ihn trotz der Kälte nicht angezogen hatte.

Neugierig humpelte ich zu dem Mann hoch. Mit schmerzhaft zitternden Beinen ließ ich mich auf der Stufe neben ihm nieder und fragte direkt nach den Gründen seines Lächelns.

Nächte wie diese benötigten keine taktischen Umwege der Höflichkeit, um Antworten zu bekommen, dazu war die Zeit zu fortgeschritten, die Nacht zu klar und der Ort zu besonders. Der Mann schien weder überrascht, noch unangenehm berührt zu sein und sprudelte sofort los:

„Wissen Sie, es war heute einfach ein guter Tag, nein…, sogar ein besonders guter Tag für mich…"

Er hielt inne und schaute mich freundlich abwartend an.

Ich tat ihm den Gefallen und fragte nach:

„Warum war es denn ein guter Tag für Sie, Monsieur…?"

„Pierre Mouton"

Mouton… das bedeutet in der Übersetzung ‚Schaf'…, fiel mir sofort ein, ich behielt aber den Gedanken für mich.

„Geoffroi Joseph", stellte ich mich vor und fragte erneut nach den Gründen seines guten Tages.

Er lehnte sich auf seiner Treppenstufe bequem zurück. Er schien dankbar über etwas Gesellschaft zu sein, um mit jemandem reden zu können. Mir war jede Abwechslung recht, ich hatte sowieso kein Ziel vor Augen, was das Ende dieser Nacht anging.

„… ach, wissen Sie, Geoffroi, da arbeite ich nun seit sechsundzwanzig Jahren, sieben Monaten und elf Tagen im Büro, und mein Leben verläuft Tag für Tag auf die immer gleiche Art und Weise. Die Arbeit an der Schreibmaschine oder vor den Computer-Bildschirmen im Großraum-Büro ist trocken, ein manchmal stupider, aber immer langweiliger Alptraum. So war es von Anfang an, doch ich hatte und habe damals wie heute keine andere Lebens-Idee, und so bin ich immer da geblieben, wo ich damals begonnen habe. Seitdem plätschert mein Leben

hartnäckig und abenteuerlos vor sich hin."
Pierre ließ den Kopf sinken und sackte mit einer unglaublichen Theatralik in sich zusammen. Dann schaute er auf und fuhr mit gepresster, fast quietschender Stimme fort:
„Und wissen Sie, was das Allerschlimmste ist?"
Seine Erscheinung war von tiefster Enttäuschung geprägt, aber gleichzeitig reizte es mich auch zum Lachen, was ich nur mühsam unterdrücken konnte.
„Es sind die Frauen!" stieß er heiser hervor.
Ich hatte alles Mögliche erwartet, nur nicht diese Antwort. Aber ich unterband jäh meinen Lachdrang.
„Ja, die Frauen," sprudelte es nur so aus Pierre Mouton heraus:
„… es ist einfach furchtbar! Nichts für die Liebe oder wenigstens fürs männliche Auge… es ist eine Katastrophe! Unser Büro ist fensterlos und neon-beleuchtet. Wissen Sie, da kann ich nicht nach draußen schauen, um mal kurz auf andere Gedanken zu kommen. Ich schaue also nach rechts, und da sitzen die bis zum Hals Zugeknöpften. Humorlos ganz in Grau gekleidet, strenge Brille, strenge Frisur, dünne Lippen, noch dazu mit schnippischer Attitüde, die nur einsam und kinderlos macht…"
Meine Lachmuskeln begannen wieder zu beben, aber Mouton fuhr unbeirrt mit seinen kruden Ausführungen fort:
„Das ist noch längst nicht alles. Ja… und dann wage ich einen Blick zu meiner linken Seite, und meine Augen bleiben an herzerfrischend farbenfrohen Blusen hängen, die mir manchmal sogar verstohlene Einblicke in großzügige Dekolletés gestatten…"
Ich verstand nicht.
„Ihre Stimmen, es sind ihre Stimmen", erklärte er leise, „die Konversation ist nicht zu ertragen. Es schmerzt so sehr in den Ohren, dass du dich einfach nicht mehr umschauen magst…"
Mein kurzfristiger Anflug von innerem Mitgefühl für den frustrierten Pierre verflüchtigte sich umgehend, und ich konnte ihm nicht einmal mit einem verständnisvollen Nicken eine kleine moralische Unterstützung geben.
Eine wichtige Frage hatte Pierre Mouton aber immer noch

nicht beantwortet.
„Sie sagten vorhin etwas von einem besonders guten Tag. Bitte erzählen Sie doch weiter", bat ich ihn.
Er räusperte sich, wischte sich mit den Händen durchs Gesicht, straffte seine Sitzhaltung und fuhr fort:
„Ach wissen Sie, Geoffroi…, mein Leben besteht seit sechsundzwanzig Jahren, sieben Monaten und nun, seit Mitternacht, zwölf Tagen – aus Tippen. Es spielt keine Rolle, ob an einem dieser neuen Computer oder auf der Schreibmaschine, ich tippe, tippe und tippe…, und da macht man vielleicht schon mal merkwürdige Dinge, wenn man ein solches Leben führt wie ich… Wissen Sie, ich habe Paris noch nie verlassen – und es gibt auch keine Frau, Familie oder Hund, die sich auf mich freuen, wenn ich nach Hause komme. Schon immer lebe ich in Belleville. Da geht es mir gut, und da kenne ich mich aus. Morgens und abends auf dem Arbeitsweg und in der Metro begegne ich bekannten Gesichtern… und ab und zu bin ich halt auch mal hier oben."
Pierre stockte, versank kurz schweigend in sich, blickte wieder auf und sah mir direkt in die Augen. In seinen müden Blick mischte sich etwas Glänzendes, und er sagte mit leiser, aber freudig erregter Stimme:
„Ich hab's geschafft, ich habe es endlich geschafft!"
Dabei drückte er nachdrücklich mit beiden Händen meinen Arm. Sein Trenchcoat verrutschte ein wenig und gab ein Stück frischen Gips-Verband an seinem Unterarm frei.
Ich verstand gar nichts.
„Es hat endlich geklappt, ich habe genau mit dem Feierabend-Gong meinen letzten Tipper auf die Schreibmaschine gesetzt! Ist das nicht großartig?"
Pierre strahlte über sein müdes Gesicht und sah mich erwartungsvoll an.
Ich verstand noch weniger:
Pierre Mouton schüttelte den Kopf und erklärte mit gönnerhaftem Tonfall in seiner Stimme:
„Werter Geoffroi, Sie verstehen einfach nicht… wie auch…

Schauen Sie, ... Tag für Tag in diesem Büro, in dieser Umgebung ... Da muss man sich doch einfach mal ein Ziel setzen – oder? Jeden Morgen bekomme ich also bei Arbeitsbeginn meinen Stapel an Unterlagen, Akten und Briefen zur Erledigung, und jeden Morgen beginne ich pünktlich mit dem Startgong meine Arbeit und nehme mein Tages-Pensum in Angriff. Was pünktlich beginnt, wollte ich immer genauso pünktlich beenden, und so versuchte ich all die Jahre, absolut synchron mit dem ersten Ertönen des Schlussgongs den letzten Tipp-Anschlag meines Arbeitstages auf die Schreibmaschine zu setzen ..."

Mit einem zu allem entschlossenen Gesichtsausdruck holte Pierre Mouton zu einem imaginären Karateschlag in seine Handfläche aus:

„... Der Gong ertönt und ... klack!"

Seine Handkante schnellte in die geöffnete Handinnenfläche seiner anderen Hand:

„Punkt und aus! Na ... und heute ... so stellen Sie sich das doch einmal vor! ... Heute habe ich es geschafft! Nach all den Jahren habe ich es endlich geschafft!

Wie oft war ich schon vorher mit meiner Arbeit fertig und schlug die restliche Zeit bis zum Ertönen des Schlussgongs mit Kaugummi-Kauen oder Nagelpflege tot, oder wie oft musste ich noch sitzenbleiben, um noch einige letzte Zeilen fertig zu tippen, während die anderen um mich herum schon das Büro verließen. Nie hab ich´s genau geschafft, ... nie! ... Bis zum heutigen Tag! Mein Triumph, ... wenn auch ein etwas teuer erkaufter..."

Pierres Euphorie bremste bei den letzten Worten merklich ab. Pierre nahm den zerknitterten Trenchcoat von seinem Arm und gab den Blick auf seinen eingegipsten Unterarm vollständig frei.

Ich sah ihn fragend an.

„Sie werden es mir nicht glauben", fuhr er fort, – „aber als ich unmittelbar nach dem Klang des Arbeitsgongs überhaupt erst bemerkte, was mir da heute endlich geglückt ist, bin ich vor

Freude jubelnd aufgesprungen. Die ganzen Jahre voller vergeblicher Versuche! Dafür habe ich gelebt! Ich habe es endlich geschafft! Und niemand wird mir dieses Gefühl jemals wieder nehmen können!"
Dann senkte Pierre seine Stimme und fuhr leise fort:
„Leider wurde mir kurz darauf schwarz vor Augen, ... mein Kreislauf, wissen Sie? Ich war zu plötzlich aufgesprungen und verlor mein Gleichgewicht. Ich schlug beim Sturz am benachbarten Schreibtisch auf und brach mir dabei meinen rechten Arm. So liegen Glück und Pech leider oft unmittelbar beieinander ..."
Er betrachtete seinen eingegipsten Arm, während er weiter erzählte:
„Auf der Unfallstation begegnete ich im Wartezimmer einem gewissen Monsieur Rudot. Wir kamen ins Gespräch, und als dann meine Behandlung beendet war, bot er mir seinen, wie er mehrmals nachdrücklich betonte, sündhaft teuren Mantel zu einem günstigen Preis an, um damit meinen frisch eingegipsten Arm besser schützen zu können."
Pierre blickte zu mir auf:
„Das konnte ich einfach nicht ablehnen, verstehen Sie? Zuerst der Triumph an der Schreibmaschine, dann das Glück des gebrochenen Arms ..."
„Glück?" unterbrach ich ihn.
„Stellen Sie sich doch bitte einmal vor, ich wäre mit dem Kopf auf die Schreibtischkante geschlagen... furchtbar! Ich hätte gelähmt oder tot sein können! Also das nenne ich Glück, wirklich wahr!"
Pierres Aufregung legte sich wieder, und er schob ruhiger hinterher:
„Und dann machte mir Monsieur Rudot dieses außerordentlich wohlmeinende Angebot. Ja, ich weiß, mein letztes Geld war damit aufgebraucht, aber nun mal ganz ehrlich, lieber Geoffroi ..."
Pierre beugte sich ganz dicht heran und flüsterte: „... meinen Sie nicht auch, dass ich mir an diesem besonderen Tag einfach

mal etwas Besonderes gönnen musste ...?"
Pierre rückte wieder von mir ab, und aus dem Augenwinkel bekam ich mit, wie ein Stück Papier aus seiner Manteltasche fiel. Von einer vagen Vorahnung gesteuert rutschte meine Hand unauffällig darüber und deckte es ab. Ich räusperte mich, um Pierre behutsam aus seinen verschrobenen Glücksgedanken herauszuholen:
„Würden Sie mir vielleicht verraten, was der Mantel denn nun gekostet hat, Monsieur Mouton?"
Mit geheimnisvoller Geste zog er mich wieder zu sich heran, beugte sich dicht an mein Ohr und raunte mir den Preis für den Mantel zu.
Ich lächelte, und mit einer Geste des Abschieds stand ich auf. Das zusammengeknüllte Etikett behielt ich in der Hand verborgen.
Dieses Mal nahm ich nicht die Treppe, sondern folgte dem gepflasterten Weg entlang der Sacré Coeur, der zu den kleinen Gassen des Montmartre-Viertels führte.
Nachdem ich außer Sichtweite war, schaute ich in meiner Hand nach. Danach war klar, dass Rudot einer dieser kleinen Gauner des achtzehnten Arrondissements war, der Pierres naive Gutmütigkeit für einen betrügerischen Schwindel ausgenutzt hatte.
Ich hielt einen Moment inne, um von oben den anbrechenden Morgen über den Dächern von Paris zu betrachten.
Ich genoss die atemberaubende Aussicht.
Über allem ragte, einzigartig und mit einer bescheidenen und dennoch majestätischen Würde, der Eiffelturm, dieses stolze Meisterwerk der menschlichen Ingenieurs- und Handwerks-Kunst aus dem Zeitalter der industriellen Revolution.
Müde, den Kopf voller Gedanken und mit schmerzenden Beinen voller Muskelkater, stieg ich den Montmartre Hügel hinab, in das Morgengrauen von Paris.
Die ersten Kehrmaschinen mit ihren heulenden Motoren waren schon unterwegs, um Wasser spritzend und mit schnell rotierenden Bürsten den liegengebliebenen Unrat der Nacht zu beseitigen. Hier und da waren auch schon einige Menschen

unterwegs zur Arbeit, vielleicht Bäckergesellen, denn wer steht sonst schon so früh auf?
Ich suchte die Metrostation und stieg einfach in die nächste eintreffende U-Bahn ein...
Der Schaffner weckte mich schließlich.
Verwirrt schreckte ich hoch und versuchte mich zu orientieren.
Ich befand mich an der Endstation Porte Dauphine und berappelte mich mühselig wieder ins wache Leben zurück. Mit schmerzenden, schweren Gliedern und einem furchtbar trockenen, schalen Geschmack im Mund stieg ich aus und gelangte ins Freie.
Draußen war es heller geworden, aber der Morgen war noch immer sehr früh.
Bis Paris aufgewacht war, sollte noch einige Zeit vergehen.

Da ich ganz in der Nähe war, beschloss ich, durch den Bois de Boulogne zu gehen, um von dort den Zug zu meiner Wohnung zu nehmen. Ich passierte den großen Platz mit Kreisverkehr nahe der Porte Dauphine, wo nicht nur allabendlich mit Einsetzen der Dämmerung entlang des Straßenrandes einzelne Personen, oft aber auch Paare, in ihren Autos parkten, ab und zu die Lichthupe betätigten, um gleichgesinnte Einzelgänger oder Paare für ihre in alle Richtungen offenen sexuellen Abenteuer zu finden.
Ein sumpfiger Ort sexueller Dekadenz.
Taxiert von lüsternen Blicken, klebrig vom Morast tiefster gedanklicher Distanzlosigkeit durchquerte ich den Kreisverkehr und erreichte immer noch vollständig angezogen die andere Straßenseite.
Etwas später betrat ich den riesigen Park am Stadtrand von Paris.
Auf den großflächigen, von glitzernden Tautropfen überzogenen Rasenflächen hüpften die ersten Vögel des Tages und pickten zwischen achtlos weggeworfenem Müll, leeren Flaschen und benutzten Kondomen nach Würmern.
Nachts ging es an diesem Ort mitunter zu wie an den Kassen

eines Supermarktes zur Hauptgeschäfts-Zeit. Massen von Prostituierten säumten den Straßenrand, und davor standen mit laufenden Motoren, qualmenden Auspuffen und eingeschaltetem Licht zahlreiche Autos Schlange. Wie beim Drive-in eines Fast Food Restaurants warteten sie geduldig, bis sie an der Reihe waren, fuhren dann im Schritttempo vor und langbeinige, miniberockte und oft freizügig gekleidete Frauen auf Stöckelschuhen beugten sich kurz durch die geöffneten Beifahrerfenster hinein, um wenig später einzusteigen und im Auto oder an einem anderen Ort das Geschäft mit der bezahlten Lust zu vollenden.
Das augenscheinliche Geschlecht wurde im stillschweigenden Einvernehmen meist nicht hinterfragt, denn bei den Liebesdienerinnen handelte es sich in diesem Teil des Bois de Boulogne in der überwiegenden Zahl um Transvestiten und Transsexuelle, die ihre in fremde Körper geborene Existenz zumindest finanziell durch Prostitution erträglich zu machen versuchten. Viele der Freier gaben sich mit der gekauften Illusion einer hingebungsvollen, schönen Frau zufrieden.
Im Morgengrauen liefen mir vereinzelt einsame Übriggebliebene und Gestrandete der Nacht über den Weg. Haltlos torkelten sie dem Tagesanbruch entgegen, hilflos dem täglich erlebten und immer wiederkehrenden Elend ausgeliefert, bis die einkehrende Dunkelheit der Nacht die Qualen ihrer von Einsamkeit, Alkohol und Drogen zerstörten Persönlichkeit wieder etwas linderte.
Bizarre Geschöpfe, die sich mit ihren von der Hoffnungslosigkeit tief zerfurchten Gesichtern nur noch am Leben hielten durch die Suche nach dem einen oder anderen Freier, der vielleicht betrunken oder notgeil genug war, den verborgenen Schwindel der Natur nicht zu bemerken oder zu ignorieren.
Die Bilder dieser Nacht schwirrten durch meinen Kopf und vermischten sich mit meinem schmerzenden Liebeskummer zu einem schwermütigen Klumpen erdrückender Einsamkeit. Wo gehörte ich hin?
Unendlich müde setzte ich einen Schritt vor den anderen,

erreichte schließlich einen Ausgang des Bois de Boulogne und trieb zu Fuß weiter. Auf der Pont de Neuilly stoppte ich kurz und sah auf die Seine hinunter. Ungezählte Menschen betraten tagtäglich eine der vielen prunkvollen Brücken, um diesen besonderen Fluss zu überqueren. Viele taten es einfach so, aber immer wieder verließen Menschen die Seine-Brücken auch als Paare der Liebe.
„Scheiß – Liebe!"
Ich spuckte in den Fluss und setzte meinen Weg auf dem harten Asphalt fort. Keine Ahnung, wie lange es dauerte, aber irgendwann erreichte ich tatsächlich meine Wohnung.
Vor Djamals Geschäft standen lebhaft plaudernd und mit Einkaufstaschen bepackt drei Frauen aus der Nachbarschaft. Sie trugen noch ihre pastellfarbenen oder bunt gemusterten Morgenmäntel aus dickem, gesteppten Stoff, und ihre Füße steckten barfüßig in Holzpantoletten mit Damen-Absatz und Schleifchen-Schnalle.
Madame Berlier war auch unter ihnen. Sie wohnte im ersten Stock, drei Etagen unter mir. Sie war eine mürrische, ältere und alleinstehende Frau, eine sogenannte „Mal-Baisée" – eine „schlecht Geküsste".
Sie hatte in jungen Jahren, geleitet von der Suche nach materiellem Luxus und weniger nach Liebe, nicht nur einen älteren, sondern einen richtig alten, aber dafür sehr vermögenden Mann geheiratet. Als er nicht sehr überraschend vor einigen Jahren gestorben war, hatte er ihr zwar ein gesichertes Auskommen, aber keine Familie oder zumindest eine ihr wohlgesonnene Verwandtschaft hinterlassen.
Nun haderte Madame Berlier und haderte verbittert mit dem Leben im Haus, besonders dann, wenn es bei den anderen Hausbewohnern und ihren Kindern mal etwas lebhafter und fröhlicher zuging. Sie beschwerte sich über alles und jeden und machte anderen und sich das Leben dadurch unnötig schwer. Ihr Gesicht und ihre Haut waren zusammengeschrumpft wie bei einer ausgedörrten Zitrone.
Frauen wie Madame Berlier gab es viele in Paris. Sie lebten

meist zurückgezogen, einsam und verloren in ihren üppigen Appartements. Einige von ihnen schafften es, mit großzügiger Hilfe ihrer materiellen Vorzüge, junge Liebhaber zu erobern, die dann, ausgestattet mit unverbrauchter Manneskraft, ihre verloren geglaubte Weiblichkeit zum Erblühen brachten.
Ich war zwar finanziell chronisch klamm und hielt mich mit Gelegenheit-Jobs nur mühsam über Wasser, aber Madame Berlier war in meiner intimen Phantasie immer außen vor geblieben.
Ich wünschte den drei tratschenden Frauen einen guten Tag und warf einen kurzen Blick in Djamals Magazin.
Djamal bemerkte mich nicht, er war gerade damit beschäftigt, die Einkäufe einer Frau mit Kopftuch, in brauner Strickjacke und weitem, knöchellangen Rock und ihren zwei kleinen Kindern zusammenzurechnen.
Das kam mir ganz gelegen, denn mir war nicht einmal mehr nach einem sehr kurzen Gespräch zumute, also sagte ich nichts und gelangte unbemerkt zu meiner Haustür. Ich schaffte es ohne Zusammenbruch die vier Stockwerke hoch zu meiner Wohnung und fiel todmüde aufs Bett.
Ich musste fast den ganzen Tag geschlafen haben.
Als ich aufwachte, brannte das Licht immer noch.
Durch das gleichfalls immer noch geöffnete Fenster drangen in nicht zu eng getakteter Folge das Gerumpel und Quietschen der ein- und abfahrenden Züge in meinen Raum.
Ich fühlte mich erschöpft und leer.
Alles in mir und um mich herum erschien mir vollkommen sinnlos.
„Schlaf erst einmal eine Nacht darüber, dann sieht die Welt schon wieder ganz anders aus..."
So lauteten doch die gutgemeinten Ratschläge.
Aber zur Hölle damit!
Mir ging es jetzt noch beschissener als vor dem Schlaf!
Vorher war ich zu Tode erschöpft und zu keinen Gedanken mehr fähig, aber jetzt war ich ausgeschlafen – und nun sollte die Welt wieder ganz anders aussehen!

Tat sie aber nicht...
Die Welt sah jetzt wirklich ganz anders aus!
Es war nur noch schlimmer geworden!
Ohne sie...
„Die Zeit heilt alle Wunden", drängte es sich laut in meine Gedanken.
Ich wartete auf die heilende Zeit.
Und die kroch endlos dahin, ... ohne Musik, dafür vollgestopft mit trüben Gedanken und berstend vor ungestillter Sehnsucht.
Es gab keinen Grund aufzustehen.
Ich blieb auf meinem Bett liegen und starrte an die Decke.
Die Ecken meiner Zimmerdecke waren mit Stuck aus Styropor dekoriert, und mir fiel auf, wie hier irgendwann eine dekorative Fehlentscheidung getroffen worden war, die wohl auch mich als Mieter überleben würde.

Mittlerweile hatte ich jegliches Zeitgefühl verloren. Ich war immer noch vollständig angezogen, hatte keinen Grund, mich umzuziehen, beschloss aber wenigstens aufzustehen.
Fast wäre ich der Länge nach hingefallen, weil mir schummerig vor Augen wurde und mein Kreislauf nahezu völlig in sich zusammensackte – wie ich auch.
Auf allen Vieren kroch ich zum Regal und griff mir eine meiner Schallplatten.
Wie von Geisterhand geführt landete „Hey Joe" von Jimi Hendrix auf dem Plattenspieler.
Die Geister waren mir anscheinend wohlgesonnen, und sie schienen alles daran zu setzen, meine Stimmung zu erhellen. Dabei entpuppten sie sich aber als nicht gerade zimperlich in der Wahl ihrer Mittel. Joe erschoss nämlich seine untreue Frau kurzerhand mit dem Gewehr.
Eine Problem-Lösung solcher Art fällt zwar nicht unbedingt in den empfehlenswerten Bereich einer ethisch korrekten Konflikt-Beilegung, kann aber dennoch, unter Berufung auf die Gedankenfreiheit eines verlassenen Mannes, manchmal richtig gut tun...

Nach zwei musikalischen Hinrichtungen hintereinander war ich zumindest gedanklich etwas geläutert.
Ich brauchte dringend einen Kaffee, außerdem verspürte ich schon Magenschmerzen vor Hunger.
Ich hatte seit dem vorigen Tag nichts mehr gegessen, mein Geschmack im Mund war nicht zu ertragen. Mein Atem roch grauenhaft verbraucht, und mein Äußeres ließ nicht nur zu wünschen übrig..., aber immerhin stabilisierte sich mein Kreislauf wieder etwas und ich konnte aufstehen.
Die Packung mit dem Kaffee-Pulver war natürlich leer.
Das schmutzige Geschirr lag unangetastet in der Spüle.
Das Spülmittel war natürlich auch leer, aber mir war ohnehin nicht besonders nach Abwaschen zumute.
Ich suchte ein paar Zehn-Francs-Stücke zusammen und machte mich an den Abstieg zu Djamals Magazin.
Für die Strapazen der letzten Nacht zahlte ich einen hohen Preis, und die vier Stockwerke hinab bedeuteten erneut brutale Beinarbeit.
Djamal saß entspannt auf seinem Hocker hinter dem kleinen Verkaufstresen und las in der Tageszeitung.
Auf dem Titelblatt konnte ich das Datum erkennen, und die Schlagzeile verriet mir, dass es der Tag der Stichwahl zwischen dem amtierenden Staatspräsidenten François Mitterand und seinem Herausforderer, dem konservativen Politiker Jacques Chirac war.
Ganz zweifellos ein wichtiger Tag für die französische Nation, aber nicht so sehr für mich, denn ich dachte ohne Unterlass nur an sie, da war einfach kein Platz für einen Präsidenten.
Die Wanduhr zeigte mir an, dass es später Nachmittag war. Ich war wieder in der Realität der Zeitempfindung angelangt.
Djamal war so vertieft in seine Lektüre, dass er mich zunächst gar nicht bemerkte. Als er mich sah, huschte ein Lächeln über sein Gesicht, was gleich darauf dem Ausdruck einer leichten Bestürzung wich: „Guten Tag, Gottfried. Aber... meine Güte! Was ist denn mit dir geschehen, wie siehst du denn aus?"
Mir war eigentlich gar nicht nach reden zumute, aber Djamals

grundfreundliches Wesen brachte mich ins Plaudern, und ich erzählte ihm in leicht gestraffter Form von den Erlebnissen der letzten Nacht.
Djamal lauschte interessiert, bisweilen auch amüsiert meinen Schilderungen, und gelegentlich schüttelte er ungläubig den Kopf. Einige Male erntete ich auch einen schrägen Blick von ihm, aber er ließ mich erzählen, stellte keine Fragen, und so redete ich mir einiges von der Seele.
Als ich bei meinen Ausführungen das zusammengeknüllte Preisschild von Pierre Moutons Mantel in der Hand hielt, unterbrach ich abrupt, denn mir war schon ganz schlecht vor Hunger und mein Kreislauf begann schon wieder massiv mit der Waagerechten zu liebäugeln.
„Djamal ..., entschuldige ..., aber ich brauche jetzt unbedingt ein Paket Kaffee, und hast du vielleicht noch ein Baguette oder Croissants für mich da?"
Djamal, sichtlich berührt und auch amüsiert über meine Geschichten, gab mir ohne weitere Umschweife Kaffee und Baguette.
Im Brotkorb lag noch ein letzter Croissant. Djamal schenkte ihn mir.
Ich verabschiedete mich dankend und kehrte eilends in meine Wohnung zurück, diesen einsamen Ort der gefühlten Zeitlosigkeit. Mein Wecker war stehengeblieben und eine Armbanduhr trug ich nicht, obwohl mir diese Art der Uhren eigentlich immer gefiel. Rein mechanische Armbanduhren mit ihrem kunstvoll konstruierten Innenleben aus kleinsten Rädchen und Federn bewunderte ich schon als kleines Kind als Meisterwerke der Feinmechanik. Es sind großartige Gesamtgebilde höchster Präzision, und ich liebte dieses leichte, leise und feine Ticken, wenn ich sie ganz dicht an mein Ohr hielt, aber ich trug Uhren nicht gern an meinem Arm.
Ich trank etwas frisch gebrühten Kaffee aus einer Schale. Er war stark, heiß und bitter. Ich süßte mit etwas Zucker nach und tunkte meinen Croissant in das dampfende Schwarz. Er saugte sich voll und färbte sich dunkelbraun. Es war jedes Mal wieder

eine Herausforderung, das triefende Gebäck zum Mund zu führen, ohne dass der tropfende Croissant vorher abbrach und platschend im Kaffee oder dunkle Flecken spritzend auf dem Schoß landete.
Ich schaffte es unfallfrei, ... wenigstens das lief einmal glatt.
Die Kraft des gesüßten Kaffees und der unnachahmliche Geschmack des durchtränkten Croissant durchfluteten wohltuend meinen Körper, und die Trinkschale mit dem heißen Kaffee wärmte meine kalten Hände.
Ich lehnte mich zurück und schloss für einen Moment die Augen. In meiner Wohnung war es erstickend still, und ich sehnte mich so unendlich danach, dass es an der Wohnungstür leise, ganz leise klopfen würde...
Ich würde zur Tür gehen, sie öffnen – und sie steht einfach nur da, ... eine Haarsträhne in ihrem verweinten Gesicht.
Sie macht nur den Hauch einer Bewegung.
Ich drücke sie ganz fest an mich, und sie zerschmilzt in meinen Armen, unsere pochenden Herzen vereinen sich, und ich versinke in Isabelles wundervollen, samtweichen Lippen.
Aber ich tauchte ein ins Nichts. Kein Klopfen ertönte. Es war der unerträgliche Schmerz der Leere, der wieder sein eisiges Feuer in mir zum Lodern brachte.
Ich musste raus, einfach raus, um nicht durchzudrehen.
Hastig griff ich nach meiner Jacke und meinem Autoschlüssel. Mir war überhaupt nicht nach Zug- und Metro-Fahren zumute, also fuhr ich mit meinem Auto in die Innenstadt von Paris. Abends war das kein allzu großes Problem, da nicht so viel Verkehr die Straßen verstopfte.
Es war noch hell, ein milder Abend, und die tiefstehende Sonne verabschiedete sich allmählich am rötlichen Horizont zwischen den Dächern von Paris.
Auf der Suche nach einem Parkplatz bog ich in eine enge Gasse nahe des Quartier Latin ein und hatte Glück:
Mein Wagen passte wie maßgeschneidert in eine Parklücke.
Obwohl fast überall Parkverbot herrschte, parkten hier ziemlich risikolos an den Bordsteinkanten Autos, denn die Gassen und

gepflasterten Straßen waren zu eng für die Abschleppwagen.
Ich stieg aus und schlenderte ziellos durch das lebhafte Viertel.
Vor den Schaukästen eines sichtbar in die Jahre gekommenen Programm-Kinos blieb ich stehen.
Es wurde die Science Fiction-Satire „Brazil" gezeigt, und da ich dringend gedankliche Ablenkung gebrauchen konnte, ging ich zum Eingang mit dem Kassenhäuschen. Die Werbung sei schon angelaufen, aber der Hauptfilm habe noch nicht begonnen, versicherte mir die freundlich lächelnde, aber abgehärmt aussehende Kassiererin. Ich bezahlte eine Karte für die unteren Reihen und bekam beim Hineingehen noch mit, wie jemand irgendwo ein Fenster öffnete und voller Euphorie herausrief: „C'est Mitterand!"
François Mitterand hatte es also wieder geschafft und sich gegen den smarten, stramm konservativen Jacques Chirac durchgesetzt.
Mir gefiel dieser Ausgang der Wahl, denn es passte zu Frankreich, der sozialistische Geist der französischen Revolution konnte so zumindest im Untergrund nach 19.00 Uhr klassenlos weiterleben.
„Allons enfants...," dachte ich noch, als ich den dunklen, leicht stickigen Kinosaal betrat.
Ich ließ mich in das rote, etwas stachelige Polster eines Sessels in der vierten oder fünften Reihe fallen und streckte meine Beine unter dem Vordersitz aus. Die Sitzreihen waren gut gefüllt, aber die Plätze neben mir waren noch unbesetzt.
Mit dem Beginn des Hauptfilms setzte sich ein Franzose mittleren Alters mit schütteren Haaren und kurzärmeligem Poloshirt in den Sessel rechts neben mir. Ich spürte die distanzlose, unangenehme Wärme seines stark behaarten Unterarms an meinem auf der Sessellehne ruhenden Arm, aber ich dachte gar nicht daran, meinen Armlehnen-Platz herzugeben. Schließlich war ich vorher da...
Die englischsprachige Originalversion von „Brazil" mit französischen Untertiteln verlangte meine volle Konzentration, und so kam ich recht bald über den feuchtwarmen Haarpelz hinweg.

Die Handlung des Films war schräg-makaber und voll von schwarzem Humor, brachte mich aber auf andere Gedanken. Unmittelbar vor der letzten Szene zog es kalt an meinem Arm – mein Nachbar war abrupt gegangen.
Als ich nach Filmschluss den stickig warmen Kinosaal verließ und draußen tief durchatmete, war es mittlerweile dunkel, und auf den Straßen tobte eine einzige Party.
Zahllose Korsos von hupenden Autos, Massen von feiernden Menschen, viele mit französischen Nationalfahnen in den Händen schwenkend, überall Musik und Stimmengejohle erfüllten die Straßen von Paris. Die Energie, diese geballte Feierlaune, dieses Zelebrieren des eigenen Landes war ansteckend. Grinsend ließ ich mich von der euphorischen Stimmung durch die Straßen treiben und saugte die Eindrücke dieser Nacht in mir auf.
Die leicht bedrückende Schwermut, die „Brazil" hinterlassen hatte, war augenblicklich verflogen. Gleichzeitig erzeugten diese Menschenmassen von zigtausenden Feiernden eine unendliche Einsamkeit in mir. Der Lärm war mancherorts ohrenbetäubend, und ich lief wie betäubt durch dieses Klanggewitter. Ich verspürte den Drang, diesem Trubel entfliehen zu müssen, obwohl die riesige Straßen-Fete von einer ansteckenden Fröhlichkeit getragen wurde.
Es ging mittlerweile gar nicht mehr um die Wiederwahl Mitterands, die Menschen feierten sich und ihr Land und die große Kraft des Geistes der französischen Revolution, deren Jahrestag sich bald näherte. Von überall her waren euphorische „Vive la France"-Rufe zu vernehmen. –
Auf den Gehwegen herrschte eine Enge wie auf Jahrmärkten, ich bahnte mir einen Weg durch diese Menschen-Knäuel, um zu meinem Auto zu gelangen. In der kleinen Seitenstraße, wo ich es abgestellt hatte, ging es ruhiger zu. Ich ließ mich erleichtert in den Sitz fallen, lehnte den Kopf zurück und schloss die Augen.
„Ruhe," dachte ich noch, – „... endlich Ruhe..."
Ich schreckte hoch und blickte verwirrt um mich. Mir war

schwindelig, ich musste kurz eingeschlafen sein.
Langsam gewann ich meine Orientierung zurück. Ich rieb mir die Augen und nahm einen großen Schluck Wasser aus der Flasche, startete den Motor. Die Party auf den Straßen war noch in vollem Gange, lange konnte ich also nicht geschlafen haben. Vorsichtig durchquerte ich Gruppen von tanzenden und übermütigen Menschen, die im Party-Rausch einige Male mein Auto kräftig durchschüttelten oder mit den Handflächen an die Fensterscheiben oder auf die Motorhaube trommelten. Langsam rollte ich durch die überhitzten Gassen und bahnte mir einen Weg durch die feiernden Menschen.
Nach Hause zu fahren und dort den Rest der Nacht zu verbringen war für mich allerdings schwer vorstellbar, denn dort würde mir die Decke auf den Kopf fallen, und ich würde am überall anhaftenden Geruch meiner großen Liebe ersticken.
Ich musste erst einmal raus aus Paris, raus aus dem ganzen Trubel, einfach nur weg, egal wohin...
Nach einem weiträumigen Umweg über die Péripherique erreichte ich schließlich La Garenne Colombes.
Es war weit nach Mitternacht, als ich in die Rue Colbert einbog und parkte. In der Straße war alles ruhig. Djamals Magazin war geschlossen. Irgendwo in der Ferne bellte ein Hund, selbst am Bahnhof war es ruhig.
Krasser konnten die Gegensätze der Realität nicht ausfallen.
In Paris, keine Viertelstunde mit dem Zug entfernt, tobte das Leben auf der Straße, hier aber waren die Bürgersteige buchstäblich hochgeklappt. Nichts war von den Geschehnissen in Paris zu spüren.
Am Morgen würden sie wieder in Grüppchen vor Djamals Laden zusammenstehen und über die Ereignisse in Paris reden, und Djamal und Azzedine würden wieder heimlich verliebte Blicke oder auch mal ein verstohlenes Küsschen austauschen und ihre spielenden Kinder liebevoll lächelnd ermahnen.
Azzedine und Djamal schienen im tagtäglichen Einerlei ihre Liebe immer wieder neu für sich zu entdecken und zu genießen.

Es trafen sich fast immer um die gleiche Zeit die gleichen Leute und schwatzten meist über die gleichen Dinge, tagaus tagein. Ich beteiligte mich nicht an diesen nachbarschaftlichen Gesprächskreisen, um ihren neugierigen Fragen zu meiner Herkunft oder Vergangenheit vorzubeugen oder nicht ausweichen zu müssen. Sie wussten meinen Namen und so ungefähr, was ich machte. Das reichte.
Meine Haustürschlüssel baumelten leise rasselnd am Schlüsselring, in den ich meinen Ringfinger gehakt hatte, als ich die knarrenden Treppen der vier Stockwerke zu meiner Wohnung hinaufging.
Ich schloss die Wohnungstür auf, und mir schlug der erdrückende Geruch der Einsamkeit entgegen. Die nackte, birnenförmige Glühbirne brannte seit Tagen ununterbrochen.
Ich warf die Schlüssel auf den kleinen Tisch im Zimmer.
Es war etwas zu viel Schwung, die Schlüssel rutschten über die Tischplatte und landeten mit einem metallischen Prasseln auf dem Boden. Ich ließ sie dort liegen.
Ich ging in die Küche, kochte einen Kaffee und versuchte nachzudenken. Eigentlich versuchte ich nur, nicht an sie zu denken, aber es gelang mir nicht. Das Brodeln des Wassers in der Espressokanne auf der Gasflamme wurde beständig lauter und ging in ein heiseres Fauchen über.
Der intensiv aromatische, herb-leckere Geruch von frisch gebrühtem Kaffee breitete sich in meiner Wohnung aus und verdrängte für einen Augenblick das muffig riechende Grau der Einsamkeit um mich und in mir.
Ich goss mir Kaffee in eine Trinkschale, tat etwas Zucker hinein und setzte die dampfende Schale an meinen Mund. Ich war nicht vorsichtig genug, verbrannte mir die Lippe und bekam vor Schreck auch noch Schluckauf.
„Mist, so ein verdammter Mist!"
Ich drückte meinen Finger auf die angebrannte Stelle an meiner Lippe.
Dann hickste ich schon wieder, dieses Mal richtig heftig. Alle paar Sekunden zuckte ich unter dem Schluckauf-Tornado

zusammen. „Das hat mir jetzt gerade noch gefehlt..."
Ich hielt die Luft an, aber dieser Schluckauf erschütterte mit unerbittlicher Zuverlässigkeit, in viel zu kurz aufeinanderfolgenden Intervallen, ein ums andere Mal meine komplette Person.
Körper, Geist, Seele... alles wurde erfasst und ging in diesen unaufhaltsam heranrollenden Schluckauf-Wellen unter. Ich konnte nichts dagegen tun, aber wenigstens büßte mein Liebeskummer zeitweilig den Spitzenplatz meiner dramatischen Prioritätenliste ein.
Das hartnäckige Gehickse stieß die schräge Geschichte vom ersten Rendezvous meiner guten Bekannten Richard und Faya aus meinen Erinnerungen in meine bebenden Sinne. Nachdem sich Richard und Faya bei einigen zufälligen Begegnungen und bei einigen Tassen Espresso oder Gläsern Pastis etwas näher kennengelernt hatten, bat er sie schüchtern um ein Rendezvous und lud sie zum Dinner bei sich zu Hause ein.
Ihr „Ja" machte ihn überglücklich.
Richard war vom ersten Augenblick an in Faya verliebt.
Er fieberte ihrem Kommen entgegen. Faya war eine attraktive Frau mit wohlgeformten Proportionen, blondem Haar, vollen, roten Lippen und einer zierlichen Nase. Und ihre braunen Augen erkundeten mit neugierigen, koketten und selbstbewussten Blicken die Welt. Sie trug ein ärmelloses, metallisch grün glänzendes Kleid mit einem Ausschnitt von dezenter Blickfang-Tiefe.
Richard saß ihr an dem runden Tisch gegenüber und war gefesselt von ihrer Schönheit. Das Messer, die Gabel, seine Serviette, zu guter Letzt der Korb mit den Baguette-Stückchen – alles war ihm während des Essens „hingefallen", um wieder und wieder einen Blick auf ihre atemberaubenden Beine und Knöchel zu werfen.
Als er ihr noch einen Espresso anbot, lächelte sie. Beim Einschenken versuchte er, verstohlen auf ihre reizvoll bekleideten Brüste zu blicken.
Faya besaß viel Humor und genoss seine heimlichen Blicke.

Sie mochte seine schüchterne, zugleich charmante und freche Art, ihr Komplimente zu machen. Alles stimmte, der sinnliche Jazz Lester Youngs, ein intim gedeckter Tisch mit Kerzenlicht, das nächtlich beleuchtete Panorama der Großstadt, das durch die Fensterwand des großzügigen, sparsam eingerichteten Appartements zu sehen war.
Er beugte sich zu ihr vor, um noch Espresso nachzugießen, als er plötzlich von diesem verdammten Schluckauf heimgesucht wurde. Den ganzen Abend war er davon verschont geblieben und hatte aufgepasst, aber er war der brennenden Kerze zu nahe gekommen, und seine Allergie begann ihren peinigenden Weg zu nehmen: Alle paar Sekunden würde er aufschlucken müssen, und ungefähr drei Stunden würde diese schmerzhafte Tortur andauern.
Seine Allergie gegen den Ruß von brennenden Bienenwachskerzen hatte Richard zu einer medizinischen Rarität gemacht. Jedoch ein Rendezvous ohne Kerzenschein wollte in Richards Vorstellungen nicht hineinpassen, und nur wegen dieses betörend-süßlichen Dufts einer brennenden Bienenwachskerze war er dieses Risiko bewusst – und für Faya – eingegangen.
Schwer hicksend und mit bereits anschwellendem Bauch blickte er Faya flehend an. Sie schaute fragend und ratlos zurück. Wie gerne hätte er ihr eine Entschuldigung oder Erklärung sagen wollen, aber der Schluckauf vereitelte alles.
Seine Augen quollen hervor, seine Schläfen-Adern pumpten dick, bläulich und hämmernd unter der Haut, sein Gesicht lief rot an, und der Bauch nahm immer mehr das Format eines zu stramm aufgeblasenen Luftballons an.
Richard war das alles unendlich peinlich, musste er sich doch unter diesen extrem ungünstigen Umständen die Hose öffnen...
Faya fragte ihn immer wieder besorgt, was er denn habe.
Richard blieb keine andere Wahl als sich eine erste orale Druckerleichterung seines aufgeblähten Bauches zu verschaffen.
Faya entgleisten die Gesichtszüge – sie machte Anstalten zu gehen.
Richard resignierte.

Jetzt hatte er sowieso nichts mehr zu verlieren. Er machte seine Hose auf. Das Hemd spannte über Richards Bauch bis zur Zerreiß-Grenze und legte zwischen den Knöpfen in oval-förmigen Feldern bereits Haut frei.

Faya starrte entgeistert, doch Richard schaffte es irgendwie, ihr für einen kurzen Moment ein gequältes, aber dennoch liebevolles Lächeln entgegenzubringen.

Es war nur für Sekunden-Bruchteile, dann hickste er wieder und die nächste Luftblase drängte unaufhaltsam auf Freigang durch den Mund.

Faya war irritiert, doch plötzlich fing sie an zu lachen, als sich die ganze Situation in ihren Gedanken etwas ordnete. Richard sah zu komisch aus, wie er angestrengt bebend auf dem Stuhl hing: ausgestreckte, leicht gespreizte Beine, offene Hose, dieser unförmig aufgeblähte Bauch, dieser enorme Schluckauf, der jedes Mal seinen ganzen Körper ein Stück hochhüpfen ließ, das puterrote Gesicht, seine wirren Haare und dann dieser verzweifelte Ausdruck in seinen Augen.

Lachend drückte sie auf seinen Bauch und erntete prompt einen gewaltigen Rülpser. Faya lachte sich kaputt.

Richard war das Ganze unendlich peinlich.

Sie fand es dagegen richtig witzig, wie er umgehend auf jeden noch so leichten Druck ihrer Hände reagierte, und begann, mit den verschiedensten Druck-Varianten auf seinen prallen Bauch zu experimentieren. Sie beugte sich mit ihrem phantastisch weiblichen Körper über ihn, küsste zart seine gequälten Augen, massierte gefühlvoll seine gepeinigte Kehle, und ihre Zunge fuhr leicht über seine Lippen. Er hickste glücklich.

Die Situation war grotesk, aber prickelnd. Richard konnte sich in seiner Lage überhaupt nicht bewegen, doch das wollte er ohnehin nicht. Sie knöpfte Hose und Hemd weiter auf, dann küsste sie mit ihren vollen Lippen seinen strammen Bauch.

Es war ihm schrecklich unangenehm, aber Faya gab ihm trotz seiner prekären Lage das Gefühl, mit ihr zu verschmelzen. Faya war eine Göttin der Liebe.

Ihre Augen drangen tief in die seinen ein und versanken in

seinem Innersten. Dankbar und kraftlos rülpsend betrachtete er sie zärtlich.
Faya antwortete mit einem betörenden Lächeln...
Plötzlich schrie sie ihm voll ins Gesicht! Gleichzeitig verzerrte sich ihr Gesicht zu einer furienhaften Fratze. Ein Urschrei, der alles in der unmittelbaren Umgebung erzittern ließ!
Ihre Finger krallten sich mit langen Fingernägeln unbarmherzig in seinen gemarterten Bauch. Richard entfuhr die Luft in einem Schwall gleichzeitig aus allen Körperöffnungen, er stürzte mitsamt dem Stuhl hinten über, versuchte sich noch im Fallen an der Tischdecke festzuhalten und riss alles mit hinunter.
Die Essensreste und das Geschirr um sich herum verteilt, blieb er mit weit aufgerissenen Augen auf dem Rücken liegen. Ein Moment der Stille trat ein, man hörte nur noch die Luft aus seinem Bauch entweichen, es klang wie ein erschlaffender Luftballon.
Faya lachte laut und kehlig auf und hockte sich neben Richard. Verstört bedeckte er mit den Armen sein Gesicht.
Aber es war vorbei...
Er hätte eigentlich noch über eine Stunde leiden müssen, doch es war alles vorbei!
Faya blieb bei ihm.
In Anbetracht meines gnadenlos anhaltenden Schluckaufs konnte ich Richards damalige Verzweiflung gut nachvollziehen, aber für mich gab es keine Faya, die mich von meinem üblen Leiden erlösen würde.
Von innerer Rastlosigkeit getrieben holte ich meine Reisetasche unter dem Bett hervor. Irgend jemand in mir hatte beschlossen, für eine Weile wegzufahren, während der Rest von mir mit dem Schluckauf kämpfte und mich für einen Moment vom Liebeskummer ablenkte. Manchmal macht man Dinge, die gut und richtig sind, auch wenn man gar nicht so richtig weiß, warum.
Mein Schlafsack, der kleine Camping-Gaskocher und mein Zelt lagen immer reisebereit im Kofferraum meines Autos, ebenfalls eine zusammengerollte Strandmatte aus Stroh zum

Darauflegen.

Ich packte ein paar Jeans, T-Shirts, Socken, Unterhosen, Badehose und zwei wärmere Pullover in meinen Rucksack.

In einem Pappkarton verstaute ich Kaffee, ein angebrochenes Glas mit Aprikosen-Konfitüre, etwas Zucker, Salz und Wasser, Geschirr und Besteck in doppelter Ausführung, um nicht jedes Mal abwaschen zu müssen, und einen Dosenöffner.

Ein Blick in den Schuhkarton, der mir als Kasse diente, verriet mir, wie es um meine Finanzen bestellt war. Es waren einige Scheine von meinen letzten Jobs übrig. Das würde noch für eine Weile reichen.

Die Weile sollte so lange andauern, wie mein Geld reichen würde.

Ich schrieb einen kleinen Brief für Djamal und Azzedine, in dem ich die beiden darum bat, sich während meiner Abwesenheit um die Post oder eventuell auftauchende Dinge, die der sofortigen Regelung bedurften, zu kümmern.

Eigentlich bekam ich nur sehr selten Post. Noch seltener gab es etwas zu regeln und fast nie sofort.

Ich steckte den Brief zusammen mit meinen zweiten Wohnungsschlüssel in einen Umschlag und hängte mir den Rucksack über die Schulter. Mein Schluckauf ließ einfach nicht locker und schmeckte und roch sauer.

Mir war kotzübel, aber ich nahm den Pappkarton in meine Hände und flüchtete aus der Wohnung. Kurz vor Erreichen des letzten Treppenabsatzes bemerkte ich erleichtert, dass mein Schluckauf sich plötzlich gelegt hatte.

Ich warf den Briefumschlag durch den Briefschlitz in Djamals Ladentür und ging die menschenleere Straße hinunter zu meinem Auto.

Ich schaute hoch in die milde Nacht und mein Blick fand den blassen Mond, aber auch mein hell erleuchtetes Fenster. Ich hatte schon wieder vergessen, das Licht auszumachen.

Ich ging weiter.

Es war mir immer noch egal.

Eine genaue Idee – oder zumindest einen Ansatz von einem

Reiseplan hatte ich nicht, als ich in mein Auto, eine „Dyane" von Citroën, stieg. Ich verstaute meine Sachen auf dem Rücksitz und startete den Motor. Das Scheinwerferlicht schnitt einen Tunnel in die Dunkelheit der Nacht und machte meinen Weg frei. Ich tauchte ein in den Asphalt, eskortiert von schwach leuchtenden Straßenlaternen, die die Geschwindigkeit zu Lichterketten formten.

Die Straße mündete schließlich in die Nationalstraße 2, auf der ich blieb.

Ich liebte dieses Fahren auf den Landstraßen im Norden Frankreichs, die wie graue, endlos lange Teppich-Wellen die sanften Hügellandschaften zerteilen und durch Dörfer führen, die mit ihrem morbiden Charme noch verlassener als verlassen wirken.

Man sah so gut wie nie jemanden auf der Straße und wenn, dann waren es ältere Paare oder einzelne Alte, die auf verwitterten Bänken vor ihren dem Verfall preisgegebenen Häusern saßen oder mit einem abgewetzten Besen in der Hand im Hauseingang standen und in stoischer Muße den vorbeiziehenden Straßenverkehr beobachteten.

Waren diese Straßen einst die pulsierenden Lebensadern, die die Menschen zusammenführten und diese Dörfer gedeihen ließen, so bedrohten sie nun mit ihrem schnellen, lauten und gefährlichen Verkehr jegliches Leben.

Grau asphaltierte Straßen mit rasenden Autos wie schnell rotierende Kettensägen, bewaffnet mit scharfen, schnell zuschlagenden Sägezähnen, schnitten nun klaffende Risse in die Dörfer und entzweiten sie.

Die Jungen flohen, so bald auch sie davonrasen konnten, und die Alten blieben auf den Bänken vor ihren Häusern sitzen oder mit ihren Besen in den Hauseingängen stehen, weil ihnen der gefräßige Verkehr keinen Platz mehr vor dem Haus gönnte.

In einer morbiden und zugleich liebenswerten Monotonie wiederholten sich immer die gleichen Bilder: Männer mit Schirm- oder Baskenmütze, in Hosen mit Hosenträgern, ihre dicken, müden Hände ruhten auf den Oberschenkeln. Der erkaltete

Stummel einer filterlosen Mais-Zigarette steckte zwischen den von Bartstoppeln umsäumten und vom vielen Nikotin bräunlich verfärbten Lippen.

Die Hände der Frauen gefaltet versunken im Schoß oder vergraben in den aufgesetzten Taschen ihrer Küchenkittel aus Nylon. Ihre Haare zu einem Haarknoten zusammengebunden, und ihre ungeschminkten, faltigen Gesichter sahen erschöpft und abgearbeitet aus.

Die übriggebliebenen jungen Menschen sah man selten, weil sie entweder noch zur Schule gingen, wo sie den ganzen Tag in Verwahrung blieben, oder weil sie in den kleinen Landbetrieben arbeiteten, wo sie auch den ganzen Tag zubrachten.

Ich erreichte irgendwann Laon, und es zog mich weiter zum Meer, also folgte ich dem Weg nach Calais.

Wenn es möglich war, vermied ich die zweifellos schnelleren Autobahnen, wobei der Kostenfaktor noch nicht einmal der entscheidende Punkt war. Autobahnen sind rationale, nüchterne Verbindungen über Land, von einem Ort zum anderen, weitgehend befreit von jeder sinnlichen Ablenkung, und ihre Leitplanken kanalisieren den zu einem grauen Tunnel reduzierten monotonen Rausch der Geschwindigkeit.

Man betrügt sich selbst um die Geschichte der Reise, die Landschaft und die ausschweifende Monotonie, wenn man den unkomplizierten, rein auf das Ziel fixierten Weg wählt.

Ich hatte keine Lust auf Musikhören und überließ mein Gehör dem lautstarken, hochtourigen Klang des Motors, der dröhnend das Auf und Ab der Straße begleitete.

Immer wieder tauchte das Bild von Isabelle in mir auf.

Ich sah, wie sie mit einem leichten Lächeln auf ihren schönen Lippen neben mir saß, einen Fuß in die Kartenablage gestellt, ihren Ellbogen auf dem gebeugten Knie, eine glimmende Zigarette zwischen ihren Fingern, den Kopf an das Seitenfenster gelehnt.

Dieses Bild lebte so stark in mir, dass ich sogar die Musik hörte, die so oft bei unseren gemeinsamen Fahrten im Kassettenrecorder lief. „Far away Eyes" oder „Sweet Virginia", aber

auch „Love in Vain" von den Stones waren unsere ständigen Begleiter.
Meine Gedanken verpufften schmerzhaft auf dem leeren Beifahrersitz, und statt der großen Liebe hing dort nur ein schlecht funktionierender Sicherheitsgurt schlaff an seinem Haken.
Das monotone Dröhnen des Motors eroberte mein Bewusstsein zurück, der Kassettenrecorder war verstummt und nur noch mein Herz schrie nach Isabelle.
Im Morgengrauen erreichte ich die Küste von Dunkerque mit ihren riesigen, breiten Stränden. Ich stieg aus und ging hinunter zum Meer.
Es war Ebbe und das zurückgelaufene Wasser hatte den schweren, feuchten Sandstrand mit wellenförmigen Mustern durchzogen. Ich schaute aufs Meer hinaus und suchte das Ende des Horizonts. Der Wind wehte vom Meer und die starken Böen rauschten in meinen Ohren und drückten meine Gedanken, Gefühle und mein ganzes Dasein in mich hinein. Ich schmeckte die salzige, leicht brackig riechende Luft, und eine Sehnsucht nach Ferne und eine Einsamkeit der Sehnsucht erfüllten mich.
Ich genoss das Gefühl der eigenen Winzigkeit in dieser großartigen Landschaft.
In den hohen, von grünen Wildgräsern bewachsenen Dünen entdeckte ich eine alte Bunkeranlage. Ein Relikt des deutschen Atlantikwalls zur Zeit des zweiten Weltkriegs.
Mühsam erklomm ich im feinen, weißen, unter meinen Kletterschritten ständig nachgebenden Sand die Düne und erreichte schließlich die alten Bunkerfundamente.
Die damaligen Bomben-Einschläge und Sprengungen hatten die Anlage zwar nicht zerstören können, hatten sie aber schräg und tief in die Düne gebohrt.
Ich kletterte durch eine Öffnung in den Bunker hinein.
Drinnen war es dunkel, muffig und feuchtkalt. Ich schaute durch einen der Sehschlitze nach draußen, ein eigenartiges Gefühl der Beklemmung überkam mich. Die Angst der Soldaten, die hier in den Bunkern verharrten, in Erwartung des Feindes und ihres Todes, war mir gegenwärtig. Es spielte dabei

keine Rolle, auf welcher Seite man sich befand, der Alliierten oder der kriegstreibenden, die Welt mit grenzenlosem Leid überziehenden Nazi-Deutschen.

Ich spürte diese verzweifelte Angst, mit der man sich nur noch an das Leben klammert. In meiner Vorstellung war der Horizont vollständig von herannahenden Schiffen bedeckt, die sich unaufhaltsam näherten, und die Angst verkroch sich bei ihrem Anblick immer tiefer in die dicken Bunkermauern.

Der Wind pfiff durch die Bunkerritzen und verstärkte noch einmal meine Gedankenbilder und Gefühle.

Die deutschen Soldaten hatten in Frankreich, der Picardie und der Normandie überhaupt nichts verloren, jedenfalls nicht als grausame Besatzer und Unterdrücker. Viele von ihnen waren den sinnlosen Feldzügen zum Opfer gefallen oder durch schwere Verletzungen für den Rest ihres noch jungen Lebens qualvoll gezeichnet. Die wenigen Soldaten, die vollkommen aussichtslos diese Stellungen in den letzten Auswüchsen des nationalsozialistischen Wahnsinns halten mussten, waren noch jung. Viele von ihnen waren fast noch Kinder, kaum fünfzehn Jahre alt, ...ideologisch verblendete, verdrehte und unschuldige Kinderseelen, ...sinnlos von den Nazis zur Schlachtbank an die Front geführt, den alliierten Befreiern zum Abschuss übergeben.

Gedanklich benommen stieg ich wieder in mein Auto und folgte den kurvenreichen Küstenstraßen in westlicher Richtung, in die Normandie, um zu den Stränden der Invasion zu gelangen. Ich hatte schon viel über den 6. Juni 1944 gehört und gelesen, aber mit meinen eigenen Augen hatte ich diese Gegend noch nie gesehen.

Das diffuse Gefühl der moralischen Beklemmung fuhr mit und überfrachtete auf unangenehme Weise meine unnachgiebig bohrende Sehnsucht und den Liebeskummer.

Mir war elendig zumute, doch ich versuchte, in dieses wilde Grün der Normandie einzutauchen und die wundervolle Rauheit zu genießen. Diese Landschaft besitzt, getragen von widerspenstigen, robusten, jeder Witterung trotzenden

Gräsern einen unbeugsamen Charme.
In dieser unbezwingbar scheinenden Region, so unbezwingbar wie auch der Freiheitswille, der Mut und die Opferbereitschaft der alliierten Soldaten, zahlten diese einen hohen Preis als Gegenleistung für die Befreiung der Menschheit vom mordenden, tumben, nationalsozialistischen Teufel.
Was hatten die Deutschen hier eigentlich verloren?
Die Normandie mit ihrem ganz eigenen, wilden Charme passte nicht zu Deutschlands provinziell-parzellierter Kultur.
Zum Glück hat es mit der tausendjährigen Besatzung nicht so lange geklappt. Und eine Hakenkreuz-befriedete, nicht nur landschaftlich bereinigte Normandie mit deutschnationalen Verkehrsschildern, Kleingarten-Häuschen auf Parzellen aus Blut und Boden, aus deren Beeten braun-uniformierte Gartenzwerge lächeln und mit stramm durchgestrecktem rechten Arm grüßen, blieb uns erspart.
... Unvorstellbar!? Zumindest lag es für einige, schreckliche Jahre im Bereich des Möglichen.
Der Himmel war nun aufgebrochen und gab zwischen den wie auf einem Gemälde in kraftvollem Weiß aneinander gereihten üppigen Wolkenbergen sein strahlendes Blau frei. Es war ein klarer, leicht windiger und kalter Tag, den die Sonne ab und zu erwärmte und in ihr gleißendes Licht tauchte, wenn die Wolken für kurze Zeit auseinander trieben.
Nach einigen Stunden Fahrt erreichte ich Bayeux. Von hier aus war es nicht mehr weit zum Meer und den Stränden der Invasion, wo an der Westfront die endgültige militärische Befreiung vom Naziterror ihren entscheidenden Anfang nahm. Die von den Militärs „Utah-", „Omaha-", „Gold-", „Juno-" und „Sword-Beach" benannten Strandabschnitte und Schlachtfelder des „D-Days" sollten ihre Namen auf ewig weiter behalten, und andererseits sind diese blutgetränkten Orte auf äußerst zynische Art ein Glücksfall für die Landschaft, da sie als Gedenkstätten nicht von Touristen-Hochburgen und Hotelbunkern verschlungen werden.
Bei Arromanches-les-Bains stieg ich aus, überquerte die Dünen

und lief zum Strand hinunter.

Ich befand mich in einer malerischen Dünen-Strand-Landschaft mit feinsandigen, weiten Stränden und Buchten und überall verteilten Sandbank-Inseln unterschiedlicher Größe zwischen den Prielen, wären da nicht diese Forts, diese bedrohlichen Bunker-Anlagen mit den Kanonen-Kanzeln aus Stahl und Beton in den Wällen der Dünen vergraben und die Skelette aus Stahl und Eisen, die als rostiger Kriegsschrott am Strand wie grausige Mahnmale verrotteten.

Die Seelen schrien.

Sie waren überall zu hören, diese laut schreienden Seelen der Soldaten, die hier, im Wasser und im Sand dieser schönen Strand-Buchten ihr Leben gelassen hatten. Ich schaute landeinwärts, und der Ausblick war schockierend. Die hier mit ihren Landungsbooten in großer Zahl ankommenden Soldaten liefen nach ihrem Ausstieg ohne jegliche Deckung in das offene Feuer aus den Bunkern der deutschen Besatzer. Viele von ihnen hatten nach der Überquerung des Ärmelkanals nicht einmal mehr das Herunterlassen der Bug-Rampen überlebt, die beim Heranfahren an die Strände der von Nazis besetzten Küste noch ihre Leben geschützt hatten. Hydraulisch langsam machten sie unbarmherzig den Weg für die tödlichen Geschoss-Salven der Feinde frei.

Dieser Ort erschütterte mich zutiefst, und die sich überschlagenden Gedankenbilder und Gefühle drehten mein Innerstes durch einen geistigen Fleischwolf. Die Erde und das Wasser um mich herum waren von so viel Blut durchtränkt, die Schreie so eindringlich, die Bilder des Gemetzels so fürchterlich.

Ich ließ mich in den Sand fallen und versuchte, diesen Ort zu begreifen, aber wahrscheinlich würde mir das nie gelingen. Vereinzelte Badegäste wagten erste Anläufe in die nasskalten Fluten des Meeres, und nur sehr schwer verstand ich, wie man hier baden konnte. Aber vielleicht waren auch gerade Baden und fröhliches Kinderlachen an diesem Ort die einzig richtigen Zeichen der wiedererlangten Freiheit.

In einiger Entfernung sah ich einen weißhaarigen Mann in

roten Bermuda-Shorts und dunkelblauem Sweater, der sich vornübergebeugt, mit gesenktem Kopf am Strand auf den Mauerresten eines gesprengten Bunkers abstützte.
Ich überlegte kurz, dann fasste ich mir ein Herz und ging zu ihm hinüber. Als der Mann mein Herannahen bemerkte, straffte er seine Körperhaltung, hob seinen Blick und sah mir direkt ins Gesicht. Seine Augen waren gerötet und von Tränen erfüllt. Ich schätzte das Alter des Mannes auf ungefähr Mitte sechzig.
Mit einem harten Blick musterte er mich von oben bis unten.
„Deutscher?" fragte er mich knapp auf Englisch. Die Ausstrahlung dieses Mannes war mehr als respekteinflößend, ich nickte nur bejahend.
Deutsche waren an diesem Ort auch Jahrzehnte nach dem Krieg nicht besonders beliebt, die Feindschaft gegenüber den Deutschen war fast überall zu spüren.
So wehten viele Flaggen verschiedener befreundeter Nationen, neben der französischen die der Alliierten des zweiten Weltkrieges, aber deutsche Fahnen fehlten genauso wie die Erwähnung irgendwelcher deutscher Partnerstädte oder Partner-Gemeinden auf den Schildern der Orts-Eingänge der französischen Dörfer und Gemeinden rund um die Strände der Normandie.
Unvermittelt begann der Mann zu erzählen:
„Wir waren vier Freunde … Wir gingen gemeinsam zum Kindergarten, besuchten gemeinsam die Schule, gingen manchmal zur Kirche und machten jeder unsere Ausbildung. Einer von uns wurde sogar Arzt."
Er lehnte sich wieder an die Bunkerreste, und plötzlich wurden seine Gesichtszüge hart. Er fixierte mich mit stechendem Blick, dann zischte er mit heiserer Stimme:
„Ich hasste Euch deutsche Krauts. Und sogar noch mehr, als ich das hier überlebt hatte. Nie wieder in meinem Leben habe ich einen solchen Hass empfunden wie damals, vielleicht hat er mich am Leben gehalten, weil er stärker war als der Tod."
Der Mann hielt inne, und ich hütete mich, sein Schweigen zu

unterbrechen. Es dauerte eine Weile, bis er sich wieder gesammelt hatte, dann fuhr er mit dem Erzählen fort:
„Wir stammten aus einem kleinen Dorf in der Nähe von Manchester und meldeten uns freiwillig zur Armee. Gemeinsam wollten wir die deutschen Nazis bekämpfen und zur Hölle jagen ... und gemeinsam saßen wir in einem der Landungsboote..."
Die Erinnerungen ließen das Gesicht des Mannes auf einmal um Jahre altern, er redete mit brüchiger Stimme weiter:
„Der Arzt und ich waren als Sanitäter mit an Bord und kauerten in der dritten Reihe hinter unseren beiden Freunden. Mit ihren schussbereiten Maschinengewehren und geschulterten Patronengurten hockten sie vor uns, sprungbereit zum Ausstieg ... ich habe als einziger überlebt ... zwei von uns sind tot und der Arzt ..."
Sichtlich um Fassung ringend unterbrach der Mann seine Ausführungen. Ich wollte etwas sagen, aber er hob die Hand, und ich blieb weiter stumm.
Seine Gesichtszüge entspannten sich wieder, mit weicherer Stimme fuhr er fort:
„ Sie können nichts dafür, Sie waren damals noch nicht auf der Welt, und ich glaube, Sie sind ein guter Mensch, denn sonst wären Sie nicht hier."
Die Worte und die Stimme des Kriegsveteranen klangen etwas versöhnlicher, und ich unterbrach mein Schweigen: „Warum?"
Sofort verhärteten sich wieder die Gesichtszüge des Mannes und seine Stimme wurde schneidend:
„Weil die Nazis feige waren und sind! Sie huldigen doch nur den Orten ihrer vermeintlichen Triumphe und kehren wie gemeine Mörder an ihre Tatorte zurück, um noch einmal ihre perverse Befriedigung zu befeuern. Sie besuchen heute noch Hitlers Geburtshaus und den „Führerbunker", das Führerhauptquartier Wolfsschanze, wo Hitler das Bomben-Attentat am 20. Juli 1944 überlebte, den Berghof auf dem Obersalzberg, die Konzentrations- und Vernichtungslager, in denen Millionen unschuldiger Menschen umgebracht wurden, und sie heben

den rechten Arm zum strammen Gruß, um den Holocaust zu leugnen. Aber niemals besuchen sie die Orte ihrer Niederlagen ... wie diesen hier..."
Bei den letzten Worten senkte sich die Stimme des Kriegsveteranen. Er hielt inne und schaute auf das Meer hinaus. Ich betrachtete ihn aus den Augenwinkeln. Tief in seine Gedanken und Bilder der Erinnerung versunken, schaute er auf das Meer. Es war meine erste Begegnung mit einem Veteranen der Alliierten. Ich kannte bisher aus den mündlichen Erzählungen der alten Leute fast nur die deutsche Sicht des Krieges. Alle waren sie Opfer, auch wenn die Deutschen die Täter waren und den nur Leid und Tod bringenden Stein ins Rollen brachten. Die Alliierten waren und blieben zuallererst die Feinde und wurden erst viel später zu den Befreiern, und Deutschland wurde nicht von den Nazis befreit, sondern Deutschland kapitulierte. Der 8. Mai 1945 war der Tag der deutschen Kapitulation und nicht der Tag der Befreiung vom barbarischen Naziregime... so wurde es uns erzählt, so lernten wir es in der Schule.
„Darf ich Sie mal was fragen?" unterbrach ich das Schweigen.
Der Mann schaute mich an:
„Ja, dürfen Sie. Was möchten Sie wissen?"
„Wie ist es für Sie, wenn Sie jetzt wieder hier stehen?"
„Wie ist es denn für Sie?" fragte er sofort zurück.
Ich erzählte ihm vom inneren Hören der schreienden Seelen und den Ängsten, die mich heimsuchten, als ich im Bunker saß. Ich erzählte ihm auch, dass es für mich kaum vorstellbar wäre, an einem so wunderschönen Ort wie diesem ins Meer zu laufen, um fröhlich im Wasser herumzutoben und in die Wellen zu tauchen. Von meinen Schuldgefühlen als Deutscher und dass ich angesichts dieses entsetzlichen Leids, das die Deutschen mit einer mörderischen Perfektion über die Welt gebracht haben, keine Möglichkeit finde, mein Land zu lieben, auch wenn ich mich darin wohlfühlen möchte.
Der Mann hörte mir aufmerksam und wortlos zu, dann brach es mit zunächst leiser, dann immer eindringlicher ansteigender Stimme aus ihm heraus:

„Meine Freunde haben dafür mit dem Leben bezahlt, damit hier, an diesem und an anderen Orten, eines Tages wieder fröhlich und in Freiheit gebadet und gelacht werden kann, und wenn das niemand mehr macht, dann wäre ihr Opfer umsonst gewesen... Das Wasser war blutrot, die Gischt schäumte in blutigen Blasen. Ich weiß nicht, ob meine Freunde überhaupt noch den Strand oder die Dünen gesehen haben, bevor sie starben. Sie haben kaum das Öffnen der Bugklappe überlebt. Sie standen vor mir, in der dritten Reihe, bereit zum Ausstieg, aber so weit kam es nicht mehr..., ihre Körper wurden buchstäblich von den feindlichen Kugeln durchtrennt.
Ich hockte im Boot zusammengekauert hinter ihnen, und ihre Deckung rettete mir das Leben.
Sie waren bereits tot, es war ihr letzter Akt in unserer tiefen Freundschaft.
Sie fielen vornüber ins Wasser, und ich sprang hinterher.
Ihre Körper trieben wie Flöße in der durchwühlten Brandung vor mir her. Ich hatte auch meinen Freund, den Arzt, aus den Augen verloren, aber irgendwie wusste ich, dass er noch lebte und in meiner Nähe war. Ich spürte das dumpfe Aufprallen weiterer Kugeln, die in die auf dem Wasser treibenden Leichname meiner Freunde eindrangen, bevor sie untergingen.
Dieser unvorstellbare Kugelhagel, die Schreie, die brüllende See, das laute Dröhnen der Schiffsmotoren, der ohrenbtäubende Lärm der tieffliegenden Jagdgeschwader, die die feindlichen Stellungen unter Beschuss nahmen, die donnernden Detonationen der Fliegerbomben um uns herum, das Knallen der Bugrampen, das ununterbrochene Sirren und die metallisch hämmernden Einschläge der Kugeln in die Panzerungen der Boote! Dieser ganze infernalische Lärm erstickte jegliche Angst..."
Die Stimme des Mannes klang jetzt gebrochen, fast flüsternd:
„...die kam erst später, viel später, aber dafür wich sie mir seitdem nicht mehr von der Seite, und sie schlägt meistens überraschend zu. Sie kommt aus dem Hinterhalt, sie kennt keine Zeit und es spielt keine Rolle, ob ich mit Menschen zusammen

oder alleine bin. Die Angst kennt da keinen Unterschied, sie findet mich immer..."
Der alte Kriegsveteran schüttelte den Kopf, stützte sich wie zuvor vornübergebeugt mit den Armen auf die Mauerreste und schloss die Augen.
Ich war völlig überfrachtet von der Gewalt seiner Worte und Gedankenbilder.
Das Rauschen des Meeres und der sich am Strand brechenden Wellen drängte sich in meine Sinne und beruhigte mein aufgewühltes Inneres. Der böige Wind pfiff durch die harten, wild-grünen Stechgräser in den Dünen. Der Mann hob seinen Kopf und sein Blick schweifte ziellos hinaus auf das Meer. Er seufzte ein paar Male tief durch, dann straffte sich nach und nach wieder seine Körperhaltung.
„... Sir?" tastete ich vorsichtig.
Er sah mich an, und sein Gesicht offenbarte den Anflug eines Lächelns.
„... was möchten Sie noch wissen, junger Mann?" sagte er mit milder Stimme.
Ich schluckte kurz Mut in meine Stimmbänder:
„Sie erzählten, dass zwei Ihrer Freunde hier gefallen sind, aber was ist denn aus dem Dritten, dem Arzt geworden?"
Auf das Gesicht des Mannes legte sich augenblicklich ein grauer Schleier tiefer Traurigkeit und sein Blick wurde blass und leer:
„Das ist ein furchtbares Drama...," begann er zaghaft, mit leiser, belegter Stimme.
Nach einer langen Weile des Schweigens wollte ich ihn erlösen und auf die Antwort verzichten, aber er hob energisch seine Hand und fügte entschlossen hinzu:
„Es geht schon, junger Mann... ich erzähle Ihnen gleich die ganze Geschichte."
Mit einem plötzlichen Ruck gewann er schließlich die Kontrolle über sein aufgewühltes Inneres zurück und begann zu erzählen:
„Mein Freund, er hieß Egbert, kam als frisch ausgebildeter Arzt zu den Sanitätern. Wir vier gehörten derselben Einheit an. Ich hatte Krankenpfleger gelernt und war wie Egbert den

Sanitätern zugeteilt worden.
Dann haben nur wir zwei den D-Day überlebt. Die Invasion hatte die jungen Leben unserer beiden Freunde beendet, für uns aber noch nicht diesen bestialischen Krieg. Als Chirurg behandelte Egbert dann diese vielen Verwundeten in oft nicht einmal notdürftig eingerichteten Lazaretten. Es fehlte an allem, und nicht selten musste er ohne Narkose und unter freiem Himmel operieren. Tag und Nacht lief er blutverschmiert von einem verwundeten Kameraden zum anderen und versuchte, sie – oder das, was von ihnen noch übrig war – so gut es in seinen Kräften lag, wieder zusammenzuflicken. An die Schreie, das barbarische Entsetzen, die Schmerzen und die pure Angst in den Augen seiner Kriegskameraden hat sich Egbert nie gewöhnen können.
Als endlich alles vorbei war, kehrten Egbert und ich in unsere Heimat zurück. Bald darauf nahm er eine Stelle als Chirurg im St. Thomas-Hospital an, wo ich ebenfalls eine Anstellung als Krankenpfleger erhielt.
Keine zwei Jahre später stieg Egbert zum Chef-Chirurgen auf. In den darauffolgenden sieben Jahren hatte er fast nur Routine-Operationen durchzuführen und lebte ein gesichertes, unspektakuläres Leben als Arzt mit gutem Verdienst.
Egbert gründete nie eine eigene Familie, wir redeten kaum über unsere grausigen Kriegserlebnisse. Einmal verriet er mir, wie unendlich erleichtert er darüber war, dass er nach dem Kriegsende nie wieder ohne Narkose operieren musste. Die Schreie seiner Kameraden, denen er damals helfen wollte und es dann auf solch eine schmerzhafte und grausame Art tun musste, waren nie in ihm verstummt.
Dennoch schien alles gut für Egbert zu laufen, bis zu dem Tag, an dem sein Leben aus den Fugen geriet..."
Die Stimme des Veteranen stockte. Er fuhr sich mit einer Hand durchs Gesicht, als ob er die schrecklichen Bilder wegzuwischen versuchte.
Ich schwieg, bis der Mann mit der Geschichte fortfuhr:
„An diesem Tag lag auf dem Operations-Tisch vor ihm ein

narkotisierter Patient, und Egbert hatte mit dem Skalpell den ersten Schnitt ausgeführt, als er laut und deutlich: ‚Licht aus!' hörte.
Egbert blickte um sich, aber weder sein Assistent, die Krankenschwestern und Krankenpfleger, noch der Narkosearzt am Kopfende des Patienten schienen etwas bemerkt oder gehört zu haben. Ihre Konzentration galt ausschließlich dem narkotisierten Patienten auf dem Operationstisch.
Mit ungläubigem Gesichtsausdruck schaute er auf den freigelegten Magen des Patienten. Alles war bis zu diesem Zeitpunkt problemlos und glatt verlaufen, eine Magenresektion, reine Routinesache, bis Egbert diese Stimme vernahm, die ganz ohne jeden Zweifel zu diesem Magen dort unten im Patienten gehörte.
Egbert schüttelte energisch den Kopf, als ob er seine Gedanken von einer lästigen Träumerei frei schütteln wollte. Dann versuchte er, sich wieder auf seine Arbeit zu konzentrieren.
Er bemühte sich, die Stimme, die nur er zu hören schien, zu ignorieren und mit der Operation fortzufahren. Der Wahnsinn bahnte sich seinen unheilvollen Weg durch Egberts traumatische Lebensvergangenheit.
Vor Egberts Augen verschwamm alles, aber wild entschlossen setzte er zum nächsten Schnitt an und stach ins Leere – der Magen war verschwunden!
‚Wo bist Du? Los! Zeig dich, du Feigling!' schrie Egbert wie von Sinnen in die offene Bauchdecke hinein.
Er verlor nun vollends die Kontrolle über sich. Dem OP-Personal gelang es schließlich, den Chef-Chirurgen zu überwältigen. Sie drückten Egbert gewaltsam auf einen Stuhl, wo ihm umgehend ein hochdosiertes Beruhigungsmittel gespritzt wurde.
Mein Freund wurde im Rollstuhl aus dem Operationssaal entfernt und direkt in die geschlossene Abteilung der nahe gelegenen psychiatrischen Klinik eingeliefert. Dort verbrachte er viele Jahre, eingebettet in Apathie und Wahnsinn, als Chirurg oder Arzt hat er nie wieder arbeiten können..." beendete der Kriegsveteran seine erschütternde Geschichte.

Ich wusste gar nicht, wie ich das alles glauben und verstehen sollte.
Es lag an dieser monströsen Wahrheit, welche die Geschichte dieses Mannes offenbarte.
„Hatten Sie nach dem Drama mit Egbert noch Kontakt mit ihm?" fragte ich.
Er schwieg eine Weile, dann erzählte er mit leiser Stimme weiter:
„Nach Egberts Zusammenbruch ließ ich mich in die geschlossene psychiatrische Abteilung versetzen, um so bei ihm zu sein und wenigstens etwas für ihn tun zu können. Manchmal gelangte Egberts Bewusstsein an die Oberfläche, und im Laufe der Jahre erzählte er mir, wieder und wieder und bis ins kleinste Detail, was sich damals im Operationssaal für ihn ereignete.
Egbert rückte nie von seiner Darstellung ab."
Das Schreien dieses Ortes, die Invasion mit dem fürchterlichen Blutbad, der verzweifelte, von Todesangst und Wut gegen die Nazis getragene Mut der Befreier und ihre beispiellose Opferbereitschaft und dann diese schrecklichen Nachwirkungen, die den erlittenen Verwundungen folgten und Egbert und zahllosen anderen jungen Männern das Leben zerstörten ... all das nahm für mich bedrückende, kaum auszuhaltende Ausmaße an.
„Es war nett, Sie kennenzulernen. Machen Sie's gut, junger Mann", wurde ich unvermittelt aus meinen Gedanken gerissen. Ich nahm die mir entgegen gestreckte Hand des Mannes und erwiderte seinen Händedruck.
Er war fest, aber ich spürte auch das leichte Zittern in seiner Hand.
Der Kriegsveteran sah mir noch einmal in die Augen, dann drehte er sich um und ging.
„Bitte warten Sie! Darf ich Sie noch etwas fragen?" rief ich und lief ihm hinterher.
Er drehte sich freundlich lächelnd um: „Ja?"
„...ich muss es einfach wissen", sagte ich beinahe entschuldigend. „Wie oft waren Sie seit der Invasion schon wieder hier,

an diesem Ort?"
Der Mann zögerte ein wenig mit der Antwort.
„Es ist das erste Mal", sagte er leise, „ich wollte es eigentlich schon viel eher getan haben, aber ich konnte es nicht."
Dann sprudelte es aus mir heraus:
„Sir, ich möchte Ihnen noch sagen, dass es mir viel bedeutet, Sie kennengelernt zu haben. Vielen Dank für die Zeit, die Sie mir geschenkt haben und auch dafür, was Sie damals gegen die Nazis geleistet haben..."
Ohne ein weiteres Wort zu verlieren, drehte er sich um und ging.
Ich sah ihm noch lange nach, wie er am Strand davon ging, immer direkt am Wasserverlauf entlang.
Ich schaute aufs Wasser hinaus. Die Sonne tauchte sanft gleitend in das glitzernde Meer ein und färbte den Horizont glutrot.
Es war kühl geworden.
Die Eindrücke und Erlebnisse an den Stränden von Dünkirchen hatten meine Hungergefühle völlig verdrängt, was mich nun ansatzlos in einer wahren Hungerlawine überrollte.
Ich lief zum Auto zurück und fuhr einfach drauflos. Kurz nach dem Ortseingang eines kleinen Dorfes entdeckte ich einen Imbiss-Pavillon. Er befand sich am Rand eines Schotter-Parkplatzes, auf dem einige, von Kalkstaub und Lehmschlamm verschmutzte, verbeulte Lastwagen, ein alter Traktor mit Anhänger und eine dunkelfarbige, von feinem Reisestaub bedeckte Limousine abgestellt waren.
Vor dem Pavillon standen auf einer Terrasse unter blau-weiß gestreiften Sonnenschirmen einige runde Tische mit rotkarierten Tischdecken und weißen Klappstühlen. Draußen hielt sich niemand auf, ich setzte mich an einen der Tische.
Nach einer Weile erschien grußlos ein stämmiger, struppig rothaariger Mann an meinem Tisch.
Er blieb regungslos neben mir stehen und wartete stumm und mit mürrischem Gesichtsausdruck auf meine Bestellung.
Ich ordete einen café au lait, ein Baguette mit Camembert, so-

wie eine Portion Pommes Frites und ein Glas trockenen Cidre.
Der Gastwirt nahm meine Bestellung entgegen, brummelte einige unverständliche Worte und schlurfte zurück zum Pavillon.
Ich warf einen Blick durch die Fensterscheiben. Drinnen saßen vereinzelte Gäste an den Tischen, überwiegend Männer, die offensichtlich aus der Gegend kamen, aber auch eine Frau. Sie schien, ihrer Kleidung nach zu urteilen, auf Geschäftsreise zu sein. Die „Geschäftsfrau" war von etwas herber Schönheit, ich schätzte ihr Alter auf Mitte Dreißig.
Sie hatte ihre Jacke über die Stuhllehne gehängt. Unter ihrer eng geschnittenen Bluse zeichneten sich abenteuerlich spitz hervorstechende Brüste ab.
Ihre Beine steckten bis kurz über die Knie in hellen Nylons, der obere Rest wurde von einem die Figur betonenden, dunkelgrauen Rock bedeckt.
Ihre hochtoupierte Frisur unterstrich ihre leicht unterkühlte Arroganz, mit der sie die unverhohlen starrenden Blicke der anwesenden Männer ignorierte.
Meine magnetisierten Augen landeten immer wieder auf ihren faszinierend spitzen, beinahe wie Verkehrshütchen geformten Brüsten.
Ich fragte mich, ob sie diese Form auch ohne BH beibehalten würden...
Eine zugegebenermaßen blöde wie hormongesteuerte Frage.
Ich strengte mich an, meinen Blick irgendwo anders hin zu wenden.
Ihre Haarfarbe war blond.
Die Frau hatte meine Blicke bemerkt.
Für einen kurzen Moment hielt sie mit dem Durcharbeiten ihrer Unterlagen inne und sah mich unverwandt an. Mit einem leichten Lächeln kaute sie an ihrem Stift.
Sie wippte mit dem Fuß ihres übergeschlagenen Beines, und ihre Zehen spielten mit dem baumelnden Schuh, der sich von ihrer Ferse gelöst hatte.
Ich fühlte mich von ihr irgendwie ertappt und bloßgestellt,

gleichzeitig war da dieses leichte Kribbeln im Bauch.
Verlegen grinste ich zurück.
Ihre Finger mit den rot lackierten Nägeln spielten mit dem Stift in ihrem Mundwinkel, während ihre andere Hand in den Hemdkragen glitt und kurz über ihren Nacken strich.
Ihre großen Augen hinter der Brille ließen mir keine Chance, ihrem Blick auszuweichen. Sie fixierte regelrecht ihre Augen in meinen, dann streckte sie im Sitzen kurz ihren Oberkörper. Ihre Brüste drohten die Bluse zu durchbohren.
Rumms!
Ich zuckte zusammen.
Der mürrische Wirt hatte die Teller mit dem Baguette und den Frites vor mir auf den Tisch geknallt.
Ich bekam gerade noch mit, wie die Geschäftsfrau lachte und sich wieder ihren Unterlagen widmete.
Ähnlich robust servierte der Wirt auch den Café und Cidre, und es war erstaunlich, dass bei dieser handfesten Bedienung nichts entzwei gegangen war, nicht einmal ein Tropfen Café oder Cidre waren verschüttet. Er verstand zweifelsohne sein Geschäft.
Aber jetzt zählte nur noch das, was vor mir auf dem Tisch stand: Gierig biss ich in das Camembert-Baguette hinein.
Ich liebte diesen krachenden ersten Biss in ein knuspriges, französisches Baguette, um anschließend im luftig-gebackenen Nichts der leicht salzig schmeckenden Seele aus weißen Weizen-Wolken zu versinken ... ein unschlagbares, kulinarisches Erlebnis.
Der Wirt war vielleicht etwas rabiat in seiner Art, aber sein Essen schmeckte. Eigentlich war es nichts Besonderes, was ich zu mir nahm, und vermutlich hätte mir bei meinem Hunger auch alles irgendwie geschmeckt, und doch sind es gerade die einfachen Dinge, wie belegte Baguettes oder Pommes Frites, die meist nachlässig und lieblos zubereitet und viel zu beiläufig konsumiert werden.
Meine Geschwister haben die einfachen Mahlzeiten, die ich uns oft zubereitete, mit viel Appetit, manchmal auch Heißhunger

gegessen, aber niemals nur verschlungen, während aus dem Nebenzimmer wieder einmal das lallende Gestöhne meiner Erinnerung durch die Zimmertür drang.
Ich verdrängte die weitere gedankliche Beschallung, um ungestört genießen zu können, und nahm die Pommes Frites mit den Fingern, die ich mir genüsslich in den Mund schob. Sie waren genau richtig kross und besaßen diese geschmacklich richtige Balance zwischen frittierter Kartoffel und Salz ... weitere Punkte der Anerkennung für den normannischen Knurrhahn. Der trockene, herb schmeckende Cidre aus der Region rundete das orale Ereignis äußerst befriedigend ab.
Mir ging es zunehmend besser. Zwischendurch trank ich einen großen Schluck vom schaumigen, ebenfalls erstklassigen Milch-Kaffee, und das Koffein belebte meine ausgelaugten Sinne wieder.
Die Sonne war mittlerweile fast vollständig am Horizont abgetaucht, die Dunkelheit nahte. Es wurde Zeit für mich, ein Schlafquartier aufzutreiben. Ich hatte nach den letzten Tagen und Erlebnissen keine große Lust, unter freiem Himmel und im Schlafsack am Strand zu übernachten.
Ich ging in den Bistro-Pavillon hinein, um am Tresen meine Zeche zu begleichen.
Der grobschlächtige Gastwirt ließ sich reichlich Zeit, bis er sich endlich zu mir bequemte, und kam in dem Moment, als ich mich schon gedanklich mit dem „Abschied auf Französisch" zu beschäftigen begann.
Beim Bezahlen fragte ich ihn, ob er mir für eine Nacht ein Zimmer geben könne.
Der Gastwirt taxierte mich von oben bis unten. Dann schüttelte er energisch seinen massigen, rothaarigen Kopf:
„Nein Monsieur, ich habe kein Zimmer frei für Sie."
Damit wollte er sich umdrehen, aber die Art und Weise der Ablehnung befremdete mich doch. Ich hielt ihn zurück und hakte nach:
„Warum denn nicht? Sie vermieten doch Zimmer – oder? Sind etwa alle belegt?"

„Nein Monsieur, die Zimmer sind nicht alle belegt. Für Deutsche habe ich kein Zimmer frei", entgegnete er, und sein sturer Blick verriet mir, dass jede weitere Diskussion auf keinen Fall zu einer Übernachtungsmöglichkeit für mich führen würde. Dieser Mann würde mir niemals in seinem Leben ein Zimmer vermieten!
Nicht mir, einem Deutschen.
Das war wieder einer der verstörenden Momente, in denen ich mich dafür schämte und gleichzeitig wütend darüber war, als Deutscher in diese Welt hineingeboren zu sein.
In meiner frühen Kindheit stellte dieser Umstand nie eine Belastung für mich dar, aber später bekam meine Unbeschwertheit zunehmend düstere Schatten.
Als Jugendlicher erlebten wir auf Auslandsfahrten, wenn wir als Deutsche erkannt wurden, dass wir lautstark mit „Heil Hitler" und stramm erhobenem rechten Arm begrüßt wurden.
Einerseits nachvollziehbar, andererseits war so ein Verhalten ziemlich borniert, denn als der deutsche Nazi-Terror sich ausbreitete, habe ich noch gar nicht gelebt. Dennoch fühlte ich mich als Deutscher schuldig und verantwortlich.
Das ist nach Hitlers braunblütigem Nazi-Morast ein schweres Erbe, das sich nie wieder gutmachen lässt und eine offene Begegnung in Freundschaft leider oft blockiert. Ich wusste selbst nicht, wie ich mit dieser furchtbaren Epoche deutscher Geschichte umgehen sollte, und die Erblast wurde immer unerträglicher, je mehr ich über die grauenhafte Wahrheit erfuhr.
Den Gastwirt interessierte das alles überhaupt nicht.
Er hasste die Deutschen, und ich musste diese geschichtliche Kröte schlucken.
Sein Hass tat mir auch leid, denn er brannte nicht ohne Grund in ihm.
Ich blickte dem Gastwirt wortlos in sein mürrisches Gesicht und spürte auf einmal, wie ich von hinten mit einem sanften Nachdruck angestoßen wurde.
Eine leise, wohlklingende Stimme mit leicht rauchigem Timbre raunte mir zu:

„... Pardon, Monsieur, ... aber Sie suchen eine Bleibe?"
Augenblicklich ließ ich den Gastwirt und das schwere Erbe der deutschen Vergangenheit gedanklich fallen und drehte mich um. Zu meiner großen Verwunderung stand die Geschäftsfrau dicht vor mir. Sie lächelte, und bevor mir etwas zu sagen einfiel, hob sie wortlos eine Hand vor mein Gesicht. An ihrem Zeigefinger baumelte ein Ring mit einem Schlüssel, offensichtlich ein Zimmerschlüssel.
Ich nickte nur stumm, um ihre Frage zu beantworten.
Ihre unmittelbare Nähe war irritierend und schüchterte mich ein.
Sie beugte sich dicht an mich heran und sagte mit sehr leiser, aber bestimmter Stimme:
„Sie suchen den Cidre fürs Zimmer aus ..." Dabei stachen die Spitzen ihrer Brüste hauchzart in mein erregtes Inneres.
Die Frau fesselte mich endgültig mit ihren großen, magnetischen Augen. Längst war ich ihrer spröden Schönheit verfallen und spürte ein unbändiges Verlangen in mir, ihr nicht nur die Brille abzunehmen.
Sie lächelte und ging mit stolzen Schritten zum Ausgang. An der Tür ließ sie noch einmal den Schlüssel an ihrem Finger tänzeln.
Ausgestattet mit einer Flasche Cidre, die mir der normannische Wirt wahrscheinlich mit kräftigem alemannischen Besatzungsaufschlag überließ, folgte ich ihr in die Nacht und aufs Zimmer, wo mir schließlich diese eine Frage beantwortet wurde, auf die ich nie mit einer Antwort gerechnet hätte.
Am frühen Morgen wachte ich, nach so gut wie gar keinem Schlaf, auf.
Mir ging es grauenhaft.
Ich hatte Isabelle betrogen, auch wenn es eigentlich gar nicht der Fall war. Aber es fühlte sich so an.
Ich hatte meine Liebe verraten.
Ich musste weg.
Die auf ihre eigene Art schöne Geschäftsfrau schlief noch.
Das vereinfachte den Abgang.

Sie hieß Francine, war einige Jahre älter als ich und Belgierin. Sie hatte geschäftlich in Marseille und in der Bretagne zu tun und befand sich auf der Rückreise nach Liège. Sie mochte die gute Qualität der angebotenen Speisen und auch die kauzige Natur des mürrischen Wirtes. Beides hatte sie bei einem zufälligen Stopp auf einer ihrer früheren Geschäftsreisen kennengelernt, und seitdem kehrte sie mehr oder weniger regelmäßig hier ein und übernachtete manchmal, wenn Zeit und Reiseroute es zuließen.
Ich kannte nur ihren Vornamen, für ihren vollen Namen war die lange Nacht einfach zu kurz gewesen.
Außerdem lebte Francine in einer komplett anderen Welt. Da wäre für mich kein Platz gewesen, doch die Versuchung, in ihrer Welt einen Platz zu finden, lag ohnehin in weiter Ferne.
In meine Gedanken schoben sich Bilder der Erinnerung, aber ich verließ nur Francine und das Bett, in dem sie friedlich schlummerte und nicht mein ganzes Leben.
Ich verabschiedete mich ohne Abschied.

Draußen regnete es in Strömen, und ich lächelte über diese eigenartige Fügung der letzten Nacht, dass ich nicht alleine und unter freiem Himmel am Strand schlafen musste.
Das Wetter ließ es wie zur Bestätigung so richtig krachen, und prasselnder Regen vermischte sich mit Orkanböen und dicken Hagelkörnern, die lautstark auf der Autokarosserie aufschlugen.
Überall in den Schlaglöchern hatten sich mittlerweile größere und kleinere Pfützen und Rinnsale gebildet. Wenigstens hatte der Hagel nachgelassen, aber der Regen prasselte unaufhörlich weiter, und der Parkplatz drohte unter einer durchgängigen Wasserfläche unterzugehen. Die Rinnsteine an der Straße ertranken in kleinen, schnell fließenden Wasserströmen, die als reißende, gebündelte Wasserfälle ihren Weg durch die gusseisernen Gulligitter in die überlaufende Kanalisation fanden.
Ich wollte nicht länger als nötig das depressive Grau eines Regentages und die selbstauferlegte asketische Geißelung an-

gesichts der weiblichen Verlockungen im warmen Bett hinter den zugezogenen Gardinen des unbeleuchteten Zimmers ertragen müssen. Kein Nachname für Francine also.
Entschlossen, beinahe wütend, drehte ich den Zündschlüssel um. Der Motor heulte auf, und ich drosch den Gang krachend ins Getriebe.
Irgendetwas würde sich schon ergeben, darauf vertraute ich und bog mit planloser Entschlossenheit in die Straße ein.
Aber ich kam nicht weit, denn bald darauf ruckelte und stotterte der Motor. Das Benzin ging zur Neige, und ich hoffte, in der Nähe eine Tankstelle zu finden. Doch auch diese Hoffnung erstarb kurze Zeit später mit dem Motor. Keine Tankstelle in Sichtweite und natürlich auch kein Reservekanister in Griffweite.
Bei Francine wäre die Gesamtlage unvergleichlich komfortabler gewesen.
Ich suchte nach einer inneren Schere für meinen ethischen Lebensfaden.
Sie war unauffindbar.
Ach Isabelle, was für blöde Entscheidungen ich deinetwegen ertragen musste, und in welche Lage mich meine Liebe zu dir gebracht hatte.
Mir blieb keine Wahl, ich vollzog den Ausstieg in die regnerischen Wasserfluten. Innerhalb von Sekunden war ich bis auf die Haut durchnässt, aber mein Anstandsgelübde und der Mangel an Benzin trieben mich weiter durch die nasskalte Einsamkeit des Morgens.
Ich ging mit zügigen Schritten, um mich warm zu halten. Auf der Straße war natürlich kein Mensch zu sehen, den ich nach einer Tankstelle fragen konnte. Wer bewegte sich auch bei diesem fürchterlichen Wetter freiwillig im Freien?
Ich erreichte einen Verkehrskreisel, und an einer einmündenden Straße erkannte ich in einiger Entfernung das Schild einer Tankstelle.
Es war unbeleuchtet, ich hoffte inständig, dass die Tankstelle geöffnet hatte.

Mir war die Nässe mittlerweile egal, wenn mir nur nicht so kalt gewesen wäre.

Doch nach dem beschwerlichen Fußmarsch zeigte das Glück schließlich Erbarmen: die Tankstelle hatte geöffnet! Es war eine dieser einfachen, in die Jahre gekommenen Tankstationen, die man eigentlich nur noch an Orten zu Gesicht bekam, an denen die Zeit stehengeblieben schien. Sie bestand aus einem ovalen Pavillon mit Glasfront, so groß wie ein Pförtner-Häuschen, welcher unter einem schrägen, von zwei Pfeilern gestützten, den Eingang überragendem Dach verschwand.

Vor dem Häuschen des Tankwarts standen auf einem grauen, mit Eisenrahmen umfassten Betonsockel zwei angerostete Tanksäulen, von denen die rote Farbe weitgehend abgeblättert war. In der einen Zapfsäule steckte nur eine Zapfpistole für Diesel, die andere war mit zwei Pistolen, für Normal- und Superbenzin, ausgerüstet.

Im Pavillon saß hinter der Kasse ein älterer, unrasierter Mann im schmuddelig-blauen Mechaniker-Overall. Er beäugte mich mit misstrauischem Blick und stoischer Miene.

Immerhin nickte er stumm zur Begrüßung, als ich das Tankstellen-Häuschen betrat. Ich fragte ihn, ob er mir einen Benzinkanister verkaufen könnte, und er deutete mit einer trägen Bewegung seines Fingers nach draußen, wo auf einem Regal aus Metallgitter ein paar Benzinkanister in unterschiedlichen Größen gestapelt lagerten.

Wortlos verließ ich den nach verbrauchter Luft riechenden Raum und entnahm einen Kanister mit zehn Liter Fassungsvermögen. Dann hakte ich eine Zapfpistole aus, betätigte eine kleine Handkurbel an der Seite der alten, aber funktionstüchtigen Zapfsäule. Ratternd und summend nahm die Pumpe ihren Betrieb auf, und ich betankte den Kanister.

Der Tankwart wandte während der ganzen Zeit keinen Blick von mir ab. Er war vielleicht Mitte Vierzig, hätte aber auch genauso gut siebzig Jahre alt sein können. Eine kauzige Existenz mit stoischem Phlegma. Sein Gesicht alterte nie, weil es vielleicht nie jung gewesen war. Seine borstigen Haare waren wahrscheinlich schon von Benzin, Staub, Öl und Schmierfett zu einer ewig gleichen Dauerfrisur imprägniert, die einen Hut oder eine Mütze überflüssig machten, dauerbekleidet im immer gleichen Overall.

Das Wasserreservoir des Regens schien unerschöpflich, das laute Prasseln der Regentropfen auf dem Tankstellendach übertönte das dröhnende Summen der Zapfsäule. Ich war zwar schon durch und durch nass, aber natürlich endete das Dach ziemlich genau über mir, und das Wasser tropfte von oben in meinen Nacken und lief den Rücken hinunter.

Alle äußeren Wahrnehmungen ertranken in dem Geräuschpegel des trommelnden Regens und der Zapfpumpe, und Isabelle bohrte sich anklagend und mit verweinten Augen in meine Gedanken. Mein schlechtes Gewissen plagte mich, und mir war, als würde sämtliche Kraft aus meinem Körper entweichen, so wie bei einem Ball, bei dem zum Schluss nur noch eine schlaffe Hülle zurückbleibt.

Das Klacken der Zapfpistole holte mich aus meiner zermarternden Gefühlswelt zurück und „klack!" – wusste ich, was ich zu tun hatte:

In den Süden fahren und zwar so lange, bis der Himmel wieder blau war.

Dieser Entschluss, eigentlich war es ja eine Eingebung, wärmte mich innerlich auf.

Mit schnellen Schritten kehrte ich zum Auto zurück und füllte den Inhalt des Kanisters in den Tank. Anschließend legte ich beim Wechseln meiner nassen Kleidung eine akrobatische Turnstunde im Wageninneren hin, bei der ich mir einen schmerzhaften Krampf im Fuß einfing, weil die triefende Kleidung am Körper klebte.

Ich schmiss schließlich erschöpft die Kleidung über die Rücksitzlehne in den kleinen Kofferraum. Durch die Feuchtigkeit waren alle Scheiben von innen beschlagen, mit meinem Handtuch wischte ich die Sicht frei.

Sehnsüchtig betrachtete ich den leeren Beifahrersitz, während der Anlasser orgelte und der Motor sich stotternd in den Fahrbetrieb zurückmeldete. ..
„Nun fahr schon los", hauchte Isabelle.
Nur ruckelnd gehorchte der Motor meinem Gaspedal, setzte noch einige Meter bockig seinen Weg fort, bis er mir mit seinem typisch sonoren Dröhnen das „Okay" zur Weiterfahrt gab.
Ich fuhr nochmals zur Tankstation, um das Auto und auch den ausgeleerten Benzinkanister voll zu tanken.
Der Tankwart saß immer noch regungslos in seinem Häuschen und verfolgte mit misstrauischem Blick jede meiner Aktionen. Ich fragte mich, wie er reagieren würde, wenn ich nach dem Auftanken schnell ins Auto springen würde, ohne zu bezahlen. Vielleicht würde er auch gar nicht reagieren, sondern einfach in seinem Häuschen sitzen bleiben und mit stoischem Blick die Flucht verfolgen. Oder aber zur Schrotflinte unterm Tresen greifen und mit stoischer Ruhe zum gezielten Fangschuss ansetzen.
Es blieb beim Gedankenspiel ... keine Experimente.
Ich ging in den Pavillon hinein.
Mit müdem Blick schaute der Tankwart aus seinem mit Öl- und Schmutzflecken übersäten, abgewetzten, grünen Polstersessel zu mir hoch und brummelte nuschelnd den Betrag, den ich zu bezahlen hatte.
Ich gönnte mir von dem Wechselgeld noch eine Flasche Wasser und eine Dosencola und stieg ins vollgetankte Auto.
Unweigerlich blieb mein Blick wieder auf dem leeren Beifahrersitz haften, der Anblick versetzte mir erneut einen Stich ins Herz.
Aber Isabelles Abwesenheit hatte auch etwas Gutes für sich, denn sie ersparte mir einige Erklärungen zu Francine, was die Situation zumindest kompliziert gemacht hätte. Der leere Beifahrersitz und die Straße boten mir die Chance, Isabelle, Francine und das schlechte Wetter zurückzulassen und ein neues Leben zu beginnen.
Ich folgte der regennassen Straße in Richtung Süden.

Doch immer wieder klebten meine Gedanken am Beifahrersitz.
Isabelle saß neben mir.
Stumm, in traurige Gedanken versunken, saß sie da. Ihre Füße in die Ablage vor ihr geschoben, unter dem Armaturenbrett. Das Lächeln ihrer vollen Lippen und ihrer schönen Augen war gänzlich aus ihrem Gesicht verschwunden. Gekränkt und verletzt starrte sie mit leerem, apathischen Blick ins Nirgendwo.
Blödsinn!
Warum sollte ich mich jetzt schlecht fühlen?
Wegen Francine?
Isabelle hatte mich doch verlassen!
Sie war doch gegangen!
Gut, ich habe sie nicht zurückgehalten.
Und ich hatte nicht einmal den kleinsten Versuch unternommen, ihr zu vertrauen.
Ich habe nicht einmal um sie gekämpft.
Ich habe überhaupt nicht gekämpft...
Kein Stück...
Es ging nicht.
Und die große Liebe?
Ich war ratlos, später auch hilflos, eigentlich beides von Anfang an.
Die große Liebe kommt zu einem, wenn man das Glück hat.
Und wenn man großes Glück hat und stark genug ist, dann gelingt die große Liebe sogar.
Sie bedrohte mich, weil ich nicht stark genug war, mich dagegen zu wehren.
Ihre ungeheure Wucht und Zerbrechlichkeit strecken alles nieder.
Die große Liebe lässt sich nicht erarbeiten oder therapieren.
Man kann auch nicht lange darüber nachdenken, was man will und ob man will und ob man überhaupt verliebt ist oder auch nicht.
Ein „ich weiß es nicht, ich muss mir erst darüber klar werden" gibt es nicht – diesen Spielraum lässt dir keine große Liebe der Welt.

Jede Zaghaftigkeit ist der erste und damit auch bald der letzte Schritt ihrer Zerstörung.
Die große Liebe ist alternativlos und absolut, und ihre zerstörerische Kraft kann alles in den Schatten stellen und verdrängen.
Die große Liebe passiert.
Man ist nie darauf vorbereitet, und sie ist nicht das Ereignis einer kleinen Liebes-Dosis, serviert in emotional leicht verträglichen Tages-Häppchen.
Die große Liebe kennt nur die volle, ganze und atemberaubende Breitseite.
Man überlebt diesen Liebes-Tsunami oder man ertrinkt darin.
Goethes Werther war nicht der Einzige, dem es so ging.
Und ich hatte es nun komplett vermasselt, vielleicht schon vorher, aber nach der letzten Nacht ganz bestimmt
Unsere große Liebe hatte durch meinen Verrat unumkehrbar ihre Unschuld verloren, daran würde sie endgültig zerbrechen, auch wenn ich noch so viele Tränen um sie weinen würde.
Es konnte nur noch ein Nachtrauern geben, mehr nicht.
Solange ich unterwegs war, fühlte ich mich ruhig und sicher. Die Straße gab mir eine Heimat. Die Bewegung beruhigte, und ich ließ mein aufgewühltes Innenleben willig in ein meditatives „Reise-Koma" fallen, was mich zumindest eine Zeitlang gegen Isabelles stumme Anklage und meine Schuldgefühle immunisierte.
Das monotone Dröhnen des Motors versorgte weiterhin hartnäckig jede einzelne Zelle mit Trauer und Schmerz, bewahrte mich aber auch vor dem Weichzeichner des glorifizierenden Vergessens. Der dicke Regen hatte inzwischen etwas nachgelassen, jedoch blieb das Wetter diesig und grau. Die Luft roch dagegen schon etwas milder.
Ich hatte den großen Landzipfel der Bretagne durchquert und näherte mich langsam der südwestlichen Atlantikküste.
Eigentlich hätte es eine eindrucksvolle Tour durch die schönen Landschaften Frankreichs sein können, aber es schien sich überall eingeregnet zu haben.

Alles verschwamm in der grauen Gischt des trübsinnig machenden Sprühregens. Die Monotonie der stundenlangen Fahrt war kaum zu überbieten, aber es störte mich nicht.
Stumm ertrug ich die Langeweile und das Schreien meiner Gefühle.
Irgendwo zwischen Poitiers und Bordeaux überfiel mich blitzartig eine bleierne Müdigkeit. Verbissen kämpfte ich gegen den drohenden Sekundenschlaf am Steuer und suchte nach einer Parkmöglichkeit, wo ich für eine Weile ausruhen konnte. An einem breit ausgebauten Straßenabschnitt tauchte ein Hinweisschild auf, welches einen Rastplatz anzeigte.
Ich bog in das Areal ein, raste in eine freie Parkbucht, lehnte mich in meinem Sitz zurück und fiel in einen Blitzschlaf.
Ein riesiger Sattelschlepper mit Auflieger hielt mit hoher Geschwindigkeit auf mich zu. Ich war mit meinem Auto mitten auf der Straße stehengeblieben und versuchte hektisch, den Motor zu starten, um aus der Fahrtlinie dieses ungebremst anrollenden Stahlriesen zu entkommen. Immer wieder drehte ich den Zündschlüssel so heftig, dass er schon verbogen war und fast abbrach, aber so hochtourig der Anlasser auch orgelte, die Zündung verweigerte ihren Dienst. Der Motor wollte einfach nicht anspringen.
Es gab keinen Grund, dennoch war es mir unmöglich, aus dem Auto zu springen, um mich in Sicherheit zu bringen. Das Stahlmonster wuchs mit jedem Meter, den es näher kam. Ich blickte in das tiefe Schwarz der auf mich zu rasenden, riesigen Kühlergitter-Front...
Unmittelbar vor der verheerenden Kollision schrak ich, nach Luft schnappend, hoch. Ich roch nach Schweiß und fand nur schwer meine Orientierung zurück. Es dauerte eine Weile, bis ich mich in meinem Auto auf dem Rastplatz wiederfand, abgestellt in der Sicherheit einer Parkbucht.
Neben mir parkte ein großer Sattelschlepper mit laut dröhnenden Kühlaggregaten am Auflieger.
Ich war erleichtert, im unversehrten Zustand den Weg zurück in die Realität gefunden zu haben, gleichzeitig fühlte ich mich

wie gerädert.

Nach der langen Fahrt und dem Schlaf im engen Autositz taten mir alle Knochen weh. Ich weiß nicht, wie lange ich in dieser verkrümmten Haltung geschlafen hatte, alle Autoscheiben waren von innen beschlagen.

Die feuchte Luft im Wageninneren roch alt und abgestanden. Mittlerweile hatte ich wohl alles getan, um Isabelle endgültig aus meinem Leben zu vergraulen. Selbst die Luft, die mich und mein miserables Leben umgab, stank zum Himmel.

Genau wie ich auch.

Ich riss die Tür auf, frische Luft strömte herein. Gierig zog ich dieses frische, wohltuende und kostbare Lebenselixier ein.

Es hatte sogar zu regnen aufgehört.

Ich stieg aus.

Mühsam streckte ich meinen steifen Körper nach und nach in die aufrechte Position. Meine schmerzenden Knie ließen sich nur allmählich durchdrücken. Meine Schultergelenke taten weh und krachten gewaltig, als ich meine Arme lang machte und zur Seite ausstreckte.

„Wenn dir nichts mehr weh tut, dann bist du tot...", stellte einen schwachen Trost für meinen Zustand dar.

Mit ungelenken Schritten stakste ich los und wurde am Ende meiner Strapazen mit fließend kaltem Wasser aus einem einwandfrei funktionierenden Wasserhahn belohnt.

Das zählte auf Parkplätzen dieser Größenordnung eher zur Ausnahme, häufiger blieb nur die Flucht vor Fäkalien und Gestank.

Das kalte Wasser im Gesicht weckte meine Lebensgeister, und langsam kehrte der Puls des Lebens wieder zurück an seinen Platz.

Ich schaute mich auf dem Gelände des Rastplatzes um und entdeckte eine etwas abseits gelegene, von Büschen und Bäumchen umgebene Picknick-Ecke. Ich kramte das Glas mit dem Kaffeepulver, den Gaskocher und einen Topf aus dem Pappkarton und kochte mir einen Kaffee. Ich hielt die Trinkschale mit aufgestützten Ellenbogen zwischen meinen Händen, nippte

Schluck um Schluck vom heißen, bitter schmeckenden Kaffee und kaute dazu ein trockenes Stück Baguette.
Gedankenträge betrachtete ich das Treiben um mich herum. Die meisten der hier Rastenden waren wie ich allein unterwegs. Einige standen rauchend am Auto und fuhren gleich weiter, nachdem sie ihre Zigarette ausgetreten hatten, andere vertraten sich auf den schmalen Gehwegen die Beine.
An zwei Picknick-Tischen hatten sich kleine Gruppen ziemlich dickbäuchiger, Badelatschen oder Clogs tragender Fernfahrer zusammengefunden. Sie kauten ihre Sandwich-Baguettes und gaben mit vollen Backen den neuesten Fernfahrer-Tratsch zum Besten, begleitet von lautem, manchmal auch kehlig unanständigen Lachen.
Auf der anderen Seite des Sanitärgebäudes picknickte an einem der größeren Tische eine Familie mit drei Kindern. Anscheinend hatte sie fast die komplette Einrichtung ihres Wohnwagens ausgeräumt. Auf ihrem Tisch sah es aus wie bei einer Tupper-Party, alles war mit vorbereiteten Sandwiches, Plastikbehältern mit kleingeschnittenem Obst und Gemüse, Getränkeflaschen aus Kunststoff, pastellfarbenen Trinkbechern und Besteck aus Plastik sowie Küchenrollen bedeckt.
Die drei Kinder saßen ihren Eltern gegenüber auf der Sitzbank am Tisch, nebeneinander aufgereiht wie Orgelpfeifen. Sie waren ruhig und aßen, ganz ohne Streit oder sonstigen Kinderalarm. Das war genauso langweilig wie dieser saubere, adrett gepflegte Wohnwagen, der aussah, als wäre er gerade einem Camping-Werbekatalog entnommen worden.
Ich spürte etwas Haariges, was unter dem Tisch leicht kratzig an meinen Beinen entlang strich und mich von meinen lästernden Beobachtungen und fiesen Gedankengängen ablenkte.
Ich beugte mich unter den Tisch: da stand ein kleiner schwarzer Hund. Er schaute mich aus traurigen Augen an und wedelte zaghaft mit dem Schwanz.
„Na, wer bist du denn, wo kommst du auf einmal her?" entfuhr es mir. Der Hund warf mit einem schnarch-ähnlichen Schnaufen und Niesen den Kopf zurück und grinste zähnebleckend,

hielt aber über eine Armlänge Abstand zu mir.
Ich streckte ihm eine Hand entgegen, und das prustende, schwarze Fellknäuel näherte sich mir mit vorsichtigen Schritten. Der Hund schnüffelte sachte an meinem Handrücken. Es kitzelte, dann leckte er einmal kurz mit seiner Zunge darüber und ging sogleich wieder auf Abstand.
Er blieb aber in meiner Nähe stehen, den Blick aufmerksam auf mich gerichtet.
Ich schaute mich suchend um, doch niemand auf dem Parkplatz schien diesen kleinen Stromer zu suchen oder zu vermissen.
Ich konnte mir ebensowenig vorstellen, dass jemand dieses Tier einfach auf dem Parkplatz vergessen hatte.
Diesen Hund mussten irgendwelche skrupellosen Leute ausgesetzt und seinem Schicksal überlassen haben.
Es grenzte schon fast an ein Wunder, dass seinem Leben noch kein gewaltsames Ende gesetzt worden war, zermalmt unter den schweren Rädern eines mit überhöhter Geschwindigkeit eindonnernden Lastzugs. Oder überrollt von einer Limousine, deren Fahrer nur Augen für die nächste freie Parklücke hatte – so wie ich auch.
Ich brach ein Stück Baguette ab und hielt es auf meiner ausgestreckten Hand dem Hund hin. Vorsichtig, aber neugierig schnuppernd näherte sich das Tier, schnüffelte am Brotstück und nahm es schließlich behutsam in sein Maul, um es unter der gegenüberliegenden Bank zu fressen.
Mir gefiel, dass dieser Hund nicht so gierig schlang, wie viele andere seiner Artgenossen. Ich musterte die ungewöhnlichen Körper-Proportionen dieses kleinen, schwarzen Hundes. Bei näherer Betrachtung war es sogar ein eher großer Hund, doch waren die Beine recht kurz und hatten nur wenig mehr Länge vorzuweisen als die eines Dackels. Dadurch wirkte er insgesamt überdimensional lang. Sein Gang war leicht watschelnd und schnell tippelnd, bei wenig Raumgewinn und Tempo.
Eine lustige Gesamterscheinung, mir gefiel dieser eigenartige, auf seine Art schöne Hundemischling. Es war eine noch ziemlich junge Hündin. Mit ihrem schwarzen, leicht lockigen, län-

geren Fell sah sie etwas fülliger aus, so als ob man hier und da noch mal nachgestopft hatte. Beim Betrachten kamen mir die Modelle auf den Bildern des Malers Rubens in den Sinn. Die Frauen, Kinder und Engel auf seinen Gemälden wirkten auf mich auch an einigen Körperteilen etwas prall ausgestopft.

„Rubi!" sagte ich laut und versuchte, den Hund mit „Rubi" zu mir zu rufen. Es funktionierte tatsächlich. Rubi antwortete mit zähnebleckendem Grinsen, schüttelte schnaufend den Kopf und nieste einige Male.

Ich pfiff einmal kurz in ihre Richtung und ging zum Auto.

Rubi folgte mir, langsam und mit dem ganzen Körper watschelnd, mit einigen Metern Abstand, aber sie schien bei mir bleiben zu wollen.

„Na, dann komm mal her, du Stromerin", sagte ich und hielt ihr eine hintere Wagentür auf. Zögerlich tippelte Rubi auf ihren kurzen Beinen grinsend heran, dabei wedelte sie scheu mit dem Schwanz. Sie verharrte kurz vor der geöffneten Autotür, dann sprang sie mit einem Satz auf die Rücksitzbank und machte es sich dort sofort bequem.

Ich lächelte über meine neue Reisebegleiterin, die sich zum Geist von Isabelle dazu gesellte.

... ach Isabelle ...

Es drängte mich weiter. Ich startete den Motor und warf einen flüchtigen Blick über die Lehne. Rubi nahm ausgestreckt fast die gesamte Länge der Sitzbank ein, während die Sitzfläche ihr gleichzeitig ausreichend Tiefe bot, um die Beine winkellos und ohne Überhang von sich zu strecken.

Dieses urig dimensionierte Tier trieb mir unweigerlich ein Lächeln ins Gesicht.

„Willkommen, meine kleine Freundin", sagte ich leise.

Sie wedelte ein einziges Mal mit ihrem Schwanz.

Nur einmal schlug es auf dem Sitzpolster: Flapp!

Wie lange Rubi wohl schon ausgesetzt und verängstigt auf dem Parkplatz herumgeirrt war?

Auf jeden Fall war sie – im wahrsten Sinne des Wortes – hundemüde.

Ich gab Gas, der Motor heulte auf, und die Dyane setzte sich schaukelnd in Bewegung.
Man kann noch so viele Motoren gleichzeitig laufen lassen, aber den Klang eines 2 CV hört man immer heraus, und ich ließ mich wieder auf das sonore Dröhnen des Motors ein.
Ich näherte mich allmählich Biarritz, diesem einzigartigen Surfer-Paradies am Atlantik im untersten Südwesten Frankreichs. Die graue Wolkendecke war endlich aufgebrochen und die Sonne zeigte zwischendurch grell ihre Lebenskraft. Sie stand ziemlich hoch, es war ungefähr Mittag, als ich schließlich Biarritz erreichte.
Ich nahm den Weg ins Zentrum der Stadt und hielt nach einem Parkplatz Ausschau, von wo ich die Bucht des alten Hafens bequem zu Fuß erreichen konnte.
Ich zwängte mein Auto auf Postkarten-Abstand in eine Parklücke und stieg zunächst alleine aus, um die ersten Eindrücke zu genießen.
Der Atlantik und die von Felsklippen und hohen, sturmerprobten Mauern umgebene ehemalige Hafenbucht bilden das eigentliche Zentrum dieses lebhaften Badeortes, der den Sprung in die Gegenwart geschafft hatte. Der Glanz und das schwere Parfüm der alten Tage war allgegenwärtig, dennoch verfiel dieser Ort nicht in morbide Erinnerungen, als die reichen und mächtigen Franco-Spanier hier Urlaub machten und im mondänen, nahe dem Hafen und am Strand gelegenen Spielcasino „Barrière" ihr Geld verprassten.
Barriere – der Name brachte die Gegensätze auf den Punkt.
Auf der einen Seite die sozialarroganten Reichen und Superreichen, auf der anderen Seite die Surfer, die abgerissenen Wasserhippies und Wellenfreaks, die diesen einmalig gelegenen Ort seit Jahrzehnten bereisten, nicht selten nur naserümpfend vom Jet-Set geduldet, der sich mit dem Betrachten ihrer Surfkünste die von Luxus überbordende Langeweile vertrieb.
Rubi hatte im Auto jeden meiner Schritte aufmerksam verfolgt, und als ich ihr die Tür mit einem „hopp!" öffnete, sprang sie freudig schwanzwedelnd heraus und schnüffelte erst einmal die

nähere Umgebung ab. Ich schlenderte die Straße hinunter, die Hündin folgte mir so selbstverständlich, als ob sie schon ewig zu mir gehörte. „Was für ein unkompliziertes Wesen du doch hast", dachte ich, als sie auf ihren schnellen, kurzen Beinen ohne Ausreißer hinter mir her tippelte. Ihre hechelnde rote Zunge zeichnete sich deutlich gegen ihr glänzendes, schwarzes Fell und die schönen, weißen Zähne ab.
Längst hatte ich Rubi in mein Herz geschlossen.
Ich gelangte die Treppenstufen zur Bucht hinunter und war augenblicklich gebannt vom Rauschen des Atlantischen Ozeans mit seinen gleichmäßig heranrollenden, meterhohen Wellenwänden.
Weiß schäumend und mit einer unzähmbaren, majestätischen Wildheit brachen sich die Wellenberge am weit auslaufenden, flach abfallenden Sandstrand und den aus dem Wasser ragenden Felsentürmen.
Manche besonders verspielte Wellenkronen kippten nur deshalb, um auf ihren eigenen, zurückfließenden Wassermassen weiter surfen zu können. Ein rauschendes, imposantes Spiel der nassen Naturgewalten mit sich selbst. Es ist unmöglich, sich der Magie dieses gewaltigen Schauspiels zu entziehen.
Man wird immer kleiner, schrumpft zusammen bis zur Bedeutungslosigkeit, während das Rauschen und diese Kraft die Gefühle gleichzeitig mit jeder heranrollenden Wellenwand größer anwachsen lassen.
Und jede Welle spülte Isabelle näher an mich heran.
Stück für Stück.
Das Rauschen öffnete schließlich den Weg in mich hinein.
Ich saß mit angewinkelten Beinen und zurückgelehntem Oberkörper, die Arme hinter mir im Sand aufgestützt... und wischte mir ein paar flüchtige, bittere Tränen weg. Ich fühlte mich einsam, entsetzlich einsam und war ganz alleine an diesem wunderschönen Ort.
Ein leises Winseln, Rubis warme, leicht raue Zunge unterbrach meine Gedanken und Gefühle der traurigen Erinnerung und des Selbstmitleids. Ganz sachte leckte sie meinen von salzigen

Tränen benetzten Arm ab. Ich lächelte und streichelte den kleinen, schwarzen, grinsenden Hund.
Dann rappelte ich mich auf und ging ein Stück weiter den Strand entlang. Zwischendurch warf ich ab und zu einen Stock ins Meer, und Rubi sprang mutig kläffend in die Fluten, um ihn zu apportieren. Wir erreichten das Casino „Barrière", und ich steuerte darauf zu, um das Geschehen davor und das Drumherum aus der Nähe beobachten zu können.
Auf einem Felsen in der Nähe des Eingangs-Portal machte ich es mir bequem. Die hochstehende Sonne, der stetige, manchmal in kräftigen Brisen wehende Wind und das Rauschen des Ozeans hatten meine Sinne etwas gereinigt und für eine Weile zumindest meinen Trübsinn verdrängt.
Ich spürte die Erschöpfung der letzten Tage in jeder Pore meines Körpers und ließ das sinnliche Zusammenspiel der Naturgewalten weiter auf mich einwirken, während ich mit trägen Blicken die kommende und gehende Szenerie des Glücksspiel-Tourismus verfolgte.
Ein bizarr anmutendes Paar schickte sich an, das Spielcasino zu verlassen, und belebte meine schläfrigen Sinne mit Neugier. Meine Trägheit brachte mir viel Zeit, ich studierte ausgiebig die auffälligen Details ihrer äußerlichen Extravaganz.
Die Frau zuerst: Mir sprang gleich dieser riesige, strahlend weiße, runde Hut mit breitem, knallgrünen Hutband und übergroßer Dekorationsschleife ins Auge. Unter dem Hut befand sich auf einer dünnen, spitzen Nase eine überdimensionierte, sehr dunkle, runde, mit breitem leopardenfleckigen Horn eingerahmte Sonnenbrille, die einen lückenlosen Übergang zu den grellrot geschminkten Lippen bildete.
Unter der faltig herunterhängenden Hutkrempe blitzten, je nach Windböe und Einfall des Sonnenlichts, große, kreisrunde, glitzernde Ohrringe auf. Der kurzärmelige Pullover war grellrot, farblich perfekt auf ihre Lippen abgestimmt, die Fingernägel ebenso im Einklang mit Lippen und Pullover. Die wadenlange Hose war windflatternd weit und strahlend weiß, wie der riesige Hut, und sie umkleidete bei Windstille in schlaffen

Falten sehr dünne Beine.
Der Gürtel war knallgrün und breit wie das Hutband und hielt die Hose stramm über der knochigen Hüfte fixiert. Ihre Schuhe hochhackig und grellrot, die Finger bestückt mit großen, bunten Ringen.
Die Frau war magersüchtig dürr, das Gesicht tiefbraun und von runzligen Falten durchzogen, zumindest das, was nicht hinter den riesigen Sonnengläsern verschwand.
Vielleicht war sie einmal eine auffallend glamouröse Schönheit gewesen.
Ihr dünner, bis zum Ellbogen freier und faltiger Arm steckte eingeklemmt in der behaarten Armbeuge ihres Begleiters.
Jener war ein untersetzter, runder Mann, mit tiefschwarz gefärbtem, von öliger Pomade durchtränktem und nach hinten frisierten Haarkranz, der eine blankpolierte, gebräunte Glatze eingrenzte.
Die ebenso schwarzen buschigen Augenbrauen umrahmten eine verspiegelte runde Sonnenbrille mit Goldrahmen und glitzernden, in den Bügeln eingefassten Brillanten. Die verspiegelten Gläser verbargen seine Augen. Die gewaltige Nase wurde von einem mächtigen Schnauzbart gestützt, und der unverdeckte Rest des Mundes kämpfte mit der Last einer dicken Zigarre, was die Proportionen des von den Haaren gerahmten Gesichts noch untermalte.
Seine Hose hatte ihm wohl seine Begleiterin über die Stuhllehne gehängt. Sie war grellrot, passend zu ihren Schuhen, Lippen, Fingernägeln und dem kurzärmeligen Pullover.
Ein weißer Ledergürtel mit zierlicher, goldener Schnalle umspannte stramm seinen runden Bauch und hielt die grellrote Bundfaltenhose leicht oberhalb seiner Fußknöchel faltenfrei auf Hochwasser. Das Hochwasser entblößte knallgrüne Socken. Die weißen Slipper an seinen Füßen zierten zierliche Goldkettchen über dem Spann.
Das kurzärmelige Polohemd war natürlich knallgrün.
Der groteske männliche Versuch, allen äußerlich widrigen Umständen zum Trotz jung zu erscheinen.

Der schwere, goldene Ring am kleinen Finger, die hochkarätig goldene Uhr an seinem Handgelenk waren der überladene, protzende Schmuck eines alternden Mannes.
Eine weiße Limousine, irgendein britischer Superschlitten von Rolls-Royce oder Bentley, glitt lautlos heran und stoppte vor dem schrillen Pärchen.
Ein Chauffeur ohne Mütze, dafür mit spiegelblanker Glatze, stieg aus.
Er umkreiste mit galanten Schritten das Auto, öffnete die hinteren Türen und bot der alten Dame mit ergebener Geste eine Hand zur Stütze an. Sie ergriff sie mit einem an Zähnefletschen grenzenden Lächeln und ließ sich mühselig auf dem lederbezogenen Rücksitz nieder.
Die Hände des Chauffeurs steckten in weißen Handschuhen...
Es dauerte eine ganze Weile, bis das Paar im Fonds Platz genommen hatte.
Langsam glitt die weiße Limousine mit ihrer grotesken Fracht davon.
Ich schaute dem Luxusgefährt nach, bis es irgendwo in der Ferne abbog und verschwand.
Das Erleben dieses seltsamen Paares löste in mir Beklemmung aus. Diese beiden alten Leute würden irgendwann auch nicht mehr vor der Erkenntnis die Augen verschließen können, dass Jugend und Attraktivität für kein Geld der Welt käuflich sind. Das bizarre, tragikomische Drama, wie man am Alter zerbrechen kann, wenn man es, von oberflächlicher Eitelkeit geleitet, verpasst hat, dem Altwerden eine Würde zu geben, und ihm stattdessen die unwürdige Last der Verdrängung aufbürdete.
Kopfschüttelnd erhob ich mich von meinem steinernen Sitzplatz und machte mich am Wasser entlang auf den Rückweg zum Auto. Rubi hatte die ganze Zeit ruhig unter dem Felsen im Schatten gelegen und trabte schwanzwedelnd hinter mir her. Zwischendurch kläffte sie immer mal schimpfend, wenn ihr eine Welle zu nahe gekommen war und sie nass gespritzt hatte.
An der Treppe nahmen wir mit schwungvollen Schritten die

Stufen zur Straße hinauf.

Am Auto angekommen, sprang Rubi auf den Rücksitz. Sie hechelte stark und hatte Durst. Ich ließ etwas Wasser in meine Hand laufen und gab ihr zu trinken. Begierig, aber ebenso zutraulich schleckte sie sanft das kostbare Nass aus der Pfütze in meiner Handfläche.

„Na,... dann wollen wir dir jetzt erst einmal ein paar Sachen besorgen, bevor wir uns eine Bleibe für die nächsten Tage suchen, was?" sagte ich halb zu mir, halb zur Hündin und ließ den Motor an.

In einem Supermarkt kaufte ich einen Trink- und einen Fressnapf, einen großen Beutel Hundefutter, ein Halsband aus naturfarbenen Leder, sowie eine Hundeleine, ein Baguette, ein Stück Käse, etwas Zucker, eine Tüte Äpfel, eine Packung Kaffeepulver, einige Dosen Ravioli, zwei große Träger Perrier, eine Flasche Pastis, obwohl ich eigentlich keinen Alkohol trank, und fünf Liter Trinkwasser in einem Reisekanister.

Ich verstaute die Sachen im Kofferraum und packte meine immer noch regennassen Klamotten in eine Plastiktüte, damit sie nicht das Hundefutter und das Baguette durchweichten.

Dann versorgte ich Rubi mit Wasser aus ihrem neuen Trinknapf. Sie trank gierig, dieses Mal ohne Zurückhaltung. Hätte ich eine Uhr getragen, ich hätte mehrmals nach der Zeit gesehen. Irgendwann war ihr Durst gelöscht. Zufrieden und mit glucksendem Bauch sprang Rubi auf die Rückbank zurück, und die Fahrt konnte weitergehen.

Ich folgte einer kleinen Straße, die in nördlicher Richtung am Meer entlang verlief. Ziemlich unverhofft führten enge Haarnadelkurven auf einen kleinen Berg. Der Anstieg war nicht besonders hoch, aber die Steigung so steil, dass ich kurz vor dem Gipfel sogar in den ersten Gang zurückschalten musste, um mein Auto auf die Anhöhe zu quälen. Mit hochtourig drehendem Motor gelangte ich oben an.

Vor mir tat sich ein atemberaubend schöner Ausblick auf.

Ich hielt an und stieg aus.

Ich hatte freie Sicht auf die felsige Bucht des alten Hafens

von Biarritz, das pompöse Areal des Spielcasinos und die fast rechtwinklig in Richtung Spanien abknickende Steilküste.
Unter mir am Fuß des Hügels befand sich eine große Hotel- oder Appartement-Anlage mit dem etwas doppeldeutigen Namen „Village Club la Chambre d`Amour" – etwa: „Dorf Club Liebesnest". Ihre Architektur wirkte durch die unmittelbare Lage am Strand wie ein riesiges, auf Grund gelaufenes Kreuzfahrtschiff.
Rechts davon erstreckten sich mit unverbauter Sicht die breiten, sandigen, flach abfallenden Strände mit den unentwegt anrollenden Atlantik-Wellen.
Ich genoss noch eine Weile dieses grandiose Panorama.
In steilen Serpentinen ging es wieder die Anhöhe hinunter in Richtung Anglet. Am Straßenrand entdeckte ich ein Campingplatz-Schild und folgte dem Wegweiser.
Ich bog in eine Seitenstraße ein und bremste einige hundert Meter weiter vor der Einfahrt eines Campingplatzes. Auf dem Schild las ich den Namen „Fontaine Laborde".
Ich parkte, ließ den Hund im Auto und betrat das von krumm gewachsenen, windgebeugten Laubbäumen, Pinien, wild wuchernden Hecken und Büschen durchzogene Gelände. An einigen Stellen war der Boden von einer dichten Grasnarbe bedeckt, aber größtenteils war der Graswuchs auf dem Untergrund nur noch spärlich. Der Boden war dunkelerdig und festgetreten.
Überall auf dem Campingplatz verteilt zwischen Büschen und Hecken oder im Schatten der Bäume, standen kleine und große Zelte, einige bunt bemalte Bullis und ein paar alte, verbeulte, zu Wohnmobilen umgebaute Lieferwagen mit Dachgepäckträgern für die Surfbretter. Manche Bäume waren durch Wäscheleinen miteinander verbunden, an einigen Ästen oder Hecken hing auch direkt Wäsche zum Trocknen. Die meisten Camper schienen am Strand zu sein, auf dem Platz ging ziemlich es ruhig zu.
Kurz hinter dem Eingang lag ein Bistro mit einer gepflasterten und überdachten Terrasse, auf der neben einem Pool-Billard-

tisch, ein „Pac Man"-Spieltisch sowie Sitzbänke, Tische und Stühle standen.

Hinter dem Bistro befand sich ein funktional konstruiertes Sanitärhaus mit drei französischen Stehwannen-Toiletten und zwei Außenduschen mit Klapptüren wie bei einem Western-Saloon. Und da der Wilde Westen eine raue Zeit war, gab es hier auch nur fließend kaltes Wasser.

Ich betrat das Bistro durch die weit aufgeschobene Fensterfront. Ein paar jugendliche Camper in ausgewaschenen, abgeschnittenen Jeans und ausgeblichenen T-Shirts saßen entspannt um einen runden Tisch herum und unterhielten sich flachsend bei Bier, selbstgedrehten Zigaretten und Milchkaffee. Auf einem Barhocker hinter der Theke saß, in einer Zeitung lesend und mit einer glimmenden Gitane zwischen den Lippen, ein dunkelhaariger, mittelgroßer, schlanker, romanisch-französisch aussehender Mann. Er blickte kurz von seiner Zeitung hoch und quittierte mein Hereinkommen mit einem Nicken, ansonsten schien er sich nicht weiter für meine Anwesenheit zu interessieren. Ich setzte mich an der Theke auf einen der Barhocker und bestellte einen Milchkaffee.

Der Barkeeper legte seine Lektüre beiseite, warf sich ein Geschirrtuch über die Schulter und wandte sich der Kaffeemaschine in seinem Rücken zu. Mit flinken, routinierten Handgriffen füllte er frisches Pulver ein und spannte das Kaffeesieb in die Maschine. Kurze Zeit später zischte frisch gebrühter Kaffee in eine große Tasse, während der Barkeeper den Heißlufthahn betätigte, um die Milch zu erhitzen.

Das Erhitzen und Aufschäumen der Milch war wie immer eine kreischend laute Angelegenheit.

Der Barkeeper arbeitete schnell, wortlos und mit zusammengekniffenen Augen, weil der hochsteigende Zigarettenqualm sein Gesicht einnebelte und seine Augen reizte.

Er stellte den fertigen Kaffee in einer großen weißen Tasse vor mir auf die Theke. Ich nahm einen Schluck.

„Der Kaffee ist wirklich gut", lobte ich den Barkeeper.
Er nickte stumm.

Ich fragte ihn, wo ich den Eigentümer des Platzes finden würde und ob er wisse, ob hier noch ein Platz für mich und meinen Hund frei wäre.
„Ich bin der Besitzer, mein Name ist Jacques", antwortete der Barkeeper grinsend und entblößte dabei die Lücke eines fehlenden Schneidezahns.
Er ging ohne Umschweife ins „Du" über, was in Frankreich eher unüblich ist, mir aber willkommen war:
„Aber ja, natürlich gibt es hier noch Platz für dich und deinen Hund, überhaupt kein Problem. Bau dein Zelt auf, dann kommst du wieder und meldest dich bei mir an. Ich bin den ganzen Abend hier."
Damit war alles gesagt, und Jacques widmete sich wieder seiner Zeitungslektüre.
Ich schaute suchend über den Platz.
„Stell dich einfach irgendwo hin, wo du genügend Platz findest. Die Leute hier sind alle nett, wirst du schon sehen", ermunterte mich Jacques hinter meinem Rücken.
Mit einem letzten Schluck leerte ich meinen Kaffee, holte das Auto und rollte langsam über den Platz.
Im kreisförmigen Rund zwischen einer Hecke, einem Busch und einem krumm gewachsenen Baum wurde ich fündig: das war unser Platz, zumindest für die nächste Zeit.
Der dicke Stamm des Baumes krümmte sich oberhalb der Wurzel ungefähr in Kniehöhe rechtwinklig in die Horizontale. Danach war er für gut einen Meter parallel zur Erde weiter gewachsen, um sich dann wieder in die Senkrechte zu strecken, wo sich die Baumkrone etwas über Kopfhöhe in zahlreichen knorrigen Verwindungen, Bögen und Verästelungen ausbreitete.
Der Baum sah einfach klasse aus, und der waagerechte Meter Stamm bot eine natürliche, gewachsene Sitzgelegenheit.
Die Baumrinde war schon blankpoliert. Kein Wunder, denn man saß perfekt in diesem leicht schwingenden „Baumsofa"! Wenn man die Füße hoch nahm, ließ sich das senkrecht gewachsene Stammstück sogar als Rückenlehne benutzen.

Ich lud mein kleines Zelt aus dem Kofferraum, breitete es auf dem Boden aus und begann mit dem Aufbau.
Rubi ließ ich frei laufen, sie erkundete schwanzwedelnd und schnüffelnd die nähere Umgebung. Hier und da und markierte sie auch mal das neue Terrain. Ich war gerade dabei, die Zeltheringe im Boden zu verankern und die Spannleinen fest zu zurren, als hinter mir eine männliche, heiser klingende Stimme rief:
„Hey, wer bist denn du Hübsches?"
Rubi hatte sich einem benachbarten Zeltareal genähert, wo sie sich von einem Mann tätscheln ließ. Sein Gesicht zierten mehrere unvollständig gewachsene Bartinseln, er saß in einem gestreiften Armlehnen-Klappstuhl an einem Campingtisch. Mir fiel seine mit Ornamenten bestickte, ärmellose, dunkelrote Weste auf, die er ohne was darunter trug. Der Mann bemerkte meinen Blick und sah hoch.
„Ist das okay?" fragte ich ihn auf Englisch.
„Alles in Ordnung, ich mag Hunde", sagte er und merkte an: „Dieser ist ja eine eigenartige Mischung, aber ein schönes Tier."
Er klopfte ihr ein paar Mal mit der flachen Hand auf die Seite, und Rubi kehrte wackelnd wieder zu mir zurück.
Der Mann, ich schätzte ihn auf Mitte bis Ende Dreißig, lehnte sich in seinem Klappstuhl zurück. Er visierte mich aus leicht getrübten Augen an.
„Woher kommst du?" fragte ich ihn, bevor er was sagte.
„Elsass und auch von anderswo ... und du?" kam es von ihm zurück.
Komische Antwort ...
Er nahm einen Schluck Bier aus dem großen Henkel-Glas, das vor ihm auf dem Tisch stand.
Ich deutete mit dem Daumen über meine Schulter.
„Von da und auch von anderswo, ich bin Gottfried", antwortete ich, während Rubi es sich zwischen meinen Füßen auf dem Boden bequem machte.
Er wunderte sich nicht im Geringsten über meine blöde Antwort.

„Marc", entgegnete er, dabei nestelte er etwas umständlich in einer Tasche an seiner Weste herum. Schließlich fingerte er eine kleine Dose heraus, öffnete den Deckel und entnahm ihr eine weiße Pille. Er legte sie wortlos auf seine Zunge und spülte sie mit einem kräftigen Schluck Bier hinunter.
Dann entnahm er aus einer anderen Westentasche ein zerknülltes Tabakpäckchen, wühlte ein bisschen Tabak heraus, legte es in ein Blatt Zigarettenpapier und drehte sich eine filterlose Zigarette. Aus einer Hosentasche seiner abgeschnittenen, verwaschenen Jeans fischte er ein silbernes, abgegriffenes Zippo-Benzinfeuerzeug und zündete sich die Zigarette an. Sie war ziemlich schlampig gedreht.
Während dieses ganzen Rituals sagte Marc nichts.
Sein Gesichtsausdruck war angestrengt, wirkte sogar leicht schmerzverzerrt, er vermied den direkten Augenkontakt mit mir. Er nahm einen tiefen Zug aus der Zigarette, griff mit einem leichten Stöhnen erneut zum Bierglas und trank mit immer noch schmerzverzerrtem Gesicht, den Blick nach unten gerichtet.
„Bist Du krank? Hast Du Schmerzen?" fragte ich Marc.
„Tablettenabhängig", war seine offene, aber auch nicht überraschende Antwort.
„Was für Tabletten?"
„Schmerztabletten", sagte Marc.
„Und warum nimmst du sie? " fragte ich weiter.
Marc nahm wieder einen Schluck Bier, schloss die Augen und lehnte sich zurück. Die Zigarette glimmte zwischen den Fingern seiner linken Hand. Er ließ sich mit der Antwort Zeit.
„Ist ′ne gute Dröhnung, vor allen Dingen mit Alkohol ... Ich kann nicht mehr ohne ... bin halt 'n kaputter Typ ...", sagte er schließlich, und irgend etwas begann mich an ihm zu nerven. Vielleicht war es nur die Attitüde dieses Typen, wie er da saß, mit seinem Pillen-Döschen und keine Ahnung, was noch für Drogen in seinen Westentaschen, mit seinem silbernen Armreif, den er wie ein Apache-Krieger in Western-Filmen am Oberarm über seinem Bizeps trug. Und dann dieser ange-

strengt gequälte, Augenkontakt vermeidende, nach unten gesenkte Blick.
„Wieso kaputter Typ?" fragte ich direkt.
Marc inhalierte tief den Rauch seiner Zigarette, die inzwischen bis auf einen vielleicht zwei Zentimeter langen Stummel runter gebrannt war. Er zog die Stirn in Falten, nippte an seinem Bier und fuhr mit leiser Stimme fort.
„Ich war mal verlobt", er machte eine schmerzverzerrte Bierpause, um der dramatischen Bedeutung seiner Worte mehr Gewicht zu verleihen.
„... Er war also mal verlobt", dachte ich während seiner Dramabedingten Trinkpause. Da gab es doch eigentlich nur zwei Möglichkeiten: Entweder man freute sich, dass alles überstanden war, oder man trauerte, und es ging einem aus Liebeskummer wirklich schlecht.
Obwohl – natürlich nicht ganz so schlecht wie mir, in meinem puren Schmerz wegen Isabelle ...
Es kann einem zugegebenermaßen noch viel schlechter ergehen, so sehr, dass man keinen Ausweg mehr weiß ..., wie der junge Werther im leidenschaftlichen Unglück seiner großen Liebe zu Charlotte, die sich für jemand anders entschieden hatte.
So sehr mir dieser Typ auf die Nerven ging, so neugierig wartete ich dennoch auf seine weiteren Ausführungen. Den Rest wollte ich jetzt auch noch hören.
„... ich war mal verlobt", wiederholte Marc mit leisen Worten und zögerte abermals, als ob er um die dramatisch passenden Worte ringen müsste.
... der Typ war nicht nur fertig, sondern er machte mich auch fertig ...
„Du warst mal verlobt...", wiederholte ich laut, um Marc aus seiner Bedröhnung anzuschieben.
Dann redete Marc tatsächlich weiter:
„... bis vor sieben Jahren. Ich hatte noch drei Monate Militärdienst abzuleisten, dann wäre ich damit durch gewesen. Aber meine Verlobte Michelle zog mit einem anderen Typen los. Als ich an einem Wochenende nach Hause kam, überraschte ich

die beiden in unserem Bett ..."
Marc leerte sein Bierglas und öffnete eine neue Flasche, die er aus einer Plastiktüte unter seinem Stuhl hervorholte.
„Sie hatte erst einen Tag später mit mir gerechnet ...", nuschelte er.
„... was für eine Scheiß-Situation", dachte ich.
„Ich glaubte erst gar nicht, was sich da vor mir abspielte", fuhr Marc leise fort, nachdem er sich ein neues Bier eingeschenkt hatte:
„... aber dann packte mich die Wut! Es war blanke Wut, und ich schrie Michelle an, sie sei eine eiskalte Lügnerin und billige Hure, die skrupellos mit fremden Typen herumbumste, während ich beim Militär durch die Scheiße robbte! Ich riss Michelle zur Seite und prügelte wie von Sinnen auf den Typen ein ... Ich zerschlug ihm sofort die Nase, ... meine Faust, die Wand, das Bett, sein Gesicht ... alles war voll Blut!"
Zusätzlich aufgeputscht durch Alkohol und Drogen, steigerte sich Marc immer mehr in die demütigenden Bilder seiner Liebesvergangenheit hinein:
„Ich konnte einfach nicht mehr aufhören ..., immer und immer wieder schlug ich auf ihn ein ..., bis ich auf einmal zwischen meinen Rippen von einem kalten und gleichzeitig heißen Blitz getroffen wurde. Ich spürte ein stechendes Brennen, dann setzte der Schmerz ein, mir wurde schlecht, schummrig und atemlos zugleich ..."
Marc trank in großen Zügen aus seinem Bierglas und sagte mit schwankender, aber ruhiger Stimme, während er sich eine neue Zigarette drehte:
„Zwischen meinen Rippen steckte ein Messer. Es war ein Messer mit springender Klinge, er hatte mich damit überrascht. Das Blut pumpte aus der Wunde, dann wurde ich bewusstlos ..."
Das typische Zippo-Klicken ertönte, und Marc zündete seine Zigarette an. Sie war wieder schlampig gedreht.
Marc inhalierte tief, er zog seine Weste etwas zur Seite und deutete mit dem Finger auf eine Narbe zwischen den Rippen-

bögen auf seiner rechten Brustkorbhälfte.
„Hier", sagte er, „hier steckte das Messer in mir ... sieben Zentimeter tief ..."
Das Ende war klar, denn Marc saß depressiv und bedröhnt vor mir am Tisch und konnte mir nur deswegen weiter auf die Nerven gehen, weil ich so neugierig war.
Rubi lag immer noch zwischen meinen Füßen. Ich bückte mich und kraulte ihr die Ohren. Sie drehte mir den Kopf zu und genoss die kleine Streicheleinheit.
„Als ich aufwachte, lag ich im Krankenhaus", fuhr er fort, „und dann tauchte am nächsten Tag doch tatsächlich dieser Typ an meinem Krankenbett auf ..."
Marc lallte schon:
„Ganz im Ernst, Mann! Erst rammt er dir das Messer zwischen die Rippen und du gehst beinahe dabei drauf, und dann steht er nur einen Tag später bei dir am Krankenbett ..."
„Ja... und du? Was hast du gemacht?"
Marc warf sich wieder eine Pille ein.
„Ich wollte sofort auf ihn losgehen ..., es ging aber nicht, da jede noch so kleine Bewegung übel schmerzte."
„Was dann?" drängte ich ihn.
„Der Typ reichte mir die Hand, wir wurden die besten Freunde ..."
„Und Michelle? Was wurde aus deiner Verlobten?" bohrte ich weiter.
„Sie hat ihn geheiratet", verblüffte mich Marcs Schilderung erneut.
„Und ihr seid immer noch Freunde?" hakte ich misstrauisch nach.
Marc unterbrach meine Gedanken:
„Ja, sind wir – bis heute, allerdings rede ich mit Michelle kein Wort mehr ..."
Ich dachte, ich höre nicht richtig:
„Wie bitte?"
„Ja, kein Wort ...", nickte Marc leise und setzte noch einen hinterher:

„Ich habe ihr den Betrug nie verziehen, damit komme ich bis heute nicht klar ..."

Bei diesen letzten Worten bekam sein Gesicht wieder einen schmerzverzerrten, angestrengten Ausdruck, und er vermied jede Art von Blickkontakt.

Ich wollte noch etwas zu Marc sagen, aber er war gerade dabei, komplett in seiner Bedröhnung zu versinken.

Meine Neugier war sowieso gestillt, ich ging mit Rubi zu meinem Zelt zurück.

Ich wollte auch nichts mehr mit Marcs herunterziehender Drogenaura zu tun haben.

Ob sein angeblich bester Freund, der Messerstecher, mir die gleiche Version der Geschichte wie Marc schildern würde?

Es war schon spät, die Dunkelheit nahte. Mit einem Stein trieb ich die restlichen Heringe in den Boden und spannte die Zeltleinen. Dann warf ich meinen Schlafsack ins Zelt und entrollte ihn auf dem Boden. Ein Kopfkissen hatte ich nicht, meine Jacke oder Rucksack mussten genügen. Rubi schnupperte schüchtern, aber neugierig im Zelteingang herum und streckte sich immer länger.

„Na los, rein mit Dir!" stupste ich sie an. Mit einem Satz war Rubi im Zelt und erkundete schnüffelnd den Rest des Inneren, bevor sie es sich dann wie selbstverständlich auf meinem Schlafsack gemütlich machte.

„Das geht ja schnell bei dir", lächelte ich und streichelte meinen langen, kurzbeinigen Begleiter.

Dann machte ich mich auf den Weg zum Bistro, um mich anzumelden.

Jacques stand rauchend, lässig auf seine Ellbogen gestützt, hinter der Theke und plauderte mit einigen Gästen, offensichtlich Surfer, die aus den Wellen zurückgekehrt waren. Braungebrannt, die Haare von Sonne, Salzwasser und Wind hell gebleicht und dicksträhnig, saßen sie auf den Barhockern, tranken Bier, Pastis und Cola und unterhielten sich über Wellen, Bretter und die Welt.

Die Surfer führten ein schwereloses Dasein. Die Leichtigkeit

ihrer Worte und die durchtrainierte Lässigkeit ihrer Körper gefielen mir.
Die gerade erst zurückliegende Präsidentenwahl schien hier kein Thema zu sein, kein Wort über Politik oder andere ernste Themen. Sie suchten, wann immer sie konnten, den Ritt ganz oben auf der Welle des Lebens, in leichtherziger Sorglosigkeit verbunden mit der allgegenwärtigen Gefahr, dass der nächste Ritt auch der letzte sein könnte ...
Als Jacques mich sah, zog er die Augenbrauen hoch und grinste.
„Alles in Ordnung?" fragte er.
Ich nickte, und er entgegnete zufrieden:
„Weißt du denn schon, wie lange du hier bleiben willst?"
„Keine Ahnung, Jacques, ist noch völlig offen, ... ein paar Tage vielleicht ..., kann sein auch ein paar mehr", entgegnete ich.
Jacques reichte die Antwort. Er kramte aus einer Schublade unter der Theke ein Notizheft und einen Kugelschreiber hervor und schob mir beides rüber.
„Trag hier bitte deinen Namen ein. Du zahlst, wenn du wieder wegfährst, okay? Der Hund kostet dich nichts extra. Sieht zwar´n bisschen komisch aus, ist aber´n liebes Tier."
Jacques gab wieder seine Zahnlücke frei.
Ich trug meinen Namen in den Block ein. Er warf einen kurzen Blick darauf, entblößte erneut seine Zahnlücke und sagte:
„Möchtest du was trinken, Monsieur Gottfried Joseph?"
Damit waren die unkomplizierten Aufnahme-Formalitäten offenbar abgeschlossen. Er wollte keinen Ausweis sehen oder sonst irgendein Pfand als Sicherheit. Es schien auf gegenseitigem Vertrauen und Respekt zu basieren und auch zu funktionieren.
Ich winkte dankend ab:
„Nein danke, ... später vielleicht, jetzt nicht, Jacques." Mir war nach diesem langen Tag voller Ereignisse und nach der zähen Begegnung mit Marc nicht mehr nach weiteren Gesprächen und mehreren Menschen auf einem kleinen Fleck zumute.
„Gut, bis später vielleicht, ist es für dich in Ordnung, wenn ich Geoffroi sage?"

„Ja, Geoffroi gefällt mir, ist schon okay, bis später dann", verabschiedete ich mich und ging zum Zelt zurück.
Rubi döste entspannt und eingerollt auf meinem Schlafsack.
„Na los! Komm her, wir gehen noch mal ein bisschen die Gegend erkunden!" rief ich sie zu mir.
Rubi war sofort wach, sprang auf, streckte ihre Beine lang aus, was aber bei ihrer bemerkenswert kurzen Beinlänge kaum ins Gewicht fiel, und trottete friedlich hinter mir her.
Ich folgte der kleinen Straße in Richtung Meer. Zum Strand waren es nicht einmal zwei Gehminuten.
Auf dem Weg, gleich um die Ecke, entdeckte ich eine kleine Bäckerei und einen Einkaufsladen für den tagtäglichen Bedarf. Es war also für alles gesorgt, noch dazu ganz in der Nähe.
Mittlerweile war es dunkel geworden, und vom Atlantik her wehte ein ziemlich starker, bisweilen sogar stürmischer Wind.
Ich setzte mich in den Sand. Rubi tobte eine Weile verspielt und mit flatternden Ohren in weiten Kreisen am Strand herum, trabte dann zu mir und legte sich an meine Seite. Ihre Schnauze und Nase waren vom vielen Buddeln und Schnüffeln voller Sand, und wegen der geringen Bodennähe hatten sich einige Meeresalgen und kleine Seetankblätter unter ihrem Bauch verfangen.
Die Wellen peitschten in wilder Brandung auf den weitläufigen Sandstrand und gegen die bizarr geformten Felsen, die vereinzelt aus dem Meer ragten.
In der nächtlichen Ferne ruhte im Strand-Westen wie ein riesiger, taghell ausgeleuchteter Kreuzfahrtdampfer der „Village Club La Chambre d´Amour".
Ich musste mir die strahlende Anlage mal aus der Nähe ansehen und stupste Rubi an: „Komm!"
Das „Chambre d´Amour" lag weiter weg, als ich angenommen hatte, und das Stapfen im weichen, tiefen Sand strengte an. Vom Wind zerzaust, meine Schuhe voller Sand, erreichte ich endlich das Feriendorf der „Liebesnester". Aus der Nähe entpuppte es sich als eine abgeschirmte, gelb geklinkerte Kombination aus Hotelbetrieb und Ferienwohnungen. Ich tauchte unter einer

rot-weißen Absperrschranke durch, überquerte einen Parkplatz und ging auf das Hauptgebäude zu.
Rubi folgte mir schnuppernd, machte unvermittelt einen Schlenker und hinterließ neben einem ziemlich edlen und wohl auch teuren Sportwagen eine Pfütze, in der sich kurze Zeit später das Licht einer Parkplatzlaterne spiegelte.
Von irgendwoher hörte ich Musik, die in unregelmäßigen Abständen anschwoll und nach kurzer Dauer wieder verstummte.
Ich ging weiter an der Hauswand entlang und entdeckte um die Ecke den Eingang zu einer kleinen Discothek. Wenn die schwere Metalltür von ein- und ausgehenden Besuchern geöffnet wurde, drang laute Disco-Musik nach draußen, die mit dem Schließen der schalldichten Tür wieder verschwand.
Ich leinte Rubi in einiger Entfernung an einer Parkbank fest. Per Handzeichen deutete ich ihr an, dass sie sich setzen sollte, und zu meiner Überraschung gehorchte sie prompt. Dieser pflegeleichte, einfach zu handhabende und offensichtlich auch treue Hund verblüffte mich ein ums andere Mal.
Ich ließ Rubi dort warten und betrat die Discothek. Die Musik war laut und verfehlte zielstrebig meinen Geschmack.
Ich kehrte nicht sofort um, sondern wollte eine Weile durchhalten, um mir das Treiben anzuschauen.
Das Licht war sehr schummrig, und über der Tanzfläche aus blankem Metallfußboden drehte sich eine glitzernde Discokugel, die die bunten Lichtstrahlen der Lichtorgel reflektierte. Ein Discjockey mit Kopfhörern und bis zum Bauchnabel offenem Hawaii-Hemd tänzelte hinter seiner halbhohen Wand aus Plexiglas und präsentierte seine dichtbehaarte, von einem goldenen Halskettchen verzierte Brust. Außerdem drehte er unentwegt an den Reglern seines Mischpultes herum, mit denen er die beiden Plattenteller vor sich bediente. Mit großtuerisch inszenierter Geste führte er den Tonarm des einen Plattenspielers über die richtige Rille des nächstfolgenden Musikstücks auf der Schallplatte, um möglichst ruckfrei überzuleiten, wenn sich die Musik auf dem anderen Plattenteller dem Ende zuneigte.

Zwischendurch konnte es der Wichtigmann nicht lassen, zum Mikrophon zu greifen, um Philosophie-resistente Laute wie „uuh – uuh!" von sich zu geben oder alles übertönende, hohlschwätzige Ansagen und Sprüche im Stile eines Losbuden-Verkäufers zu machen.
Der Raum war nicht sehr groß, eher wie ein Partykeller, in dem es recht eng zuging. Die Atmosphäre war bemüht intim und aufdringlich. Einige der Gäste saßen auf zu Barhockern umfunktionierten alten Weinfässern, die vor der mit brauner Holzpaneele verkleideten Theke aufrecht im Boden verschraubt waren. Sie tranken mit Strohhalmen aus ihren Cocktail-Gläsern, in denen kleine Schirmchen aus Papier und Holz oder anderes Geflirre aus Lametta steckte.
Auffällig viele der Disco-Besucher trugen weiße Hemden oder weiße Hosen, bevorzugt diese eigenartig geschnittenen Karottenhosen, die hoch und eng in der Taille abschlossen und die Luft im Bauch abschnürten.
Die Hemden waren dagegen leger geschnitten, Hauptsache weiß, wegen des ultravioletten Lichts, das alles mystisch fluoreszieren ließ.
Vereint in einer kollektiv maximal-optimierten Außendarstellung wurde mehr oder weniger offen nach Leibeskräften gebaggert.
Schließlich galt es, dem Namen dieser Ferienanlage, dem dörflichen Liebesnest gerecht zu werden.
Ich hatte hier kein Zimmer, also gab es für mich auch keine Mission zu erfüllen.
Obwohl ich Durst hatte, verspürte ich nicht die geringste Lust, hier etwas zu trinken, also ließ ich mich von den ewig gleich pumpenden Bässen dieser stumpf machenden Musik wieder nach draußen treiben.
Das Schließen der schweren Partykeller-Tür hinter mir rettete mich vor dem Ertrinken in der Discowelle, und das Rauschen des Atlantiks hatte mich wieder.
Rubi freute sich schwanzwedelnd und grinsend über meine Rückkehr. Ich befreite sie von der Leine, und wir liefen zum

Meer hinunter und tollten im Sand umher.
Gierig sog ich die salzige Luft und den Geruch des Meeres ein und genoss die tosende Brandung des aufgepeitschten Meeres.
An der von Wind und Wasser abgekehrten Wand eines Felsens ließ ich mich schließlich hinabrutschen.
Immer wieder zerschellten hohe Wellen mit ungebremster Wucht am Felsen und schlugen wild schäumend und spritzend über mich hinweg.
Die Akustik war brachial.
Das nächtliche Spektakel der Naturgewalten war einfach grandios.
Mein Dasein schrumpfte immer mehr – bis an den Rand der absoluten Bedeutungslosigkeit – zusammen.
Rubi winselte leise und drückte sich ängstlich an mich ran, ich streichelte beruhigend ihren Kopf.
Mit den Wellen schlugen auch die ganzen Ereignisse und Eindrücke der letzten Tage über mir zusammen, und in die schäumende Wucht der Brandung mischten sich ein paar Tränen.
Es war ein gutes Gefühl, Rubi dabei zu haben, aber ich vermisste Isabelle in diesem Augenblick so sehr, wie ich diese verflucht eisigen Bilder meiner Vergangenheit hasste.
Was hätte ich darum gegeben, jetzt unbeschwert und gemeinsam mit ihr hier zu hocken, während die tosende Brandung unsere Haut und Küsse salzig schmecken ließ ...
Rubi legte ihren Kopf auf mein Bein. Hinter dem Felsen war es nahezu windstill – und es herrschte zwischendurch eine fast unheimliche, eigenartig hohl klingende Ruhe, bevor die nächste Welle wieder am Felsen aufprallte.
Der heulende Wind trieb die Wolken am nächtlichen Himmel mit hoher Geschwindigkeit vor sich her. Die Wolkendecke riss manchmal auf und brachte vereinzelt glitzernde Sterne zum Vorschein.
Ab und zu zeigte sich der Mond mit seiner blassen Leuchtkraft. Der unermüdlich reflektierende, aber niemals lebensspendende Mondschein, die irreführende Existenz eines Traums als reale Wirklichkeit ohne eigenen Herzschlag ... Blue Moon ...

Ich musste mich zwingen, diesen Ort zu verlassen, aber ich begann zu frieren, und eine bleierne Müdigkeit und Traurigkeit ergriffen von mir Besitz.
Ich brauchte dringend Schlaf, und vielleicht bekam ich noch bei Jacques eine Kleinigkeit zu essen.
Um wieder etwas Wärme in die Knochen zu bekommen, stapfte ich mit zügigen Schritten durch den Sand.
Am Zeltplatz der Fontaine Laborde ertönten ganz andere Klänge als noch kurz zuvor im fluoreszierenden „Liebesnest".
Es war irgendeine französische Rockmusik. Ich hatte sie noch nie gehört, aber sie gefiel mir. Sie klang melancholisch und fröhlich zugleich, außerdem walzten einem die Bässe nicht die Ohren und Gedanken platt.
Ich hatte Glück und erhielt bei Jacques noch ein Baguette mit Kochschinken.
Ich fragte ihn nach der Musik.
„Das ist Patricia Kaas, gefällt es dir?"
Ich nickte lächelnd, und Jacques Zahnlücke lächelte zurück.
Das Bistro war ziemlich voll, überall standen oder saßen Camper herum, deren Unterhaltungen sich lebhaft wie lautstark mit der Musik vermischten.
Ein Surfer-Pärchen spielte Poolbillard, beobachtet und flapsig kommentiert von um den Tisch herum sitzenden Zuschauern.
Von der „Pac Man"-Spielkonsole drangen die typisch lauten „uäg-uäg-uäg"-Geräusche herüber, die so lange beim Punkte-Fressen ertönten, bis ein trudelnder Signalton die Monsterjagd eröffnete oder auch beendete.
Die entspannte Atmosphäre, das fröhliche Treiben und die Leute gefielen mir sehr, aber ich war einfach zu müde.
Ich ließ mir das Baguette einpacken, nahm noch eine große Flasche Bier mit und ging zum Zelt. Rubi trottete wie selbstverständlich hinter mir her. Sie blieb stets in meiner Nähe, ohne aufdringlich zu sein. Während des Wartens im Bistro hatte sie den Boden zwischen den Tischen und Stühlen nach Krümeln oder anderen essbaren Kleinigkeiten abgesucht und sich nebenbei vieler Streicheleinheiten erfreut.

Beim Zelt füllte ich Hundefutter in den Fressnapf, und Rubi begann knurpsend zu fressen.
Ich setzte mich unter die geöffnete Heckklappe des Kofferraums und aß mein Baguette. Es schmeckte gut, und an das französische Bier aus der braunen Ein-Liter-Flasche mit dem Drehverschluss konnte man sich auch gewöhnen.
Müde und einigermaßen satt kroch ich ins Zelt und in meinen Schlafsack. Ich verspürte nicht die geringste Lust auf irgendeine noch so geringe Variante körperlicher Hygiene.
Der Aufwand wäre zu groß gewesen, auch nur ein Kleidungsstück, mit Ausnahme der Schuhe, auszuziehen.
„Waschtag ist morgen ...", dachte ich.
Rubi legte sich zu mir an die Seite und rollte sich am Boden ein. Ich klopfte mir meinen Rucksack zu einem halbwegs brauchbaren Kopfkissen zurecht und streckte mich auf dem laut raschelnden Kunststoffboden des Zeltes aus. Meine Gedanken überschlugen sich, aber ich war viel zu müde und zu erschöpft und schlief sofort ein.
... nur die Bilder und Eindrücke des Tages nicht ....

„Ich hab´s! Ich haaab´s!" ertönte eine freudig erregte Stimme aus dem Souterrain eines Altbaus.
Auf dem Türschild im Hauseingang stand „Paul Théo – Laboratoire chimique" – (Paul Théo – Chemielabor).
Mehr als acht lange Jahre hatte Paul Théo gemixt, geforscht, experimentiert, gesucht und endlich gefunden: Die Farb-Pille für den modernen Menschen der heutigen Zeit!
„Passen Hemd, Sakko, Hose, Kleid oder Bluse mal nicht zum Teint? Kein Problem! Die Farb-Pille hilft Ihnen in nicht einmal drei Minuten aus der Not und sorgt für ihren ganz persönlichen, trendigen Wunsch-Teint. Danach gehört der Tag Ihnen oder es liegt Ihnen eine aufregende Nacht zu Füßen! Endlich ist sie da: Die Farb-Pille!"
Paul Théo betrachtete sich mit eitler Genugtuung im Spiegel.
„Ja!" lächelte er, „perfekter azurblauer Teint! Sehr geschmackvoll dazu die hell-beige Krawatte, das rosa Hemd, eng tailliert, den

runden Bauch betonend, hellgraue Hose, blauer Ledergürtel, lässig weit geschnittener Lederblouson, dunkelgraue, knöchelhohe Stiefeletten mit Außen-Reißverschluss und Absätzen mit eingearbeiteten Goldstreifen".
Das Blau seiner Haut setzte einen markanten Kontrast zu seinem schwarz gelockten, pomadig glänzenden Haarkranz.
Befriedigt stellte Paul Théo fest, endlich das gewisse Extra zu besitzen, wonach es ihn immer so sehr gelüstet hatte.
Er gab seiner Firma das Codewort für den Erfolg und den gleichzeitigen Start einer gigantischen Werbekampagne durch.
Dann steckte er ein paar Pillen ein und begab sich auf den Heimweg. Er wohnte um die Ecke und ging die paar Schritte zu Fuß. Um diese Zeit waren aber noch sehr viele Personen unterwegs, und sein ungewöhnlich blaues Aussehen stieß bei vielen Passanten zumindest auf Verwunderung, einige reagierten hysterisch vor Schreck oder machten weiträumig einen Bogen aus Angst vor einer hochansteckenden Krankheit. Von Eitelkeit geleitet, blendete Paul Théo die tumultartigen Geschehnisse um sich herum völlig aus. Die Haustür öffnete sich, und seine Frau Suzette strahlte ihn mit einem an Hysterie grenzenden Lächeln an:
„Oh Paul, du hast es tatsächlich geschafft! Nein ... und wie toll du aussiehst!"
So viel ungewohnte Zuneigung von ihr ...
Pauls Gesicht errötete etwas, besser: erlilate, aber ein flüchtiger Blick in den Flurspiegel bestätigte, dass ihm Lila auch nicht schlecht stand ...
Suzette und Paul feierten diesen erfolgreichen Tag überschwänglich mit drei Flaschen Champagner.
Einer farbigen, leidenschaftlichen Nacht voller Pillen und Mischfarben folgte der verkaterte Morgen.
Paul, farblos, blass, hatte irrsinnige Kopfschmerzen.
Suzettes pillenerzeugter warm-gelber Teint war einem müden, glanzlosen Altweiß gewichen, und ihre Schläfen hämmerten unbarmherzig.
Während des Frühstücks schwiegen sie gereizt.

Es bestand aus einer Kopfschmerztablette und einem Schluck Kaffee. Das reichte.
Plötzlich sprang Suzette auf und schlug dem verdutzten Paul die Kaffeetasse aus der Hand:
„Schlürf nicht so, wenn du deinen Kaffee trinkst! Das widert mich an!" *kreischte sie.*
„Hör auf zu kreischen! Deine Stimme ist unerträglich! Und wie siehst du überhaupt aus? Dein Morgenrock passt doch besser zu einem Schoßhündchen als Winterumhang, die die Weiber ihnen immer anziehen!" *brüllte Paul cholerisch zurück.*
„Ach so? Aber nachts dein Geschnarche und Geröchel... Dein sooo liebevoller, nasser Kuss vor dem Einschlafen und das Danach-Umdrehen..., das ist in deinen Augen zumutbar, was?"
Suzette schrie mit Leibeskräften alles raus, was ihr magerer Körper hergab:
„DU NERVST MICH ZU TODE!!!"
Paul Théo reichte es. Er wurde wieder rot im Gesicht – dieses Mal jedoch vor Wut – und blieb es auch.
Schwer schnaufend erhob er sich, um zu einer gehässigen Kontertirade anzusetzen, die es in sich hatte. Drohend fuchtelte er mit dem Zeigefinger in der Luft und öffnete den Mund, doch dann verschlug es ihm die Sprache:
Suzette war plötzlich ganz grün im Gesicht!
Suzette nutzte Pauls Sprachlosigkeit und ätzte weiter:
„Was ist los, du Schlappschwanz? Da kannst du nichts mehr drauf sagen, was?"
Seine Erstarrung löste sich, und Paul begann zu stammeln:
„Da ... dein Gesicht ..." *Mehr brachte er nicht heraus.*
Er versuchte, tief durchzuatmen, was ihm jedoch nicht ganz gelingen wollte. Suzettes lange Fingernägel krallten sich in seine Arme. Sie rüttelte ihn:
„Mein Gesicht? Was ist mit meinem Gesicht? Nun sag schon!"
Er starrte sie weiter sprachlos an.
Sie grabschte mit beiden Händen nach ihren Wangen und zog sie lang, um etwas zu erkennen oder zu fühlen. Dann bemerkte sie ihre grünen Hände und rannte wie von Sinnen zum Spiegel.

Ein langgezogener Schrei gellte durch das Haus.
Paul versuchte, trotz der kassierten verbalen Tiefschläge, seine Frau zu beruhigen. Dabei huschte sein Blick über den Spiegel. Er war überall knallrot!
Paul brauchte eine Weile, bis er begriff. Die Nebenwirkungen!
Paul Théo griff zum Telefonhörer und teilte dem Chefdirektor der Werbeabteilung kleinlaut mit, dass er sich geirrt habe. Er legte auf und sank schwer atmend auf einem Stuhl in sich zusammen.
Paul spürte eine heftig zunehmende Enge in seiner Brust. Dann tropfte es ihm nass in den Nacken und lief ihm den Rücken hinunter. Aus den Tropfen wurde plötzlich ein Wasserstrahl, es plätscherte regelrecht, und sein ganzer Rücken war binnen Sekunden total durchnässt.
„Oh, du meine Güte! Die Badewanne! Ich habe das Badewasser vergessen!" kreischte Suzette.
Die Morgenschuhe flogen von ihren Füßen, stolpernd hastete sie die Treppe hinauf.
Paul wurde es immer enger in der Brust, er bekam kaum noch Luft und röchelte schwer. Seine Sinne begannen ihm langsam zu schwinden, dann sackte er kraftlos vornüber auf den Boden.
Er landete mit dem Gesicht nach unten auf dem Bärenfell. Die Haare kitzelten ihm in Nase und Mund.
Paul versuchte, sich zu drehen, um sich von den Haaren zu befreien, aber er konnte sich einfach nicht rühren.
Leise und mit letzter Kraft schaffte er es noch „Suzette ..." zu röcheln, bevor es dunkel um ihn herum wurde.

Schwer um Atemluft ringend wachte ich auf.
Rubi lag auf meiner Brust und drückte mit ihrem ganzen Gewicht auf meinen Brustkorb und auch Teile meines Halses zu. Ihren Kopf hatte sie in meinem Gesicht platziert und ein Ohr bedeckte wie eine kleine Felldecke meinen Mund und die Nase.
„Ey, was soll das denn werden?" protestierte ich und wollte sie von mir herunter stoßen.
Dann erst bemerkte ich, dass mein Rücken und Kopf ganz nass waren. Aber nicht nur das: mein Schlafsack, mein Rucksack ...

überhaupt alles triefte vor Wasser!
Das Zelt stand einige Zentimeter hoch voll Wasser – so hoch wie die Umrandung des Kunststoff-Zeltbodens.
In der Nacht hatte es anscheinend richtig stark geregnet – und ich hatte nichts davon mitbekommen. Durch einen Riss im Dach und durch den halbgeöffneten Reißverschluss war das Zelt vollgelaufen.
In ihrer Not war Rubi auf mich gekrabbelt, während ich von Paul Théo und Suzette träumte und an meine farbenfrohen Eindrücke vor dem Spielcasino anknüpfte.
Es regnete nicht mehr, aber es war immer noch Nacht.
Ich durchwühlte meinen durchnässten Rucksack nach ein paar halbwegs trockenen Sachen. Ich klemmte mir alles unter den Arm und kroch aus meinem gefluteten „Zelt-Dock" heraus.
Frierend befreite ich mich von meiner nassen Kleidung, sie landete im Kofferraum bei den anderen immer noch feuchten Klamotten.
Ich hatte vergessen, sie auf eine Wäscheleine zu hängen, was meine textile Gesamtsituation nicht gerade vereinfachte.
Meinen triefenden Schlafsack und den Rucksack hängte ich zum Trocknen in den krummen Sitz-Baum. Das herunter tropfende Wasser bildete schnell kleine Pfützen unter dem waagerechten „Ast-Sofa".
Im Auto lag zwar noch ein größeres Badehandtuch, aber ich verspürte keine Lust, den Rest der Nacht im Sitzen zu schlafen. An eine Rückkehr ins Zelt war vorerst nicht zu denken. Müde suchte ich nach einer Schlafgelegenheit im Liegen. Unter freiem Himmel war wegen des unberechenbaren Wetters zu riskant, außerdem war der Boden sehr feucht und mit Pfützen übersät. Mein Blick blieb auf dem Billardtisch unter dem Dach der windgeschützten Terrasse hängen.
Ohne lange nachzudenken, lag ich kurz darauf auf dem harten, aber trockenen, warmen Filz des Spieltisches, eingewickelt in mein großes Badetuch. Meine nassen Schuhe standen fein säuberlich am Boden, Rubi machte es sich mit einem Grunzen unter dem Tisch bequem.

Ich räumte noch ein paar störende Kugeln beiseite, dann schlief ich sofort und traumlos ein.

Ein lautes, bedrohlich klingendes Knurren und nicht enden wollendes Hundegebell rissen mich viel zu früh aus dem Tiefschlaf.

Ich blinzelte schlaftrunken und orientierungslos, es dauerte eine ganze Weile, bis ich das Geschehen um mich herum einigermaßen einordnen konnte.

Rubi hatte sich zähnefletschend vor Jacques aufgebaut, der mit verärgerter Miene respektvollen Abstand zum ununterbrochen bellenden Hund hielt.

Die Hündin ließ sich auch nicht durch Zuruf beruhigen, also sprang ich in einem Satz vom Billardtisch hinunter und fiel der Länge nach hin, weil mir beide Beine eingeschlafen waren. Bei der Landung sackten meine Beine kraftlos in sich zusammen und ich konnte mich gerade noch mit den Ellenbogen auffangen.

Beide Ellenbogen waren aufgeschürft, meine tauben Beine kribbelten sich mit tausend Nadelstichen ins Leben zurück, Rubi verstummte schlagartig und Jacques´ grinsendes Gesicht schien aus einer einzigen Zahnlücke zu bestehen, obwohl er eigentlich noch ziemlich verärgert war.

Ich kauerte am Boden und rieb mir meine kribbelnden und zerschundenen Gliedmaßen. Rubi leckte mit sanfter Hartnäckigkeit meine Hand.

„Was machst du da auf dem Billardtisch, Geoffroi? Was soll das? Warst du betrunken? Das ist doch kein Bett!" verlangte Jacques nach einer überzeugenden Erklärung.

„Tut mir leid, Jacques, aber ich wusste mir nicht anders zu helfen", begann ich mit meiner Entschuldigung und erklärte ihm den nassen Schlamassel der vergangenen Nacht.

Meine Ausführungen stimmten Jacques deutlich milder, und er nahm mich mit rein in sein Bistro:

„Komm, wir trinken jetzt erst einmal einen Kaffee zusammen, und danach sehen wir weiter."

Grinsend ergänzte er:

„Ich habe schon einiges auf meinem Platz erlebt, aber auf dem Billardtisch hat bis jetzt noch keiner übernachtet."
Ich lächelte erleichtert, und er berührte mit einer freundschaftlichen Geste meine Schulter:
„Es ist in Ordnung, es ist ja nichts Schlimmes passiert, und der Tisch hat ja auch keinen Schaden genommen..."
Dann grinste er wieder und meinte:
„Ich hoffe nur, dass jetzt nicht noch mehr Leute deinem Beispiel folgen werden, das wäre nicht gut."
Damit war das „Hotel Billard" wieder geschlossen.
Kurz darauf ertönte das Fauchen der Kaffeemaschine, und der Duft von frischem Kaffee verbreitete sich im Raum.
Schweigend genossen wir an einem Bistrotisch auf der Terrasse unseren Kaffee.
„Gleich um die Ecke findest du einen Waschsalon, da kannst du Deine nassen Sachen trocknen", durchbrach Jacques unser Schweigen.
Damit erhob er sich, ging hinter den Tresen, entfaltete seine Tageszeitung, zündete sich eine Zigarette an und tauchte in seine Morgenlektüre ab.
Ich dankte Jacques noch einmal für sein großzügiges Verständnis und den Kaffee und ging zum Zelt.
Das Wasser stand unverändert hoch bis zur Bodenumrandung.
Ich löste die Heringe und die Spannleinen, hob das ganze Zelt an und das Wasser floss in einem Schwall aus dem Zelteingang und bildete einen Bach bis zu den nächsten Büschen.
Mit meinem Badetuch wischte ich den Zeltboden halbwegs trocken und verspannte das Zelt wieder auf seinem Platz. Den Riss im Zeltdach verklebte ich mit einem Stück Reparaturband. Ich holte den Sack mit dem Hundefutter und gab Rubi eine Portion.
Die nassen Klamotten stopfte ich in den triefenden Schlafsack, machte mich auf den Weg zum Waschsalon.
Der vollgesogene Schlafsack mit den Sachen darin war schwer, und ich überlegte kurz, ob ich mit dem Auto zum Waschsalon fahren sollte. Ich verwarf den Gedanken jedoch wieder und

schulterte das unförmige Sack-Paket auf meinem Rücken.
Ich war natürlich sofort wieder nass.
In den letzten Tagen war ich so oft durchnässt worden, da kam es auf dieses weitere Mal auch nicht mehr an.
Als ich mich schwer beladen am Bistro vorbei schleppte, bot mir Jacques seinen Handkarren an, mit dem er die Mülltonnen zur Straße brachte.
„Damit wenigstens noch die Sachen, die du anhast, trocken bleiben", grinste er.
„Zu spät, Jacques", grinste ich zurück, nahm aber sein Angebot dankend an.
Der Waschsalon lag zwei Häuser neben der Bäckerei.
Ich betrat den hellen Raum, wählte einen der großen Trockner und stopfte alles zusammen hinein: Schlafsack, Kleidung und Rucksack ...
Mit einer Fünf-Francs-Münze in den Geld-Schlitz startete ich die Maschine und ging hinüber zum Bäcker, kaufte zwei Croissants, bestellte einen „café au lait" und stellte mich an einen der beiden Stehtische am großen Schaufenster.
Auf der Straße waren kaum Menschen zu sehen.
Mein Blick schweifte ziellos über den Strand und die Atlantikwellen. Das Meer hatte sich nach der letzten, stürmischen Nacht wieder beruhigt, die Wellen rollten mit einem zahmen Rauschen über den langen, flachen Strand.
Ich tunkte meinen Croissant in den Milchkaffee und biss in das tropfende Gebäck.
Natürlich tropften mir wieder ganze Kaffee-Rinnsale aus den Mundwinkeln und an meinem Kinn herunter, wo ich sie mit meiner freien Hand abfing und wegwischte.
Eine zuverlässig kleckerfreie Technik für Kaffee-durchtränkte Croissants hatte ich nicht gefunden. Wahrscheinlich gab es die auch nicht, deswegen wohl die Trinkschalen. Man konnte die Croissants oder Baguette-Stücke eintauchen und über die Schale gebeugt risikofrei hinein beißen – Tropfen und Krümel wurden aufgefangen und verschonten das weiße Hemd.
Als ich erneut in meinen vollgesogenen Croissant biss, ging

eine junge Frau mit Hut und in kurzen Hosen am Schaufenster vorbei. Auf dem Rücken trug sie einen großen Rucksack.
Meine Blicke folgten ihrem Weg. Die Frau blieb kurz vor dem Waschsalon stehen und ging dann hinein.
Ich widmete mich meinem zweiten Croissant und unternahm einen weiteren, Tropfen-freien Anlauf, was natürlich wieder gründlich misslang.
Aber es schmeckte viel zu gut, um auch nur einen Gedanken daran zu verschwenden, künftig mal einen anderen kulinarischen Start in den Tag zu wählen.
In meinem Kaffee schwammen – fast flächendeckend – aufgeweichte Croissant-Krümel umher, und dieser Anblick erinnerte mich an Trockenfutter für Fische, welches man ins Aquarium streute, wo es dann für eine Weile in flächigen Flocken auf der Wasseroberfläche trieb, bevor es unterging.
Mit einem großen Schluck leerte ich den restlichen Kaffee mitsamt den Croissant-Resten und bezahlte.
Rubi hatte vor der Bäckerei geduldig an der Leine gelegen und gewartet. Gähnend und sich streckend stand sie auf, und ich streichelte sie mit beiden Händen an ihren Ohren. Sie drückte sich mit ihrem ganzen Gewicht an mich und genoss die Streicheleinheit in vollen Zügen.
Nach und nach brach die Sonne durch die Wolken.
Ihre wärmenden Strahlen taten gut nach dieser Nacht. Ich schloss die Augen und ließ mich vom Sonnenlicht durchfluten. Der Wind wehte in angenehmen Böen und trug eine wunderschöne Melodie zu mir herüber. Die zerbrechlichen Töne kamen aus der offenstehenden Tür des Waschsalons.
Ich war mehr als nur neugierig, magisch angezogen, außerdem konnte ich ja mal nach meiner Wäsche im Trockner schauen.
Die Frau mit dem Hut saß mit dem Rücken zum Eingang auf einer der Sitzbänke. Neben ihr stand ein kleiner Kassettenrecorder, der dieses Lied mit der immer wiederkehrenden Melodie abspielte. Sie hatte den großen Trockner neben meinem befüllt. Eine Waschmaschine lief nicht. Außer uns beiden befand sich sonst niemand im Salon.

Als das Lied zu Ende war, sagte ich:
„Spiel das bitte noch einmal."
Die Frau zuckte leicht überrascht zusammen. Sie drehte sich um und sah mich kurz wortlos an.
Dann lächelte sie und drückte die Rücklauftaste des Recorders. Wenig später erfüllte dieses Lied erneut den Münzwaschsalon mit seiner melancholischen Melodie.
Selbst der Geräuschpegel der ratternden Trockner schien auf ein dezentes Level gezähmt.
Schweigend setzte ich mich neben der Frau auf die Bank.
Der Kassettenrecorder lag zwischen und. Wir saßen still da und hörten zu. Ich ließ mich von dieser einzigartig beglückenden Melodie verzaubern.
Das Lied endete ein zweites Mal – leider.
Die Frau drückte auf die Stopp-Taste des Recorders, und man hörte nur noch das Dröhnen der Trockner.
Ich schwieg noch für einen Moment der Besinnung, dann fragte ich:
„Was ist das?"
„Harvest" von Neil Young, gefällt es dir?" antwortete sie.
Mir gefiel auch ihre Stimme.
„Ja, das Lied ist wunderschön ", sagte ich.
Sie sah mich an und lächelte. Irgendwie kam mir ihr Gesicht bekannt vor.
„Nein, das ist unmöglich, ... ich kann sie doch gar nicht kennen", versuchte ich diesen Gedanken wieder zu verwerfen – aber es ließ mir keine Ruhe. Um so überraschter war ich, als sie sich auf einmal zu mir drehte:
„Ich glaube, wir sind uns schon einmal begegnet, kann das sein?"
„Ja, ich hatte gerade den gleichen Gedanken ...", entgegnete ich und sinnierte laut weiter: „... ich weiß im Moment aber nicht wo, wie oder wann... vor allen Dingen ausgerechnet hier, an diesem Ort..."
Die Frau war ungefähr so alt wie ich, und ihre zierliche, aber trainierte Erscheinung war unauffällig hübsch.

Sie nahm ihren Hut ab. Er hatte eine rosa Krempe.
Sie schüttelte ihre Haare, da plötzlich fiel es mir ein:
„Na klar! Es war in Paris..., im Caveau de la Huchette! Du bist vor ein paar Tagen auch da gewesen, kann das sein?"
Die Frau lächelte nur: „... und was noch?"
Ich legte das Gedanken-Mosaik weiter:
„Hattest du dir nicht „You are the sunshine of my life" von dieser Hausband gewünscht?"
Sie lachte: „... und weiter?"
Ich stieg in ihr Spiel ein:
„Weiter? Okay, du willst es nicht anders.... also, dann bist du diesem öligen Saxophonisten regelrecht an den Hals geflogen, als er sich gegen einen Kuss gewillt zeigte, dir deinen Musikwunsch zu erfüllen ..."
Laut lachend entgegnete sie:
„Das muss ja einen mächtigen Eindruck auf dich gemacht haben. Eifersüchtig? Ich bin fast an seiner öligen Wange ausgerutscht, aber dafür spielte er ein phantastisches Saxophon ..."
Ihr Gesichtsausdruck wurde etwas ernster:
„Ja, das war ich im Jazzkeller. Ich bin da hin und wieder, wenn mir nach etwas Musik, was zu trinken und schlüpfrigen Küssen ist."
Ihr Humor war großartig.
„Du wohnst in Paris?" fragte ich, und ihre Antwort fiel unerwartet ausführlich aus:
„Ja, ich studiere dort. Ich wohne in einem kleinen Zimmer, ganz in der Nähe vom Louvre. Es ist unterm Dach, im vierten Stock, mit Waschbecken und nur fließend kaltem Wasser, dafür aber mit kleinem Balkon. Die Toilette liegt im Treppenflur zwischen den Stockwerken. Es ist einfach, dafür billig – und es gefällt mir."
Sie sah mich fragend an:
„... und du?"
„Ich... ja, ich wohne auch im vierten Stock, gegenüber dem Bahnhof von La Garenne, nur zehn Minuten vom Gare St. Lazare. Es ist ein kleines Appartement mit Bad und Küche. Die

Miete ist okay und 'nen kleinen Balkon habe ich auch", antwortete ich.
Sie war noch nicht zufrieden:
„... und was machst du?"
„Ich jobbe mich so durchs Leben, ... meistens fahre ich als Kurier Aufträge für irgendwelche Firmen ... ", erklärte ich.
Ich wollte wissen, wem der Hut mit der rosa Krempe gehörte:
„Sagst du mir deinen Namen? Ich heiße Gottfried, Gottfried Joseph."
„Ich heiße Madeleine, Madeleine Lopez", lächelte sie und reichte mir die Hand. Sie fühlte sich feingliedrig, beinahe zart und warm an.
„Madeleine ..." wiederholte ich leise.
Unsere Augen trafen sich für einen Moment.
„Madeleine ..., das passt zu dir ... Madeleine Lopez, das klingt richtig gut", lächelte ich.
Sie erwiderte mein Lächeln, und eine leichte Röte huschte über unsere Gesichter.
Madeleine senkte ihren Blick und schaute auf ihre Füße, dann schien sie sich innerlich zu straffen und sagte:
„Gottfried klingt aber auch nicht schlecht ... Gottfried Joseph, das sind doch zwei alte Namen, noch dazu zwei alte Vornamen – oder?"
Sie schaute mich an.
Ich nickte leicht und erwiderte wortlos ihren Blick.
Sie fuhr fort:
„Bestimmt sagen die meisten Leute ‚Geoffroi' oder ‚Geoffrey' zu dir oder?"
Ich schwieg und ließ sie weiter reden:
„Ich mag deinen Namen, auch wenn Gottfried etwas schwierig auszusprechen ist."
Ich mochte die Art, wie sie meinen Namen aussprach und fragte sie:
„Was machst du hier? Es ist doch ein eigenartiger Zufall, dich hier, ausgerechnet in einem Waschsalon in Biarritz wiederzutreffen?"

„Ja, allerdings", lachte sie und erzählte:
„Ich bin per Anhalter unterwegs. Eigentlich wollte ich in die Pyrenäen, nach Lourdes, aber es hat unterwegs ununterbrochen geregnet, und ich kam nicht weiter. Ich bin dann einfach mit der nächstbesten Mitfahrgelegenheit bis hierhin mitgefahren. Morgen, wenn meine Sachen alle trocken sind, will ich weiter."
„Bist du auch auf dem Campingplatz?" wollte ich von ihr wissen.
„Nein, ich reise ohne Zelt. Ich wohne ein Stück weiter in der Jugendherberge in Anglet", erklärte sie. „Gestern Morgen bin ich hier angekommen und musste noch etwas warten, bis die dort ein Bett für mich frei hatten. Ich bin in einem Vierbett-Zimmer untergekommen, zusammen mit drei Australierinnen. Es ist okay da. Irgendwas findet sich immer irgendwie, und wenn´s mal nicht so ist, dann schlaf ich halt irgendwo draußen ..."
Madeleines unkomplizierte Art, an die Dinge heranzugehen, gefiel mir. Dabei wirkte sie auf den ersten Eindruck etwas bieder und beinahe schüchtern.
Madeleine ließ mir keine Zeit für weitere Gedanken.
„Und du? Was machst du hier? Du bist doch sicher nicht nur zum Wäschewaschen oder Trocknen hier?" fragte sie.
„Ich? Ja ..., eigentlich ist das eine etwas längere Geschichte ...", begann ich zögerlich, denn ich verspürte keine große Lust, meiner frischen Bekanntschaft meine vor Liebeskummer nur so triefende Geschichte zu erzählen.
„Ich liebe Geschichten ... ich hab Zeit", forderte sie mich heraus.
Ich entschied mich dennoch für die kurze Variante:
„Okay, der Grund, weshalb ich hier bin, ist: Ich musste einfach mal raus aus Paris, nein, eigentlich musste ich sogar ganz dringend weg, weil ..., "
Madeleine bohrte hartnäckig weiter:
„Weil was?"
Ich fühlte, dass sie nicht locker lassen würde, denn ich hatte schon zu viel verraten. So bekam sie ihre Antwort, die emotional bereinigte Version für „harte" Männer:

„Weil es so stark regnete. Ich beschloss, so lange zu fahren, bis der Himmel wieder blau ist und die Sonne scheint ..."
Madeleine schaute mich schräg an:
„... nicht wirklich dein Ernst, oder?"
„Doch, genau das war der Grund, das ist mein voller Ernst. Ich musste einfach weg."
Madeleine zog ihre Stirn kraus und entgegnete trocken:
„Dann bist du ja richtig erfolgreich gewesen mit deiner Flucht vor dem Regen ..."
Ich verkniff mir eine Bemerkung, außerdem stoppte gerade mein Trockner. Ich öffnete die Glasluke und stopfte meine Sachen in den getrockneten Schlafsack hinein.
Madeleine betrachtete mein vollgestopftes Bündel:
„Deine Sachen waren auch alle nass?"
„Ja", entgegnete ich und erzählte ihr von den Ereignissen der letzten Nacht.
Bei meinen Ausführungen musste Madeleine immer wieder lachen, dann stoppte auch ihr Trockner, und für einen Moment war es ganz ruhig im Waschsalon.
Sie öffnete die Trommel und verstaute ihre Wäsche im Rucksack. Dann warf sie ihn über eine Schulter und sah mich an:
„... also Gottfried, ich geh dann, vielleicht treffen wir uns mal wieder?"
„Ja, bestimmt ...", schluckte ich.
Madeleine reichte mir ihre Hand, ich nahm sie und zerfloss.
Sie nahm ihren Hut mit der rosa Krempe und lächelte.
Fieberhaft suchte ich nach einem Grund, sie aufzuhalten.
Ich konnte sie nicht einfach so gehen lassen ... ausgeschlossen!
„Was ist denn überhaupt in Lourdes? Warum willst du da hin?" rief ich ihr hinterher, als sie in den Ausgang trat.
Madeleine drehte sich um und fragte nur:
„Willst du mitkommen?"
Schneller als ich nachdenken konnte, rutschte mir schon das „Ja" heraus.
„Na denn", lächelte Madeleine – und wir verließen gemeinsam den Waschsalon.

Draußen sprang Rubi fröhlich auf und begrüßte Madeleine wie eine alte Bekannte.
„Du bist ja eine ganz eigene Marke", lachte sie und streichelte Rubi.
Ich lud Madeleines Rucksack auf Jacques' Handkarren, und ohne viele Worte zu verlieren, gingen wir los.
Am Eingang zum Campinggelände fragte ich Madeleine, ob wir noch zusammen bei Jacques einen Kaffee trinken wollten. Sie war neugierig auf den Zeltplatz und war einverstanden.
Ich stellte den Handkarren an seinen Platz zurück.
Beim Anblick des Billardtisches sah Madeleine mich an und lachte, sagte aber nichts weiter. Sie schaute über das Gelände.
„Es ist schön hier", stellte sie fest.
Jacques saß rauchend bei Pastis und einer Tasse Espresso auf seinem Barhocker und blätterte in seiner Zeitung. Er schaute auf, und seine Augen wanderten zwischen Madeleine und mir hin und her. Dann grinste er, verkniff sich eine Bemerkung, sein Blick war aber so schon Kommentar genug. Wir bestellten, und Jacques bereitete uns zwei extragroße „cafés au lait" zu, die er uns in französischen Trinkschalen überreichte. Madeleine umschloss mit beiden Händen die heiße Schale und probierte.
„Mmh, der ist wirklich gut", lobte sie, und Jacques entblößte geschmeichelt seine Schneidezahnlücke. Dann tauchte er wieder ab in seine Zeitung.
Ich folgte Madeleines Blick. Unsere Augen blieben am Billardtisch haften.
„Wollen wir eine Runde Pool spielen?" fragte ich.
Madeleine willigte erfreut ein.
Ich ließ mir von Jacques einige Geldmünzen wechseln, und wir zogen mit unseren Milchkaffees zum Billardtisch um.
„Dann zeig mir mal, ob du mit dem Billardtisch noch was anderes anfangen kannst, als drauf zu schlafen", flachste Madeleine.
Ich grinste und gewann den ersten Anstoß, den wir ausgelost hatten. Das war aber auch schon alles. Madeleine spielte gut. Sogar verdammt gut.

141

Die Partie war schnell beendet.
Ich versenkte natürlich frühzeitig die eigentlich letzte schwarze Kugel, die „Acht", obwohl ich noch zwei weitere Kugeln auf dem Tisch hatte.
„Nochmal?" fragte ich.
„Aber ja, gerne!!"
Ich warf wieder eine Münze in den Geldschlitz, wir bauten ein neues Spiel auf. Madeleine war mit dem Anstoß an der Reihe und dabei blieb es.
Mit einer lückenlosen Schlagserie räumte sie alles in einem Zug ab.
Mir blieb nur die untätige Bewunderung neben dem Tisch, aufgestützt auf meinen Queue.
Ich gab nicht auf:
„Nochmal?"
„Ja klar, wenn Du noch mit mir spielen magst", lachte Madeleine.
Wir bauten ein drittes Mal auf. Dieses Mal war ich wieder an der Reihe mit der Spieleröffnung, aber solch eine Serie wie zuvor Madeleine gelang mir natürlich nicht. Immerhin hatte ich nacheinander zwei Kugeln eingelocht, dann war sie wieder mit dem Stoßen dran.
Madeleine war mir immer noch eine Antwort schuldig, also fragte ich sie erneut:
„Was zieht dich denn nun nach Lourdes?"
Sie ließ den Queue sinken und lehnte sich gegen den Billardtisch:
„Es muss ein ganz besonderer Ort sein."
Ihr Gesichtsausdruck wurde ernst, und sie erzählte weiter:
„Ich war noch nie dort, möchte es aber einmal mit eigenen Augen gesehen und erlebt haben."
Ich hatte noch nicht viel über Lourdes erfahren, eigentlich eher gar nichts.
Madeleine rückte ein kleines Stück dichter:
„Einem vierzehnjährigen Mädchen, sie hieß Bernadette, soll dort in einer verbotenen Grotte mehrere Male die heilige Ma-

ria erschienen sein, jungfräulich ... ganz in Weiß, ungefähr so um 1850 oder 1860 ..."

„Das ist alles?" fragte ich naiv.

Mit einer sanften Berührung meiner Hand fuhr sie fort: „Bernadette erhielt von Maria den Auftrag, eine Kirche zu errichten, und Maria zeigte ihr angeblich auch noch die Stelle, wo Bernadette eine Quelle finden würde."

Gedankenversunken strich Madeleine weiter sanft über meine Hand.

Sie streichelte mir ein perfektes Alibi für meine nächste Billard-Niederlage, und nur mit großer Mühe schaffte ich es, ihren weiteren Worten zu folgen.

„Nun, die Kirche wurde am Ort ihrer Visionen gebaut, und aus dem Felsen, den Bernadette nach dem jungfräulichen Hinweis angeblich nur mit dem Finger berührte, entspringt bis heute eine Quelle: das Weihwasser aus Lourdes, dem man heilende Kräfte nachsagt. Die katholische Kirche sprach Bernadette irgendwann heilig, und Tag für Tag pilgern Massen von Gläubigen nach Lourdes. Und viele der Pilger beten für eine Linderung ihrer Leiden oder hoffen sogar auf eine Wunderheilung ..."

„Die hoffen auf ein Wunder?" fragte ich etwas erstaunt.

„Ja, sie gehen in die Erscheinungsgrotte, um die Felsenwand im Inneren zu berühren. Das gibt vielen verzweifelten Menschen eine letzte Hoffnung und Kraft für den Glauben auf Heilung oder ein Wunder", erklärte Madeleine.

Sie sah mich an:

„Ich weiß, das klingt alles ziemlich abgedreht, aber gerade deswegen muss ich diesen Ort einmal mit meinen eigenen Augen gesehen und erlebt haben."

Ihre Antwort zu Lourdes warf für mich einen ganzen Haufen Fragen auf, und ich war sehr neugierig auf das, was uns in diesem Wallfahrtsort erwarten würde. Madeleine konzentrierte sich wieder auf unser Spiel und lochte mit einem gekonnten Stoß über drei Banden die nächste Kugel in einer Mitteltasche ein. Im „Caveau de la Huchette" erschien Madeleine noch so mausgrau und unauffällig, hier verblüffte sie mich dagegen ein ums andere Mal.

„Bist Du eigentlich sehr religiös? Du weißt so gut über Lourdes Bescheid ...", fragte ich sie, nachdem ich wieder einmal mit einem ungenauen Stoß an einer Billard-Tasche gescheitert war.

„Nein, eher nicht", antwortete sie, während sie sich über den Tisch beugte. Mit eleganter Leichtigkeit führte sie den Queue sicher zwischen ihren zierlichen Fingern und visierte die nächste Kugel an. Kurz vor dem Stoß schaute sie hoch und gab die Frage zurück:

„... und du?"

Sie beugte sich wieder tief über ihren Queue und konzentrierte sich auf das Einlochen der nächsten Kugel.

„Nein, eigentlich nicht", begann ich zögerlich,

„... ich bin mir nicht sicher, was ich glauben kann und was nicht und ob überhaupt ..."

Ich unterbrach, Madeleines Gesichtsausdruck verlangte jedoch nach mehr. Also fuhr ich fort:

„... obwohl – ich bin fest davon überzeugt, dass wir Menschen nicht ohne irgendeine Art von Spiritualität leben können ... Ich glaube, dass wir etwas brauchen, um für bestimmte, unerklärliche Dinge Erklärungen zu haben, die unsere Sinne für einen Augenblick beruhigen können, auch wenn diese gleich im nächsten Augenblick wieder neue Fragen aufwerfen ..."

Madeleine zog ihren Stoß kurz und entschlossen durch.

Aber die Kugel verfehlte ihr Ziel und prallte links und rechts von den Taschen-Ecken zur Tischmitte zurück.

Sie richtete sich auf und ihre Arme umschlangen für einen viel zu kurzen Moment meine Taille.

Ihre Stimme klang sanft, ihre Worte entschlossen:

„So geht es doch den meisten von uns – oder? Das große, schwarze Nichts als die bedrohlichste Ungewissheit des Lebens? Dann schon lieber konkrete Glaubensbilder, verständliche Mysterien oder zumindest diffuse Hoffnungen in die Zeit nach dem Leben legen."

Madeleine nickte anerkennend, denn so ganz nebenbei hatte

ich nicht nur gezielt, sondern sogar getroffen, ... in die Mitteltasche.

„Was Lourdes betrifft ...", fuhr Madeleine fort, „... da bin ich neugierig auf diese Geschichten, die so unmöglich wie wahr erscheinen, und ich hoffe, in Lourdes Antworten meine Fragen zu erhalten."

„Wie bist du überhaupt auf Lourdes gekommen?" wollte ich von ihr wissen.

„Ja, das ist eine traurige Geschichte, die mich darauf stieß ..." Sie zögerte.

Ich sah Madeleine bittend an. Sie legte ihren Queue beiseite, lehnte sich an den Billardtisch zurück und verschränkte ihre Arme.

Leider keine erneute Umarmung ...

Ich setzte mich ihr gegenüber auf eine Holzbank, hielt meinen Queue zwischen meinen Beinen und wartete ab.

„... aber nicht, dass du denkst, ich würde spinnen oder hätte einen esoterischen Tick ... okay?" stellte Madeleine mit energischem Nachdruck klar.

Ich versicherte ihr, dass ich nichts dergleichen tun oder denken würde, denn schließlich hatte ich selbst in den letzten Tagen genügend skurrile Begegnungen gehabt und merkwürdige Geschichten erlebt, die für ein Leben am Tellerrand ausreichen.

Madeleine gab sich damit zufrieden und berichtete mir von einer Bekannten und ihrer Freundin Estelle:

„Estelle war in Lourdes. Sie litt seit Jahren an einer rätselhaften Erkrankung, die sie schließlich an den Rollstuhl fesselte. Drei Jahre lang hatte Estelle verschiedenste Ärzte und Spezialisten aufgesucht, aber keiner konnte ihr helfen oder überhaupt eine Diagnose stellen. Keine Erklärung, nicht mal im Ansatz, dennoch war ihr eines Tages das Laufen nicht mehr möglich. Dabei war sie keineswegs psychisch verdreht oder so. Estelle lachte gerne, und sie versuchte lange sehr tapfer, sich mit diesen unheilbringenden Symptomen zu arrangieren, bis es irgendwann unerträglich wurde."

Madeleine hielt kurz inne.

„Das heißt, du kanntest sie noch ohne Rollstuhl?"
„Genau so ist es", bestätigte Madeleine, „und niemand konnte ihr irgendwie weiterhelfen."
Sie schluckte: „... das war einfach schrecklich."
Ich betrachtete sie schweigend.
Nach einer Weile erzählte sie weiter:
„Estelle gab nicht auf, aber irgendwann begrub sie die Hoffnung auf eine medizinische Heilung. Sie hatte nichts mehr zu verlieren, also entschloss sie sich für den spirituellen Weg und fuhr nach Lourdes, um dort den Pfad der letzten Hoffnung durch die Grotte der heiligen Bernadette zu gehen und das Wasser der angeblich Heilkräfte spendenden Quelle zu trinken."
Madeleine wuschelte sich mit beiden Händen durch die Haare, so als ob sie ihren Gedanken Luft verschaffen wollte. Es machte ihr alles sichtlich zu schaffen.
„Und? Hat es was gebracht?" fragte ich.
Madeleine schaute mir mit von zarten Tränen verschleiertem Blick fest in die Augen:
„Estelle ist auf der Rückfahrt im Zug gestorben ..."
Ich wusste nicht, was ich darauf sagen konnte, und versuchte unbeholfen, Madeleine tröstend in den Arm zu nehmen, aber sie sperrte sich.
„Sie soll aber, kurz bevor sie starb, mit einem Lächeln aus ihrem Rollstuhl aufgestanden sein ...", sagte sie mit leiser Stimme.
„Hmm..." räusperte ich mich und fand allmählich meine Worte wieder.
„Das ist wirklich schwer zu verstehen", sagte ich zögerlich, „allerdings liest man immer wieder von solch unerklärlichen Geschichten ..."
„... und deswegen will ich nach Lourdes! Ich möchte einmal selbst erlebt und gesehen haben, was dort geschieht", kämpfte Madeleine mit einem fast trotzigen Unterton gegen den Tränenschleier in ihren Augen an.
Dann drückte sie mit beiden Händen sanft meine Hände:
„Und wir fahren zusammen, dann wissen wir es beide, okay?"

Dem gab es nichts mehr entgegenzusetzen.
Wir spielten die Partie Billard zu Ende. Ich verlor wieder. Nicht nur knapp, sondern klar.
Madeleine legte ihren Queue auf den Billardtisch.
„Ich geh´ jetzt zur Jugendherberge", schickte sie sich an.
Ich hielt sie zurück:
„Darf ich mitkommen? Mich interessiert, wie´s da drinnen aussieht und wie du wohnst."
Sie war einverstanden. Wir gingen noch zum Zelt, ich warf meinen vollgestopften Schlafsack hinein.
„Ist das Dein Auto?" Madeleine betrachtete die bunte Dyane.
„Sieht cool aus. Hast du sie so bunt angemalt?"
„Ja, zum Teil, den Rest habe ich mit ein paar Bekannten zusammen gemacht. Wir hatten mal nichts Besseres zu tun, und seitdem ist die Dyane halt bunt", erklärte ich.
Madeleine lächelte. Dann machten wir uns auf den Weg.
Marc saß wieder in seinem Campingstuhl und warf sich gerade eine seiner Pillen ein, die er mit einem Schluck Bier runterspülte.
„Kennst du ihn?" fragte Madeleine, als sie meine Blicke bemerkte.
„Er heißt Marc. Ich habe ihn hier bei meiner Ankunft kennengelernt... ist´n ziemlich fertiger Typ, der anscheinend den ganzen Tag nur rumsitzt und sich zudröhnt."
„Und weißt du warum?" fragte Madeleine weiter.
„Er sagt, dass er seine Liebe verloren hat", entgegnete ich kurz, fügte aber noch hinterher: „Irgendwie will er aber auch kaputt sein. Er zelebriert das regelrecht. Du redest mit ihm, und er fängt dich ein und zieht dich innerhalb kürzester Zeit in seinen Morast hinein."
Madeleine wandte ihren Blick nicht von Marc ab.
„Er braucht wahrscheinlich so etwas wie einen Freund, dem er sich anvertrauen kann, der ihm da raushelfen könnte...", sagte sie nachdenklich.
Ich hatte überhaupt keine Lust, mich in irgendeiner Art und Weise mit Marc zu beschäftigen.

„Mag sein, Madeleine, aber ich werde es garantiert nicht sein", entgegnete ich schroff.
Für einen Augenblick schaute mich Madeleine entgeistert an, dann warf sie sich lachend in meine Arme:
„... aber das verlangt auch niemand von Dir, Gottfried!"
Ihre Traurigkeit schien wieder verflogen zu sein, und ich fühlte ein Pulsieren und Kribbeln im Bauch und in der Herzgegend. Gleichzeitig überkam mich eine tiefe Traurigkeit. Die Narben meiner Erinnerungen und Madeleines Wärme wühlten mich auf, und in meinen Ohren dröhnte das höhnische Lallen, welches mir die Luft zum Atmen genommen hatte.
Vielleicht musste ich allein sein, wollte aber unter keinen Umständen auf Madeleines Nähe verzichten. Ich musste mich entscheiden, also ging ich mit ihr.
Die Jugendherberge war nur einige Minuten vom Campingplatz entfernt.
Auf den Treppenstufen zum Eingang lagen robuste Teppiche voller Sand. Auf dem knarrenden Holzboden im Flur verteilten sich überall feine Sandkörner, die unter unseren Schritten knirschten. Es roch ein bisschen muffig.
„Warte bitte hier", hielt Madeleine mich zurück und deutete auf ein Schild, welches auf den Frauen-Bereich hinwies.
Die größeren Mehrbett-Räume waren nach Geschlechtern getrennt, aber es gab auch Zimmer mit gemischter Belegung. Die Herberge war alt und einfach eingerichtet, trotzdem okay und vor allen Dingen trocken.
Ich ging hinaus, setzte mich auf eine Treppenstufe und kraulte gedankenverloren Rubis Fell. Vom Meerwasser und der salzigen Luft fühlte es sich ganz drahtig an.
„Ich besorg noch eine Bürste, damit ich dich etwas aufhübschen kann", sagte ich zu ihr. Rubi hob grinsend ihre Schnauze, nieste und genoss die weiteren Streicheleinheiten.
Nach einer Weile erschien Madeleine. Auf dem Rücken trug sie ihren vollgepackten Rucksack, und an ihrer Schulter hing eine Sporttasche.
„Was ist los?" fragte ich erstaunt.

Sie sah mich mit großen Augen an:
„Kann ich heute Nacht bei dir schlafen?"
„Ja natürlich, überhaupt kein Problem", willigte ich sofort ein und fragte:
„... aber warum so plötzlich? Ist was passiert?"
„Kann man wohl so sagen ...", nickte Madeleine und verkniff sich mit mäßigem Erfolg ein Grinsen.
„Meine drei Zimmergenossinnen haben es irgendwie geschafft, Männerbesuch aufs Zimmer und in ihre Betten zu schmuggeln, und es hat jetzt nicht den Anschein, dass die nächste Nacht nach Geschlechtern getrennt und alleine unter Frauen stattfinden wird... Deswegen habe ich meine Sachen gepackt und allen Beteiligten noch viel Spaß gewünscht", beendete Madeleine ihre amüsante Erklärung.
Ich grinste. Ein Liebesgetümmel dieser Art war beim Betreten der Jugendherberge nicht zu erwarten gewesen. Ich nahm ihr die Sporttasche ab, und lachend machten wir uns auf den Rückweg zum Zeltplatz.
Madeleine warf ihre Sachen ebenfalls ins Zelt.
„Wird wohl hier drinnen etwas enger werden heute Nacht ...", kommentierte ich die logistische Lage.
„Wo schläft denn Rubi?" fragte Madeleine.
„Wahrscheinlich auch im Zelt, über die brauchst du dir keine Gedanken zu machen ...", antwortete ich.
„Gut", sagte Madeleine nur und setzte sich auf die Baum-Sitzbank. Mit einem Handgriff baute ich die Rückbank aus der Dyane aus, stellte sie auf den Erdboden und ließ mich hinein fallen. Rubi legte sich an meine Beine und schloss ihre Augen. Sie war innerhalb von Sekundenbruchteilen tief entspannt.
Wir schwiegen eine Weile und genossen auf unseren Gesichtern die warmen Sonnenstrahlen, die ab und zu zwischen den Blättern durchbrachen.
„Ravioli?" fragte Madeleine und hielt eine Dose in die Höhe.
„Ja gerne", sagte ich. Madeleine hatte einen kleinen Gaskocher in ihrem Gepäck dabei. So konnten wir die Ravioli aufwärmen und gleichzeitig Wasser für Kaffee kochen.

„Lust auf Baguette?" fragte ich. Madeleine nickte.
„Gut, ich besorge was. Rubi muss sowieso noch mal kurz um die Ecke laufen." Ich stand auf.
„Okay, bis gleich," blinzelte Madeleine kurz hoch und widmete sich wieder den Alu-Töpfen mit dem köchelnden Inhalt.
Beschwingt ging ich mit Rubi zum Bäcker. Sie beschnüffelte auf dem Weg dorthin fast jeden Bordstein.
Die Atlantikwellen zogen mich magisch an, irgendwann im Laufe des Tages müsste ich noch an den Strand gehen.
Mit zwei Baguettes unterm Arm kehrte ich zum Zeltplatz zurück.
Madeleine saß auf dem Baumsofa. Sie zeichnete mit einem Bleistift in einem kleinen Malblock herum und spielte dabei mit ihren Zehen. Die Gaskocher waren bereits abgestellt.
Als sie uns bemerkte, legte sie den Block beiseite und lachte fröhlich:
„Hast du Teller?" rief sie. Ich öffnete die Heckklappe und holte mein Camping-Geschirr und -Besteck aus dem Kofferraum.
Die Dosen-Ravioli schmeckten und sättigten uns.
Träge blieb ich noch eine Weile auf der ausgebauten Rücksitzbank sitzen und trank Kaffee. Rubi legte ihren Kopf auf mein Bein. Ich tätschelte sie und schloss die Augen.
Als ich aufwachte, war Madeleine verschwunden.
Rubi lag immer noch neben mir auf der Sitzbank. Ächzend wie ein alter Greis quälte ich mich hoch und hielt Ausschau nach Madeleine, aber ich konnte sie nirgends entdecken.
Ich schaute im Zelt nach. Ihr Rucksack lag noch da, er war geöffnet.
Ich schnappte mir Badehandtuch und Badehose, pfiff Rubi zu mir und ging zum Strand hinunter.
Es war Ebbe, und der Strand war jetzt riesig. Mit ausgebreiteten Armen lief ich den weiten Weg durch den Sand auf die Wellen zu und ließ mir den Wind ins Gesicht blasen. Rubi rannte und tänzelte mit wehenden Ohren bellend um mich herum.
Ohne nachzudenken sprang ich in voller Montur in die Wellen – das Wasser war nicht nur erfrischend, sondern richtig kalt,

aber es klärte auch meinen Kopf.
Rubi sprang kläffend umher und kämpfte mit den schaumig auslaufenden Wellen. Sie folgte mir ins tiefer werdende Wasser. Manchmal wurde sie regelrecht überflutet, dann verstummte sie schlagartig, ruderte stramm mit ihren kurzen Beinen und kämpfte schwimmend gegen den Sog des ablaufenden Wassers an. Ich griff die Hündin und trug sie aus dem Meer. Sie war schwerer als erwartet. Als mir das Wasser nur noch bis zu den Knöcheln reichte, setzte ich den Hund wieder ab.
Die grelle Sonne brannte in meinem Gesicht und blendete.
Ich sammelte meine trockene Badehose und das Handtuch ein, die ich auf dem Weg in die Fluten von mir geworfen hatte und legte meine nassen Sachen zum Trocknen in den Sand.
Ich saß mit Rubi da und machte nichts, als auf das Meer hinaus zu schauen.
Die Luft schmeckte salzig. Der Wind und die Wellen rauschten laut in meinen Ohren, und der Horizont in seiner endlosen Weite erfasste alle meine Sinne.
Die Sicht war klar, und ich versuchte, über die Krümmung in der Ferne hinweg zu kommen, aber der Wind und die Wellen bremsten mit unnachgiebiger Kraft meine Gedanken aus und trugen sie wieder zu mir zurück.
Ich wurde vollständig auf mich reduziert.
Ein berauschendes Gefühl, berauscht von tiefem Glück und abgrundtiefer Trauer zugleich. Nichts schien mehr wichtig zu sein, und ich wusste nicht mehr, was von wirklicher Bedeutung war.
Isabelle?
Wäre sie unwichtig, wäre ihr Gehen weitgehend schmerzlos geblieben oder hätte nur eine kleine „Seelen-Prellung" ausgelöst.
Ja, Isabelle war wichtig.
Mir wurde das Wort „war" schmerzhaft bewusst.
Ich hatte „war" gedacht und gefühlt.
Mit Isabelle, das war ganz groß, und nun dachte ich: „Sie war meine große Liebe."

Es ließ sich nicht mehr rückgängig machen oder denken.
Mit „war" beginnt der endgültige Abschied.
Ich musste mich nicht von meiner großen Liebe verabschieden.
Dafür aber von Isabelle, die mir vieles zeigen konnte und geben wollte, ich aber war nicht bereit es anzunehmen. Isabelle war tief in mir, sie tauchte auf – und das Eis blieb.
Diese große Liebe würde mich vielleicht noch mein ganzes weiteres Leben begleiten, … nur eben Isabelle nicht mehr …
„Verdammter Mist! Das ist doch alles eine verfluchte Scheiße!" schrie ich gegen den Wind.
Rubi schreckte hoch und leckte mir winselnd die Hand.
„Schon gut", beruhigte ich sie und umarmte sie.
Ich fühlte mich so einsam.
Nie wieder würde ich mit ihr an einem Ort wie diesem hier zusammen sitzen.
Bittere Tränen dieser Gewissheit brachen inmitten dieser großartigen Natur-Kulisse aus mir heraus.
Es gab keine Chance mehr für mich, vor mir wegzulaufen.
Ich begann, den großen Schmerz des Liebes-Verlustes anzunehmen, die Unumkehrbarkeit des Vertrauens zu begreifen, während der Tag seine Geschäftigkeit einstellte und die Sonne ihren Untergang vorbereitete.
Und dieser Sonnenuntergang war besonders.
Der Horizont erstrahlte und spiegelte sich tiefrot im Ozean.
Ich war überwältigt von dem wundervollen Schauspiel der Natur, dessen magische Kräfte alle anderen, eben noch gegenwärtigen Geräusche verstummen ließen und in den Hintergrund verdrängten.
Sonne und Liebe schenken Wärme, Leben und Glück, aber ihr Untergang ist eine unvergleichliche Inszenierung in glühendem Rot und Pathos, bevor es kalt und dunkel wird. Ein bizarrer Kreislauf der Erinnerung an Liebe, Hoffnung, Wärme und Glück.
Die unglückliche große Liebe hingegen versinkt in einem tiefen und unergründlichen Blau …
„… es gibt das Glück der unglücklichen großen Liebe!" dachte

ich gegen den Wind und sprang auf.
Meine Augen brannten vom Cocktail aus Tränen, Sonne, Salzwasser, Wind und Abschied.
Ich raffte meine Sachen zusammen und schüttelte sie aus. Sie waren zwar noch nicht ganz trocken, aber man konnte sie schon anziehen, der Rest würde sich dann beim Tragen am Körper erledigen. Ich blickte mich noch einmal suchend um.
Von Madeleine keine Spur, außerdem wurde es zusehends dunkler.
„Los, komm!" rief ich Rubi zu mir und machte mich auf den Rückweg zum Campingplatz.
Das Sand-Salz-Gemisch in meiner klammen Hose scheuerte beim Gehen auf meiner Haut wie klebriges Sandpapier.
Beim Zelt war Madeleine auch nicht.
Ich leinte Rubi an einem Zelthering an und gab ihr was zu fressen. Dann machte ich mich auf die Suche nach Madeleine und riskierte einen Blick zu Marc hinüber.
Er hing schlaff und restlos zugedröhnt in seinem Sessel.
„Alles klar?" fragte ich ihn, und er bewegte eine Hand.
„Ja, Mann. Alles easy ..., alles klar, Mann ...", lallte er mit schwacher Stimme.
Er tat mir schon ein wenig leid, aber ich hatte auf diese Nummer absolut keine Lust. Ich wollte Marcs Schicksal nicht mit meinem verknüpfen, und in Madeleines Absicht schien es auch nicht zu liegen, sonst wäre sie vielleicht hier.
Ich ging weiter zum Bistro und schaute zunächst beim Billardtisch nach. Eine Gruppe von Surfern stand um den Tisch herum, und sie zeigten sich gegenseitig verschiedene Kopfstoß-Tricks mit dem Queue, aber Madeleine war nicht unter ihnen.
Ich betrat das Bistro und drängte mich durch eine Gruppe von schwer feiernden Engländern.
Lauthals griffen sie jeden englischsprachigen Song auf, den Jacques´ Kassettendeck abspielte.
„... She´s a honky tonk, honky tonk woman ...!"
Der gewaltig klingende Chor bestand aus dauergrinsenden Gesichtern. Frauen wie Männer, das machte keinen Unterschied,

außer in der stimmlichen Frequenz. Fast alle waren angetrunken, und Jaques legte im Akkord mit Musik und Getränken nach.
Aus der Musikanlage ertönte eine zart gezupfte Gitarren-Melodie, kurz darauf betörende Flöten ... „Stairway to Heaven" von Led Zeppelin.
Mich durchzog ein Gefühlsblitz, wie jedes Mal, wenn dieses Lied gespielt wurde. Es gehört zu den Liedern, an die man sich nie gewöhnen kann.
Da ergriff mich jemand von hinten und drehte mich herum.
Mit beiden Händen umfasste Madeleine meinen Nacken und schmiegte sich eng an mich. Sie legte ihren Kopf an meine Schulter, und ich umschlang mit einem Arm ihre Taille, mit dem anderen Arm umarmte ich sie und umfasste behutsam ihren Nacken und Schulter.
Wir tanzten innig miteinander, bis uns John Bonhams fulminanter Schlagzeug-Einsatz musikalisch auseinander trommelte. Der englische Chor lief nun auf Hochtouren, und aus mehr als einem Dutzend locker getrunkenen Kehlen erfuhr die hohe Stimmlage von Sänger Robert Plant einen derartigen Schub, dass das Bistro unter dieser Stimmgewalt erbebte.
Madeleine und ich lachten und tanzten ausgelassen. Es war überwältigend, denn im Bistro standen fast alle Leute und stiegen mit ein in den Chor.
Etliche der angetrunkenen Seelen und Kehlen lagen sich in alkoholgeschwängerter Rührseligkeit in den Armen, und als die letzten Worte „... and she´s buying her stairway to heaven ..." verklungen waren, brandete ein gewaltiger Jubelsturm im Bistro los.
„All I need is the air" von den Hollies folgte als nächstes, und der Chor schmetterte sich erneut auf die klangliche Überholspur.
Madeleine nahm mich bei der Hand und zog mich nach draußen.
„Hattest du einen guten Tag?" fragte sie mich. Sie hielt immer noch meine Hand.
„Ja", sagte ich, „es war ein guter Tag für mich."

Sie umarmte mich.

„Und du?" fragte ich sie, „was hast du gemacht?"

„Ich ..., naja, ich habe noch eine Weile gelesen, nachdem du eingeschlafen warst. Dann bin ich zu Jacques, um mich anzumelden, und ging duschen. Als ich zurückkam, warst du mit Rubi verschwunden ..."

Ich schaute sie fragend an.

„Schon in Ordnung so", versicherte sie mir und: „... ich habe ein bisschen für mich gezeichnet."

„Gezeichnet?" fragte ich sie.

„Ja, das mache ich gerne, wenn ich ein wenig Zeit für mich übrig habe."

„Darf ich mal was davon sehen?" fragte ich neugierig.

„Nachher im Zelt ..., okay?" antwortete sie.

Wir hielten uns immer noch an der Hand, und ich schaute Madeleine schweigend und lange in die Augen.

„... was ist mit Dir, Gottfried?" fragte sie.

„Nichts, Madeleine, es ist ... wirklich nichts ...", sagte ich.

Meine Stimme klang heiser. Ich zögerte:

„... doch, es ist doch was ... es ist so ... weißt Du ... da gibt es noch eine andere Farbe der Liebe."

Madeleine sah mich fragend an: „... als rot?"

Ich ließ ihre Hand los.

„Ja ..., sie ist blau, Madeleine, ... tiefblau und unglücklich ..."

Unsere dampfenden Atemzüge tanzten weiß in der Dunkelheit und verschmolzen miteinander, bevor sie in der schwarzen Unsichtbarkeit der Nacht verschwanden.

„... l'amour bleu ...", hauchte Madeleine leise und unendlich betörend.

Noch nie hatten mich zwei so anmutig gehauchte traurige Worte so zart und tief getroffen.

Es schnürte mir die Luft ab, und ich wehrte mich gegen den Drang, fliehen zu müssen.

„Es ist nur zu deinem Besten ...", versuchte mir sein stinkender Atem die Unausweichlichkeit zur Flucht einzuhauchen, und ich hasste meine Kindheit dafür.

„Ich bin müde, Madeleine. Ich glaub, ich geh schlafen – und außerdem liegt Rubi noch angeleint beim Zelt", druckste ich verlegen herum:
„… Du weißt, wo Du uns findest, wenn Du auch schlafen willst, okay?"
Madeleine sah mich schweigend an.
„Okay", sagte sie schließlich, und ich wollte sie kurz zum Abschied umarmen. Doch sie hielt mich fest und drückte sich an mich.
„Aber ich komme jetzt mit", flüsterte sie in mein Ohr.
Zwischendurch trug der Wind diese stimmgewaltigen Choreinlagen zu uns herüber.
Wir krochen ins Zelt, und als wir nebeneinander auf dem Zeltboden lagen, machte eine große Schüchternheit sich zwischen uns breit.
Irgendwann zog ich sie, vielleicht rückte auch Madeleine an mich heran. Ich wollte sie wärmen und musste sie spüren. Sie ließ es sich gefallen und drückte sich fest an mich.
Es war eng und Rubi machte sich breit, aber es ging ziemlich gut.
„Gute Nacht, … Amour bleu…," murmelte Madeleine leise, dann schlief sie ein.
Ich war todmüde, lag aber noch einige Zeit wach.
Wie sollte das alles weitergehen? Madeleines gleichmäßige Atemzüge und ihre Nähe wirkten beruhigend.
Mein Arm schlief zuerst unter ihr ein, bis mich der Schlaf übermannte.
Es war noch früh, kurz vor Morgengrauen.
Alles war ruhig und mein Arm taub.
Behutsam zog ich ihn wie einen Fremdkörper unter Madeleines Kopf weg und begann mit der Wiederbelebungsmassage.
Madeleine schlief tief entspannt und friedlich weiter. Sie hatte etwas Rührendes, etwas schützenswert Unschuldiges an sich, und mich durchzog ein warmes Kribbeln.
Rubi gab einen grunzenden Laut von sich und gähnte träge.
Ich schlüpfte, so leise es ging, aus dem Schlafsack und schaute

aus dem Zelt hinaus.
Draußen war fast alles mit Tau überzogen.
Mein Blick fiel auf einen roten, englischen Doppeldecker-Bus. Mir gefiel dieser Bus sehr. Es war wohl das Reisemobil der gesangsfesten und trinkfreudigen Gruppe der Engländer. Das Fahrzeugheck war über und über mit Aufklebern verschiedenster Länder, Städte und Musikgruppen bestückt. In den Fenstern hingen Batik-Tücher, und auf dem Dach waren zwei Ersatzreifen montiert.
Ich kroch aus dem Zelt , Rubi folgte mir.
Wir gingen zum Strand, den Atlantik und den Tag begrüßen.
In der Ferne schaukelten auf den Wellen ein paar Fischerboote. Es war kühl, am Himmel hing eine dicke, graue Wolkendecke, aber der Wind wehte mild.
Rubi spielte etwas weiter weg mit einem Stück Treibholz, ich rief sie. Mit flatternden Ohren und dem Stück Holz zwischen den Zähnen rannte sie zu mir und legte es mir vor die Füße. Ich hob es auf und warf es weit weg. Rubi preschte hinterher und kehrte schwanzwedelnd mit dem Wurfholz zurück. Wir spielten dieses Spiel drei- oder viermal, dann erlahmte Rubis Begeisterung und beim letzten Wurf trabte sie nur noch hinterher, um auf halber Strecke etwas anderes zu beschnüffeln.
Ich machte mich langsam auf den Rückweg. Die Bäckerei hatte noch geschlossen, aber ein alter, verbeulter Wellblech-Lieferwagen parkte mit offenen Hecktüren am Hinterausgang, und ein Mann lud große Papiersäcke ein, aus denen Baguette-Spitzen herausragten.
Ich fragte ihn, ob er mir zwei Brotstangen verkaufen könne.
Als ich mit den Baguettes unter dem Arm beim Zelt ankam, schien Madeleine immer noch zu schlafen. Ich lugte ins Zelt: Madeleine räkelte sich und gähnte.
„Guten Morgen, na... gut geschlafen?" fragte ich und kroch zu ihr.
„Ja", kam es mit verschlafener Stimme zurück, und sie umfasste meinen Nacken. Sie zog mich zu sich herunter und küsste mich. Ich versank in ihren samtweichen Lippen.

Sie schmeckten nach Schlaf und süßer Lebenslust, – das schmeckte und roch so gut, und ich kämpfte gegen die würgende Angst.
„Ich freue mich auf den Tag", sagte sie. Ich strich ihr leicht über ihr Gesicht und ihre Haare.
Etwas Inniges erfüllte das Zelt, und wir betrachteten uns eine Weile gegenseitig. Irgendwann richtete ich mich auf, um Kaffee zu kochen.
Nach dem Frühstück machten wir uns bereit für die Abfahrt nach Lourdes.
Die ganze Zeit über redeten wir nur wenig miteinander, und es war gut, einfach zu schweigen, und auch, schweigen zu können. Es war immer noch sehr früh am Morgen.
Aus dem Doppeldecker-Bus stolperten zwei verkaterte Camping-Kommunarden die Stufen herunter. Ihre Anwesenheit und aktive Teilnahme am frühen Tagesgeschehen war einfach noch nicht vorgesehen, so sehr sie sich auch bemühten.
Lachend stiegen Madeleine und ich ins Auto und rollten langsam über den Platz. Jacques Bistro war noch geschlossen, und die Straßen waren zu dieser Zeit fast menschenleer. Wir fuhren in den grauen Morgen, der Sonne entgegen, die sich noch hinter den Wolken, den Hügeln und Bergen versteckte.
Es war beruhigend, wieder in Bewegung zu sein. Es war schon eine gefühlte Ewigkeit vergangen, seit ich in Biarritz mein Zelt aufgeschlagen hatte, um darin fast zu ertrinken.
Die Fahrt durch die Pyrenäen war eine Reise durch eine andere Zeit, und auch Madeleine wirkte sehr in sich gekehrt.
Wir passierten Dörfer, die ihre ganz eigene Geschichte lebten. Kleine, wehrhafte Festungen gegen die moderne Zeit, getarnt und geschützt im Gebirge und umrahmt von dichten Wäldern.
Nur das angestrengte, hochtourige Drehen des Motors hielt uns in der Gegenwart. Das Auto quälte sich die Serpentinenstraßen der Pyrenäen hinauf, dafür rasten wir dann bergab alles in Grund und Boden. Die Kurvenlage der Dyane war abenteuerlich, und in scharfen Rechtskurven kippte Madeleine auf meine Seite herüber und drückte gegen meinen Arm. Es brachte sie

auf andere Gedanken. Anfangs versuchte sie noch, sich zurückzuhalten, dann aber ergab sie sich lachend der Fliehkraft und ließ sich bei jeder scharfen Rechtskurve mit ihrem vollen Gewicht in meinen Arm fallen.
Wir begannen, abwechselnd unsere Musik-Kassetten einzulegen, gaben es aber schließlich auf, weil der gequälte Motor alles überdröhnte. Wir öffneten das Faltdach und ließen die durchbrechende Sonne von oben auf uns scheinen.
Bei längeren Geradeaus-Strecken saß Madeleine mit hochgezogenen und angewinkelten Beinen auf dem Beifahrersitz und träumte vor sich hin.
Wir durchfuhren atemberaubend schöne Berglandschaften, um-säumt von dichten, knorrigen, manchmal sehr dunklen Wäldern. Eigentlich war es gar nicht so weit nach Lourdes, etwa zweihundert Kilometer, dennoch war es schon fast Mittag, als wir dort ankamen. Wir fuhren bis ins Zentrum und park-ten in der Nähe des Bahnhofs. Dort musste gerade ein Zug angekommen sein, denn aus Lautsprechern plärrte es blechern und unüberhörbar laut: „Lurrdöh ...., Lurrdöh" zu uns herüber.
Kurz darauf quollen Massen von Menschen aus dem Bahnhof. Es waren Pilger, unter ihnen zahlreiche Rollstuhlfahrer, Einbeinige, Einarmige, viele an den Gliedmaßen verstümmelte „Contergan"-Opfer. Einige schwerkranke Menschen lagen auf rollenden Tragen oder wurden sogar – Kinder, Frauen, Männer – in Rollbetten geschoben.
Fast überall herrschte eine stillschweigende, geradezu bleierne Frömmigkeit.
Noch nie hatte ich etwas Vergleichbares erlebt, und Madeleines tiefer Ergriffenheit nach zu urteilen, schien es ihr ebenso zu gehen.
Das Lächeln war vollständig aus ihrem Gesicht gewichen. Sie wirkte auf einmal schwach und zerbrechlich.
Schweigend reihten wir uns in den Pilgerstrom ein.
Viele Schwestern in Tracht mit weißen Häubchen, Nonnen in schwarzen Klostergewändern mit den „Pinguin-Hauben", Männer und Frauen in den blauen Uniformen der Heilsarmee

oder sonstige Ordensbrüder und -schwestern schoben Rollstühle vor sich her. Einige trugen auch Kinder, meist behinderte Kinder auf ihren Armen. Sie ertrugen klaglos und mit viel Würde die körperliche Last. Der Pilgerweg glich einem Gang in einem breiten, gepflasterten Flussbett zur Grotte der heiligen Bernadette.
Die Atmosphäre war eigenartig gespenstisch, es hätte mich nicht überrascht, ein riesiges, schmiedeeisernes Tor passieren zu müssen – mit Feuerschwerter tragenden Erzengeln als Torwächtern. Das Tor und die Erzengel blieben aus.
Wir erreichten einen auf Hochglanz polierten Platz, an dessen Kopf sich wie eine Festung eine Kathedrale erhob.
Auf dem Platz wimmelte es von Pilgern und Touristen aus allen Nationen. Überall erzählten befestigte Schrifttafeln und aufgestellte Madonnen die Geschichte des armen, tiefgläubigen Mädchens Bernadette, das in der Grotte mehrmals die Vision der Jungfrau Maria hatte. Ich versuchte, mir vorzustellen, wie dieser Ort ausgesehen hatte, bevor Maria ins Spiel kam.
Ein kleines, verschlafenes Dorf, direkt an einem Fluss gelegen, inmitten der dicht bewaldeten Pyrenäen. Die Lage war wunderschön, es passte alles zusammen.
In Lourdes entstand eine Pilgerstätte der religiösen Totalkommerzialisierung.
Abgefülltes Weihwasser mit Wunderkräften aus der Quelle der Erscheinungsgrotte wurde überall in Flaschen feilgeboten. Dazu Kerzen, Bibeln, Gebetsbücher von schlicht bis luxuriös, Ikonenbilder, kleine, runde, metallene Rosenkränze, Marienstatuen von klein bis groß ...
Seit der Abschaffung des Ablasses war hier eine neue, bedeutsame Einnahmequelle der katholischen Kirche geschaffen worden, und Martin Luther griff im Sarg erneut zu Hammer und Nagel, weil ihm die fünfundneunzig Thesen zu locker hingen.
Diese prachtvoll in Szene gesetzte fromme Demut und üppig inszenierte Bescheidenheit kesselte meine Gedanken und Gefühle regelrecht ein. Ich fühlte mich in eine Zeit ohne Aufklärung zurückversetzt, denn obwohl ich doch zumindest

über die Form unseres Planeten Bescheid zu wissen glaubte, so wäre ich an diesem Ort auch nicht abgeneigt gewesen, zu beschwören, dass die Erde doch eine Scheibe sei.
Die hohe Kunst der katholischen Kirche in der Schaffung religiöser Mythen war beeindruckend und erdrückend.
Ein endloser Strom von hoffenden und tief beseelten Gläubigen zog in einer stillen, innig betenden Schlange durch die Grotte, um die Felswand zu berühren.
Wer dazu aus eigener Kraft nicht in der Lage war, dem ermöglichten fromme, helfende Hände eine Berührung der Felswand. Manche der Heilung Suchenden robbten auf allen Vieren durch die Felshöhle, um mit zitternden Händen die spirituelle Magie zu ertasten und in sich aufzunehmen, und brachen anschließend in Tränen aus.
Die aufgestellten Briefkästen quollen über von zahllosen Briefen und Zetteln. Die Hoffnungslosigkeit und das große Leid vieler Pilger, die ihren Weg hierher gefunden hatten, waren greifbar nahe und erschütternd.
Menschen küssten die Wände der Grotte, fielen auf Knien vor der Marienstatue nieder und versanken im inbrünstigen Gebet.
„Es ist furchtbar hier", sagte Madeleine mit brüchiger Stimme. In ihren Augen standen Tränen. „Was für ein zynisches Geschäft mit Menschen, deren Schicksale nur noch in der Hoffnungslosigkeit beheimatet sind." Ihre Stimme klang matt. Sie hakte sich eng bei mir ein.
Das Bad der Gefühle und Gedanken konnte kaum widersprüchlicher sein, und für einen kurzen, absurden Augenblick spielte ich mit dem Gedanken, meine mich marternde Vergangenheit an dieser Felsenwand zur Erledigung an höhere Mächte zu delegieren, um dann endlich der Leichtigkeit des Lebens und der Liebe vertrauen zu können.
Doch diese vielen mit Tränen gefüllten Augen verbannten mein irdisches Ansinnen in die Mülltonne der Respektlosigkeit, dafür kreischte diese stille, religiöse Hysterie zu laut.
Aber in mir nagte ein dumpfes Gefühl der Bedrohung und ich verspürte den Drang, Madeleine schützen zu müssen.

Diese innig betende, Schlange stehende Menschenmasse war so real wie beklemmend zugleich. Irgendeine Macht schien einen Zustand der kollektiven Willens-Abstinenz zu erzeugen, fernab jeglicher verstandesmäßiger Erdung.
Madeleine drückte sich fest an mich.
„Nimm mich mal in den Arm", bat sie und schluchzte sich in meine feste Umarmung hinein.
Es wurde höchste Zeit, diesen Ort zu verlassen.
Der Ausgang lag in meinem Rücken, und ich versuchte, uns umzudrehen, ohne Madeleine aus den Armen zu verlieren.
„Komm Liebes, wir gehen", flüsterte ich in ihr Ohr.
Madeleine vergrub ihr Gesicht unter ihren Haaren an meiner Schulter. Ich legte meine Hand schützend auf ihren Kopf, und wir setzten uns in Bewegung. Unvermittelt prallte ich mit meinem Schienbein gegen etwas Hartes. Es war das Gestell eines Rollstuhls, in den ich beim Umdrehen gelaufen war.
Im Rollstuhl saß eine Greisin, die nur noch aus runzligen Falten, Haut und Knochen zu bestehen schien. Beide Beine waren bis zu den Hüften amputiert. Sie saß auch nicht, sondern hing, in sich zusammengesackt und verkrümmt, schräg in der Sitzfläche.
Ihre Hände waren verkrampft und krallenartig zusammengezogen.
Die Armlehne quetschte in ihre Achsel, und ein Arm schleifte schlaff auf dem Reifen. Um ihren Hals und ihre Schulter herum war sie mit einem Band an der Rückenlehne des Rollstuhls fixiert, um nicht vornüber herauszufallen.
Der Kopf der Rollstuhl-Frau baumelte apathisch herunter, ihre strähnigen, aschgrauen Haare teilten sich im Nacken und verdeckten ihr Gesicht.
Die Kleidung der Frau war schäbig. Ihre Haut hatte eine schmutzig gelb-braune Färbung, übersät von dunklen Flecken.
„Oh, entschuldigen Sie bitte ....", sagte die Rollstuhl-Schieberin, eine ältere, mollige Frau mit gütigem Gesichtsausdruck, zierlicher Goldrandbrille, Dutt-Frisur und weißen Häkelsocken in Sandalen.

„Nein, schon gut, es war meine Schuld", entgegnete ich, „ich hätte besser aufpassen müssen."
„Sie haben aber im Moment offensichtlich wichtigere Dinge zu erledigen", sagte die Frau lächelnd und warf einen milden Blick auf Madeleine, die in meinen Armen immer noch am Schluchzen war.
Ich sah auf die Frau im Rollstuhl und fragte ohne Umschweife: „Was ist mit der Frau, die Sie hier begleiten?"
Ihr Gesichtsausdruck blieb gütig:
„Das ist meine Schwester Solange, und ich bin Madame Fabert und ..."
Ich machte uns auch bekannt. Madeleine verkroch sich weiter in meiner Schulter.
Madame Fabert blickte auf ihre Schwester hinab und bekam einen traurigen Gesichtsausdruck:
„Solange hat vor vielen Jahren ihr Lachen und auch ihren Mut am Leben verloren ..."
„Was ist denn passiert? Ich darf Sie das doch so fragen oder?" hakte ich nach.
„Natürlich dürfen Sie, junger Mann", entgegnete Madame Fabert geduldig und sah mich mit ihren freundlichen, aber müden Augen an.
Solange regte sich, und ihr Kopf zuckte unvermittelt hoch. Es war nicht mehr als ein schwankendes, zittriges Nicken. Für einen kurzen Moment gaben ihre strähnigen Haare ihr Gesicht frei – und ich erschrak.
Gleichzeitig spürte ich, wie sich Madeleines Hand in meinem Rücken zusammenkrallte. Es tat unglaublich weh. Ich hätte am liebsten geschrien und Madeleine von mir gestoßen, aber ich biss die Zähne zusammen.
Solanges Gesicht war mir durch Mark und Bein gefahren. Sie hatte nur ein Auge geöffnet, in dem jegliche Farbe verblichen war, der Blick von Solange grau, leblos und leer. Ihr Mund war lippenlos, die Zähne schwarze Stummel, die Nase knochig spitz. Ihr Kopf sackte wieder auf die Armlehne zurück und hing kraftlos am dünnhäutigen, knochigen Hals, an dem sich jeder

einzelne Wirbelknochen und jede einzelne Sehne abzeichnete. Eine apathisch dahinvegetierende Greisin, die nicht einmal mehr auf ihren eigenen Tod hoffen konnte.
„Vor dreiunddreißig Jahren hat sie ihre große und einzige Liebe verloren", begann Madame Fabert zu erzählen.
„Meine Schwester war damals eine bildhübsche, blühende junge Frau. Sie war erst fünfundzwanzig Jahre alt, als es passierte ..."
Solange war demnach erst achtundfünfzig Jahre alt!
Madame Fabert erzählte weiter:
„Solange lachte viel, war unbekümmert, und sie liebte Jean. Er war Fischer, ihre Jugendliebe. Sie lebten in einem kleinen Dorf am Mittelmeer, in der Nähe von Marseille, wo sie ihm half, seinen Fang auf dem Markt zu verkaufen. Solange und Jean wollten heiraten und eine Familie gründen. Dann, eines Tages, stürzte Jean so unglücklich beim Verlassen seines Bootes, dass er sich ein Bein und mehrere Rippen brach. Man brachte ihn in die Klinik, er musste operiert werden..."
Madame Fabert zog ein Taschentuch aus ihrer Hosentasche, wischte sich ein paar Tränen aus ihren Augen und sagte:
„... Jean starb bei der Operation ..."
„Er starb? Wie konnte das passieren?" fragte ich.
Madame Faberts Stimme festigte sich wieder:
„Jean hatte einen angeborenen, aber unentdeckten Herzfehler und keine Chance, die Betäubung zu überleben."
Solange hob mit einem klagenden Laut ihren über der Lehne hängenden Arm, aber er fiel sogleich wieder schlaff herunter und prallte auf den Reifen zurück. Madame Fabert strich ihrer Schwester über den Kopf.
Ich atmete tief durch, denn zu meiner großen Erleichterung entspannte sich Madeleines Kralle.
Madame Fabert fuhr fort:
„Solange hat den Tod ihrer großen Liebe nie verwunden. Niemand sollte ihr helfen. Sie saß den ganzen Tag in ihrer Kammer und redete mit keinem Menschen mehr. Sie begann exzessiv zu trinken und zu rauchen. Irgendwann wurde ihr ein

Bein abgenommen, weil es sich schwarz verfärbte und ihr Fuß bereits abgestorben war. Zwei Jahre darauf amputierte man ihr auch das andere Bein.
Ihre Leber ist unheilbar geschädigt, und vor drei Jahren hatte sie einen Schlaganfall. Seitdem ist das eine Auge geschlossen und die Hand ihres linken Arms zusammengekrümmt."
Madame Fabert wischte mit liebevoller Geste etwas Speichel aus dem Mundwinkel. Madame Fabert beeindruckte mich, und ich empfand Mitleid für die unglückliche Solange.
Ihre äußerliche Hülle hielt sie unbarmherzig am Leben, obwohl sie schon seit dreiunddreißig Jahren starb.
„Madame Fabert ..., aber warum haben Sie dann Solange hierher gebracht?" wollte ich nun wissen.
„Ich wünsche mir so sehr, dass Solange noch einmal in ihrem Leben lacht", war ihre Antwort, „nur ein einziges Mal, dafür bete ich jeden Tag, und vielleicht erleben wir ja an diesem Ort dieses Wunder ..."
Madeleines Griff zog sich wieder in meinem Rücken zusammen. Die ganze Zeit hatte sie in meiner Umarmung verharrt und nur gelegentlich einen Blick in Richtung der beiden Schwestern gewagt. Nun drängte sie mit sanftem, aber energischem Druck zum Weitergehen.
Ich sah in Madame Faberts Augen und verabschiedete mich:
„Hoffentlich wird sich ihr Wunsch erfüllen. Ich wünsche es Ihnen von ganzem Herzen!"
Madame Fabert lächelte:
„Vielen Dank, Monsieur Gottfried."
Sie schob den Rollstuhl an, wir tauschten ein Lächeln des Abschieds, dann trennten sich unsere Wege.
Madeleine schluchzte leise in sich hinein.
Wir mussten diesen Ort so schnell wie möglich verlassen.
Eng umschlungen und geistig wie benommen kamen wir beim Auto an.
„Lurrdöh! Lurrdöh!" schnarrte es aus den überforderten Lautsprechern.
Rubi begrüßte uns stürmisch.

Sie hatte die ganze Zeit im Auto gelegen, und ihre animalische Unbefangenheit, von Umgebungen wie dieser gänzlich unbeeindruckt zu bleiben, war beneidenswert. Madeleine bückte sich zu ihr hinunter, und Rubi leckte ihr freudig das Salz der Tränen aus dem Gesicht.
Wir verließen diesen unwirklichen Ort auf dem gleichen Weg, wie wir angekommen waren.
Die dichten Wälder, die engen Serpentinenstraßen, die atemberaubende Natur, all das erschien jetzt in einem ganz anderen Licht.
Und das alles hatte auch ein bisschen was vom Märchen „Hänsel und Gretel":
Der lange Irrweg durch einen dunklen, bedrohlichen Wald und die verzweifelte Suche nach Licht und Geborgenheit endete schließlich an einem Ort der Hoffnung, aber auch Verführung.
Wir fuhren nicht lange und auch nicht weit, aber lange und weit genug, um das Hexenhäuschen Lourdes hinter uns zu lassen.
An einem Waldweg hielten wir an.
Rubi sprang aus dem Auto und tauchte ins Unterholz ab.
Die Sonne schien warm, und im Schatten der Bäume roch es modrig.
Madeleine und ich breiteten unsere Arme weit aus und atmeten tief, wie befreit durch. Es war, als wäre mir eine schwere Last von der Seele gefallen, und ich stellte fest, dass es der erste Tag war, an dem ich, bis auf diesen kurzen Augenblick in der Grotte, nicht sonderlich an Isabelle gedacht hatte.
Dafür aber ganz massiv in diesem Moment, und ich versuchte, es nicht zu tun.
Doch es gelang mir nicht.
Hätte ich doch demütig durch die Grotte gehen und den Ballast der Liebe und Hoffnung in die Felswand schicken sollen?
Diese Waffe der höheren spirituellen Macht war stumpf geworden, weil mein Unglück der großen Liebe nicht der Hoffnungslosigkeit, sondern einer klaren Gewissheit gewichen war.
Es war ebenso unmöglich wie verdammt schwierig, sich das

eingestehen zu können.
Ich wusste es.
Ich fühlte es.
Ich liebte Madeleine so wie sie war, aber Isabelle drängte sich dazwischen.
Weil ich Angst vor dem Verlangen hatte, vertrauen zu müssen?
„Estelle hatte die Hoffnung nie aufgegeben ...," durchkreuzte Madeleine meine Gedanken:
„Erst als auch das Lachen und ihr Wille zu ersticken drohten, fuhr sie an diesen eigenartigen Ort. Wahrscheinlich sah sie darin die letzte Möglichkeit, ihren Lebensmut nicht zu verlieren."
Madeleine schaute mich lange und wortlos an.
Ich versank in ihren Augen.
Sie fuhr fort:
„Ich glaube, Estelle ging es gar nicht darum, in der Hoffnung auf ein Wunder dorthin zu fahren. Vielmehr wollte sie wohl an diesem Ort wieder zu sich zurückfinden können.
Ihr Leben war nur noch gesteuert von Ärzten, Heilpraktikern und Psychiatern. Sie hatte die Kontrolle über sich verloren, und ihr Leben, ihre Krankheit, ihre Gesundheit in die Hände der Ärzte gegeben. Sie hatte sich selbst weg delegiert...
Vielleicht berührte Estelle die Felswand oder trank von der Wasserquelle, oder vielleicht verharrte sie sogar einen Moment vor der Marienstatue, wo Bernadette ihre erste Erscheinung hatte.
Bernadette, dieses junge Mädchen, das mit ihrer Geschichte so vieles bewegt hatte...Vielleicht glaubte Estelle in ihren letzten Stunden wieder an sich selbst und begann, ihrem eigenen Leben zu vertrauen. Sie stand auf und starb auf ihren Füßen stehend. Estelle bekam nur ihr Selbst zurück ..."
Die ganze Zeit hatte ich Madeleines Worten aufmerksam zugehört und dabei beobachtet, wie die Anspannung von ihr wich und ihre Gesichtszüge und Körpersprache wieder weicher wurden. Sie weinte etwas, aber sie wirkte gelöst und wie von einer schweren Last befreit.

Ich begann, die vierzehnjährige Bernadette Soubirous mit anderen Augen zu sehen. Dieses Mädchen stammte aus ärmlichsten Verhältnissen, ihr Alltag war geprägt von einem ständigen Existenzkampf. Ihr ganzes Leben war schutzlos der erbarmungslosen Macht der Reichen und des Klerus aus-geliefert.

Bernadette wusste, dass es verboten war, diese Grotte zu betreten. Sie widersetzte sich diesem Verbot und nahm die Gefahr der Entdeckung auf sich, was vermutlich eine harte Bestrafung für sie bedeutet hätte. Sie konnte nicht anders, als es immer wieder zu tun, und in ihrer Angst kam es wohl zu den Marienerscheinungen. Die Vierzehnjährige brauchte dringend einen Schutz, der ihre Ängste besiegte, gleichzeitig war Bernadette erfüllt von ihrem Glauben, voller Hoffnung auf ein gerechteres, angstfreies Leben, auf mehr Liebe unter den Menschen.

Sie erzählte von ihren Visionen und Erscheinungen und dem Auftrag Marias. Stießen Bernadettes Schilderungen anfangs auf Ablehnung, wollte sich die Kirche gegenüber ihren Ausführungen aber irgendwann nicht mehr verschließen. Die angeblich durch rein manuelle Felsberührung entstandene Wasserquelle lieferte wohl ein weiteres Mosaiksteinchen. Schließlich fußte diese religiöse Institution ja auf unerklärlichen Geschichten wie dieser, vorausgesetzt, sie boten genügend Stoff für Mythos und auch Geschäft.

Der kirchliche Machtapparat folgte schließlich seinen eigenen theologischen Gesetzmäßigkeiten und ließ am Ort der Marien-Erscheinungen eine Kirche nach den visionären Vorgaben des frommen Mädchens erbauen.

Es entstand ein Ort der Hoffnung und der Glorifizierung der katholischen Kirche, aber wie hätte Bernadette wohl auf diesen ganzen frömmelden Kommerz reagiert?

Estelle stand auf ihren Füßen und trat aufrecht den Weg in den Tod an.

Der rationale Weg lieferte keine Erklärung, und wahrscheinlich würde es niemals eine geben, aber war das überhaupt wichtig?

Würde Solange noch ein einziges Mal lachen, bevor der Tod ihr Leben restlos ausgehöhlt hatte?
Das war wichtig.
Die Narben und Stimmen der Erinnerungen und die Unfähigkeit, vertrauen zu dürfen, mein noch glimmendes Verlangen nach Isabelle schrumpften fast zur Bedeutungslosigkeit, wenn ich an Estelle und Solange dachte.
Aber trotzdem, dieses „fast" war immer noch zu groß.
Es stand zwischen Madeleine und mir, dieses „fast" ließ mich immer noch unglücklich sein, obwohl ich mich glücklich schätzen konnte und eigentlich dankbar für mein unglückliches Leben sein sollte, nach alledem, was ich in Lourdes gesehen und erlebt hatte.
Aber ich konnte nicht dankbar für mein Unglück sein, und ich wollte es nicht, auch wenn es anderen Menschen nicht nur augenscheinlich viel schlechter ging als mir. Ich streifte schweigend neben Madeleine durch diesen kleinen Waldweg irgendwo in den Pyrenäen und war innerlich zerrissen von Liebe, Hass, Sehnsucht und Selbstzweifeln, gespalten von unbeantworteten Fragen und ungefragten Antworten.
Die elterliche Kälte konservierte das Erbe, weiter leiden zu müssen, einsam, schonungslos und so lange, bis irgend etwas in mir sagte:
„Komm, ist gut jetzt!" Ja, ... und dann wäre es endlich vorbei. Einfach so.
Das wollte ich. Doch die erlösende Stimme schwieg, und ich fror unter den Erinnerungen meiner Kindheit und schnappte einsam nach Luft.
Madeleines Hand schob sich ganz sanft, aber drängend in meine Hand, und ich spürte ihre feingliedrigen Finger. Ihre Berührung durchfuhr meinen ganzen Körper, und ich fühlte mich unsagbar schwach.
Die Vergangenheit entblößte wieder ihre ekelhafte Fratze und die stinkenden, alkoholsauren Atemwolken meines Vaters umschlossen mein Gesicht und raubten mir die Luft zum Atmen, bevor er mich fürs Leben abhärtete.

„Es ist nur zu deinem Besten ..."
Irgendwann begriff ich die Lektion und schlug zurück.
Hart genug, dass er sich fortan nicht mehr traute.

Madeleine blieb stehen und nahm meine Hand.
„Was ist mit dir?" fragte sie, und ich begegnete ihrem Blick.
Ich fiel in den Abgrund ihrer Augen und verlor den Halt unter meinen Füßen. Mir wurde schwindelig, und ich ging in die Hocke, um nicht zu stürzen.
Madeleine beugte sich zu mir herunter, ihre Lippen zerflossen zu einem Kuss in meinem Gesicht, und ihre Wärme durchbrach das Eis um meine Seele.
Ich zerriss unter der Angst vor mehr, weil es sich so wunderschön anfühlte.
Isabelle blieb sitzen, ihr Platz war nicht leer, so sehr ich es auch in diesem Moment gebraucht hätte.
Schweigend und bedrückt gingen wir Hand in Hand zum Auto zurück.
Rubi trottete hinter uns her.
Bis kurz vor Bayonne flossen kaum Worte zwischen uns, es lief der Kassettenrekorder und spielte unentwegt das „Exile on Mainstreet"-Album von den Stones, was mir ein Freund einmal aufgenommen hatte. Zwischendurch auch noch „Jolene" von Dolly Parton, was sich zwischen die Songs der Stones gemogelt hatte.
Die liebreizende Jolene störte nie.
Die Musik drückte alles aus, was wir empfanden, und wortlos spulten wir wieder und wieder nach „Sweet Virginia" oder „Jo-lene" zurück. Nach und nach verabschiedete sich unsere bedrückende Melancholie.

Schließlich erreichten wir Bayonne. Die Musik und die Fahrt hatten unserem Schweigen die Schwere genommen, außerdem hatten wir Hunger. Wir steuerten ein Bistro an und teilten uns eine große Portion Pommes Frites und eine Schale mit schwarzen und grünen Oliven. Rubi fraß draußen aus ihrem Napf.

Ich fragte die Bedienung, ob es irgendwo in der Nähe eine Bar oder einen Club mit Musik gäbe.
„Vielleicht versucht Ihr es mal im ‚Downstairs`, es ist hier in der Nähe", empfahl uns die Kellnerin und beschrieb uns den Weg dahin.
Das „Downstairs" lag nur einige Straßenblocks entfernt. Mittlerweile war es schon dunkel. Das fahle Licht der Straßenlaternen beleuchtete die schmale, brüchig asphaltierte Seitenstraße nur mäßig. Über einem Türeingang prangte in beleuchteten Neon-Buchstaben „Downstairs". Man musste klingeln, um hineinzukommen. Von draußen war an der Tür kein Laut zu hören, Madeleine und ich sahen uns etwas unschlüssig an.
„Na dann mal los", sagte ich aufmunternd und drückte den Klingelknopf. Zunächst tat sich gar nichts, aber dann öffnete sich eine Sichtklappe wie bei einem Briefkasten.
Ich blickte in ein grell geschminktes Gesicht mit Henriquatre-Bart und mächtigem Doppelkinn. Mit einem zackig kurzen Knallen wurde die Sichtklappe wieder zugeworfen und von innen verriegelt.
Madeleine und ich schauten uns einen Moment ratlos an. Plötzlich flog die Tür schwungvoll auf, und Henriquatre zeigte sich in seiner ganzen körperlichen und geschminkten Pracht:
„Ich komme ja schon, ... nein... halt! ... Ich komme nicht, ... ich eile!"
Ich musste lachen.
„Na, was haben wir denn da? Hallo, mein Süßer ..."
Der Türöffner hatte nur Augen für mich. Madeleine und mir verschlug es für einen Augenblick die Sprache.
Vor uns stand ein dicker Mann im hellblau-silbernen Mini-Glitzerkleid. Seine starken Beine steckten in schwarzen Nylons mit Netzgitter-Muster, die an den Oberschenkeln in Strapsen endeten. Hals, Nacken und Schultern waren von einer plüschigen, weinroten Federboa umschlungen. Die Füße waren eingeschnürt in beängstigend hohen und dolchspitzen Stilettos. Auf dem Kopf trug er einen rosafarbenen, von glitzernden Fäden durchzogenen Turban aus Satin-Stoff.

„Na, ...warum denn so schüchtern, mein Schnuckel?" sagte der maskuline Vamp, ergriff keinen Widerspruch duldend meine Hand und zog mich durch die Tür in die Bar hinein.
Und mit einem Seitenblick zu Madeleine:
„... und du darfst natürlich auch mit reinkommen, Schätzchen. Aber nur, wenn du dich ordentlich benimmst und mir den Süßen hier nicht abspenstig machst... Wir sind heute mal nicht so ..."
Er lächelte entwaffnend, umwedelte mich kokett mit der Federboa und zog mich weiter hinter sich her. Unter dem Turban kam ein schwarz behaarter Nacken mit einigen Speckröllchen zum Vorschein. Das Rückendekolleté war tief ausgeschnitten und gab unter anderem den Blick auf einen schwarzen BH mit Rückenverschluss frei.
Mit ausladendem Hüftschwung und tänzelnd abgespreizten Armen stöckelte die dicke Federboa mit mir im Schlepptau in den Barraum und verkündete mit hoher, nasaler Stimme:
„Schaut mal Kinder, ich hab Euch etwas Hübsches zum Ansehen und für mich zum Naschen mitgebracht ..."
Ein gut gelauntes „...oooh..." raunte durch den gedämpft beleuchteten Raum, und ich wurde intensiv von ungefähr fünfzehn Augenpaaren von oben bis unten begutachtet. Vielleicht wurde ich auch schon von einigen gedanklich entkleidet.
Madeleine blieb dagegen angezogen.
Die Musik lief in moderater Lautstärke. Man konnte sich noch ohne große Anstrengung unterhalten und musikalische Foltereinlagen, wie von Gloria Gaynor „I am what I am" oder Diana Ross „I want muscles", sorgten so für einen zumindest akustisch noch zu ertragenden Leidensdruck.
Hinter der Theke bediente ein muskulöser, braungebrannter Jüngling in einem engen Nichts von Muscle-Shirt und einer sehr kurzen, schwarzen, engen Lederhose. Auf dem Kopf trug er ein kleines, weißes Matrosen-Käppi, mit rotem Bommel. Um seinen Hals spannte sich eine rote Latex-Fliege und seinen Oberarm zierte die Tätowierung eines Ankers, umrahmt von einem roten Herz.

Die übrigen Gäste, bis auf Madeleine nur Männer, saßen auf Barhockern an der Theke oder standen in Zweier- oder Dreiergrüppchen um runde, metallfarbene Stehtische herum. Ein Pärchen tanzte eng umschlungen auf der kleinen Tanzfläche in einer intim beleuchteten Ecke des Raumes.
Ich befand mich immer noch im Griff der Federboa und warf Madeleine einen Blick zu. Sie grinste mich sichtlich amüsiert an.
Doppelkinn lächelte wiederum sein entwaffnendes Lächeln, legte seine fleischige, warme und weiche Hand auf meine Brust und säuselte:
„Ich bin Lola, mein Süßer und heute Abend gehörst du mir... So was wie dich darf man doch einfach nicht unversucht wieder laufen lassen."
Ich mochte sie sofort. Lola war herrlich direkt, ihre Annäherungen waren eindeutig, und ich stieg in ihr unverschämt frivoles Spiel ein. Ich streichelte ihr sanft mit meiner freien Hand über den Arm, und es knisterte fast unter meiner Handfläche, so haarig war er.
Ich lächelte Lola an:
„Ich bin Gottfried. Wenn Du es lieber Französisch oder etwas weicher magst, dann sag auch ruhig Geoffroi oder Geoffrey zu mir..."
„Oh mein Süßer! Ich liebe Französisch... und dann auch ruhig mal etwas härter..., mein kleiner schnuckeliger Gottfried", gluckste sie amüsiert.
Als sie meinen Namen „Gottfried" aussprach, klang es nach „Goddefriide".
Und es klang sehr Französisch, ... so wie Lola es gerne mochte und machte.
Sie nahm mich mit an die Theke und sagte mit resoluter Stimme:
„So, mein Herzblatt, jetzt stellst du mich aber erst mal deiner kleinen Freundin vor, damit ich ihr endlich sagen kann, was sie doch für einen süßen, schnuckeligen Mann erwischt hat."
Dann flüsterte mir Lola mit heißem Atem ins Ohr:

„... ich bin ja ganz neidisch auf sie ..."
Damit stöckelte Lola auch schon auf Madeleine zu, die über das ganze Gesicht lächelte. Ich konnte ihr gar nicht so schnell folgen, da hatte Lola Madeleine auch schon in ihre fleischigen Arme genommen und ihr ein Küsschen auf die Wange gegeben.
„So, das wäre erst einmal geschafft", sagte Lola zu mir, „... und jetzt stellst du mich deiner reizenden, kleinen Freundin vor."
Ich tat wie geheißen, Lola herzte Madeleine erneut:
„Madeleine? Oh, welch reizender Name für so ein hübsches, junges, unverdorbenes Ding wie dich ... Ach, warum haben meine Eltern mich nicht auch ‚Madeleine' genannt, das klingt doch viel bezaubernder als dieses lüsterne ‚Lola' ... Mit diesem Namen konnte doch nur eine Barschlampe aus mir werden – oder?"
Wir lachten, dann bemühte sie sich um etwas mehr Ernst in ihrem Blick und beugte sich zu Madeleine vor:
„Sag einmal, Madeleine, ich bin ja ganz neidisch auf deinen hinreißenden Mann und auch schon sehr eifersüchtig auf dich ... Kannst du ihn mir nicht mal für eine Weile überlassen? Du bekommst ihn ja auch wieder ..."
Lola machte eine kleine Pause und setzte dem frivolen Spiel noch einen obendrauf:
„Wir Frauen müssen doch zusammenhalten – oder?"
Madeleine lachte nur laut.
Mit einer gezierten Bewegung und gespieltem Beleidigtsein wandte sich Lola mir zu und nestelte mit spitzen Fingern an meiner Brust und an meinem Ohr herum:
„Deine Freundin nimmt mich anscheinend nicht ernst. Bitte erklär du's ihr... Es soll ja auch nicht für immer sein – oder, mein Süßer? ... nur für eine kleine, wilde Weile, ja?"
Ich lachte und drückte Lolas fleischigen, weichen Körper an mich. Sofort fuhr ihre Hand um meine Hüfte, und ich sagte zu ihr:
„Hör mal, Lola... Madeleine und ich sind zwar Freunde, und ich liebe sie wirklich sehr ..., aber wir sind kein Liebespaar. Und jetzt muss ich dir leider auch noch gestehen, dass ich wirklich

nicht schwul oder bi bin, sondern ein Hetero."
„Aber das macht doch nichts, mein kleiner Lustknabe, ... wir sind doch tolerant", konterte Lola.
Wir verbrachten mit Lola einen fröhlich-unbeschwerten Abend, trotz der geschmacklich grenzwertigen Musik. Sie war eine bezaubernde Existenz, wenn auch nicht frei von einer skurrilen Tragik.
Ich dachte an Rubi und gab Madeleine ein Zeichen zum Aufbruch.
Ich nahm Lolas dicke Hände und führte sie an mein Herz.
„... Lola", begann ich leise und machte eine dramatische Pause.
„Ja, was ist denn, mein Engelchen?" säuselte Lola.
Ich sah ihr tief in Augen:
„Lola, du musst jetzt ganz stark sein, denn ich werde dich jetzt verlassen."
„Was, jetzt schon ...?" juchzte sie entsetzt. Dann nahm sie Madeleine in den Arm und drückte sie fest an sich:
„Und du, mein kleines, unschuldiges Liebchen, sorgst ab sofort dafür, dass Ihr beide ein Liebespaar werdet. So einen wie den lässt man als Frau nicht so einfach gehen... Glaub mir, mein Herzchen, ...ich kenn´ mich mit den Männern aus ..."
Lola gab Madeleine einen saftigen Kuss auf die Wange und sagte aufmunternd:
„Also, streng dich an, meine Süße, sonst schnapp´ ich ihn dir weg ..."
Madeleine lachte, und ihr Blick wechselte von Lola zu mir. Dann druckste sie:
„... ich weiß aber gar nicht, ob ich gegen dich überhaupt eine Chance habe, Lola ..."
Lola küsste Madeleine entzückt nochmals auf die andere Wange. Dann drückte sie meine Hände an ihre Brust und schaute mir tief in die Augen:
„Spürst du mein Herz, wie es nur für dich schlägt, mein Goldstück?"
Damit nahm sie mich in ihre fleischigen Arme und klapste mir zum Abschied noch einmal mit einem „Huuch!" auf den

Hintern und kokettierte: „Willst du nicht doch noch bei Lola bleiben, mein kleiner Adonis? Ich könnte dir so viel bieten ... eine ganze Menge Lola ... und alles nur für dich ..."
Ich lachte und mein Blick wanderte an ihr auf und ab:
„Davon bin ich überzeugt Lola, das sehe ich ja. Ich danke dir."
Lola küsste zärtlich die Fingerspitze ihres Zeigefingers und legte sie an meine Lippen.
„Lebe wohl, mein unvollendeter Traum", hauchte sie.
Aber eine Frage wollte ich noch von ihr beantwortet haben, bevor wir endgültig gingen:
„Lola, wieso hast du deine Bar eigentlich ‚Downstairs' genannt? Bei dir ist doch alles ebenerdig ..."
Lola lächelte hinreißend unanständig:
„Ach, mein Süßer, was soll dir sagen ... die meisten meiner Wege führen nach unten ..."
Was für eine Antwort! Damit gingen wir.
Die Tür fiel hinter uns ins Schloss, und wir stolperten beinahe widerwillig in eine ganz andere Welt zurück.
Aber so viel war klar: Lola war das Beste, was uns nach den zuschnürenden Eindrücken und Begegnungen in Lourdes passieren konnte.
Die Musik im „Downstairs" war zwar nichts für zarte Gemüter und Ohren, denn Gloria Gaynor, Diana Ross, die Village People, Abba, Bronski Beat, Duran Duran und Donna Summer, um nur einige zu nennen, hatten diesen Abend mitunter recht strapaziös gestaltet, ansonsten hatte aber alles wundervoll mit Lola zusammengepasst.
Über unsere Erlebnisse in Lourdes hatten wir in stillschweigender Übereinkunft ihr gegenüber keine Silbe verloren.
Lolas „Downstairs" war eine Oase des Vergessens, der Leichtigkeit und Toleranz für Seelen, deren Alltag so manches Mal von Intoleranz und tumber Diskriminierung bestimmt wurde.
Mitten in der Nacht erreichten wir Fontaine Laborde.
In Jacques´ Bistro brannte noch Licht, es drang leise Musik zu uns herüber. Ich erkannte das melancholisch-schöne „Death of a clown" von den Kinks.

Einige Camper saßen an den Tischen und unterhielten sich mit gedämpfter Lautstärke. Jacques stand hinter seiner Theke und polierte Gläser, die er immer mal wieder gegen das Licht hielt, um sie auf Flecken zu überprüfen.
Trotz der vorgerückten Stunde und aller Geschäftigkeit wirkte er sehr entspannt, wie überhaupt diese ganze verlockend angenehme und unaufgeregte Szenerie. Hier und da ein Lachen, hin und wieder das Klacken der Billardkugeln ..., ich sehnte mich nach Ruhe und Entspannung, doch die Unruhe der Vergangenheit bohrte hartnäckig in mir ...
Madeleine schien auch etwas entrückt, in sich gekehrt und fahrig in ihren Bewegungen.
„Wollen wir noch zusammen an den Strand gehen?" fragte ich sie.
„Oh ja, sehr gerne, das ist eine gute Idee", reagierte sie fast erleichtert auf meinen Vorschlag.
Ein kurzer Pfiff und Rubi sprang sofort auf.
Madeleine nahm meinen Arm, legte ihn über ihre Schulter, hielt meine Hand fest und schmiegte sich schweigend an mich. Mir war auch nicht nach reden zumute. Ich war völlig durcheinander, zu durcheinander zum Denken, zum Fühlen – und um zu fühlen, was ich überhaupt fühlen durfte.
Eine bedrückende Leere der Einsamkeit nahm mich langsam in ihren Besitz. Je länger ich Madeleine im Arm hielt, je mehr wir uns dem Strand näherten, je lauter das Rauschen des Windes in meinen Ohren erklang und das Rauschen des Meeres in mich eindrang, je mehr ich das Salz der Luft und des Wassers auf meiner Haut spürte, desto mehr liebte ich sie, desto einsamer fühlte ich mich, desto enger wurde es in meiner Brust.
Madeleine konnte nichts dafür, aber sie konnte auch nichts daran ändern.
Ich zog sie ganz eng an mich.
Sie ließ es bereitwillig mit sich geschehen.
„Wie geht es dir?" fragte ich.
Sie blieb stehen, stellte sich vor mich und umschlang mit beiden Armen meinen Hals.

„Du fühlst dich so gut an", sagte ich zu ihr, und wir küssten uns.
„Wir werden kein Paar sein", sagte sie leise.
„Ich weiß", erwiderte ich mit heiserer Stimme, und wir versanken in einem sehnsüchtigen Kuss.
Irgendwo hinter uns verbellte Rubi ein skurril geformtes Knäuel aus gestrandeten Fischernetz-Resten, Seetang und Holz, welches durch die anrollenden Wellen immer wieder bewegt wurde.
Im Mondlicht erinnerten die Bewegungen an den eruptiven und bizarren Tanz eines Derwisches.

Madeleine lehnte mit ihrem ganzen Körper an mir, und ich umschlang sie von hinten mit meinen Armen. Ihr Kopf lag an meiner Schulter. Es bedurfte keiner weiteren Worte zwischen uns, wir hätten sie auch nicht gefunden.
Rubi lag zusammengerollt zu unseren Füßen im Sand.
Mein Zeitgefühl war mir abhandengekommen.
Es war Nacht – und das zu wissen, reichte aus.
Madeleine drehte sich in meinen Armen um:
„Wollen wir gehen, Gottfried?"
„Ja, komm wir gehen, Liebes", sagte ich und nahm ihre Hand.
Die Sandkörner rieben sich in unseren Handflächen und zwischen unseren Fingern. Einige Körner knirschten zwischen meinen Zähnen.
Ich war todmüde.
Auch Madeleine ging mit leicht unsicheren, schwankenden Schritten neben mir her.
Unsere letzte Anstrengung galt dem verklemmten Reißverschluss am Zelteingang, und nachdem dieser endlich aufgezogen war, glitten wir, so wie wir waren, auf den Zeltboden und schliefen fast auf der Stelle ein.
„... Vertigo ...", brummelte Madeleine leise vor sich hin, bevor sie endgültig einschlief.
„Vertigo ...", wiederholte ich, schon im Halbschlaf versunken.
„Vertigo?" Ein letzter Gedanke blitzte noch einmal wie ein heller Lichtstrahl durch die Dunkelheit des nahenden Schlafes,

ich wunderte mich über dieses merkwürdige Wort, bevor ich damit einschlief.
Es war sehr warm im Zelt, wir wachten beide schweiß-nass auf. Rubi lag an unserem Kopfende und hechelte kurzatmig und mit langer Zunge. Dabei fächerte sie uns stoßweise warme, abgestanden riechende Atemluft zu. Wie gerädert quälte ich mich zum Reißverschluss und zog ihn auf.
Kühle frische Luft und Sauerstoff verbreiteten sich nach und nach in unserem Zelt und regenerierten unsere Leben.
Ich lag flach auf dem Bauch, steckte meinen Kopf aus dem Zelt hinaus und schaute mich im Morgen um.
„Ey ..., ich will auch was sehen", drängelte Madeleine mit schläfriger Stimme von hinten. Sie legte sich mit ganzer Länge bäuchlings auf meinen Rücken und stützte ihr Kinn auf meine Schulter. Ihre Arme schoben sich unter meinen Achseln hindurch, und ich genoss Madeleines weiche Wärme. Ich spürte ihr ganzes Gewicht auf mir liegen, aber es beglückte mich.
Der unvergleichliche Auftakt zu ein paar Tagen, an denen wir nichts anderes taten, als zu faulenzen, an den Strand zu gehen, im Ozean zu baden, Bodysurfen auszuprobieren, mit Rubi spazieren zu gehen und ab und zu Jacques´ großartigen Milchkaffee zu genießen.
Leichte Tage ohne schwere Gedanken der Erinnerung und ... ohne Isabelle.
Ich hatte sie nicht vergessen, warum auch?
Ich dachte nur nicht an sie.
Madeleine und ich saßen abends, nach getaner Arbeit, am Strand. Wir hatten eine Strandburg mit gewaltigen Mauern um uns herum gebaut. Für Rubi hatten wir sogar einen eigenen, kleinen Tunnelgang errichtet, durch den sie munter ein- und auslief.
Wir saßen windgeschützt in unserem Kunstwerk aus Sand und schauten in den Himmel, als mir auf einmal wieder das Wort „Vertigo" einfiel.
Aus dem Reflex heraus sagte ich laut: „Vertigo!"
Madeleine blickte mich verwundert an:

„Wie kommst du auf Vertigo ..., kennst du ihn etwa?"
„Nein, keine Ahnung. Ich habe nie was von ihm oder davon gehört, und ich weiß auch gar nicht, wer oder was das überhaupt sein soll. Du hast es mal beim Einschlafen vor dich hin gemurmelt, ... in der Nacht, nach unserem Tag in Lourdes", sagte ich.
„Wirklich? Beim Einschlafen?"
„Ja", betonte ich.
„... ich habe mich noch über dieses eigenartige Wort gewundert, bin dann aber damit eingeschlafen", schob ich murmelnd nach und fragte:
„Wer oder was ist denn jetzt Vertigo?"
Madeleine schüttelte lächelnd den Kopf.
Ihre Antwort war ebenso liebenswürdig wie trocken:
„Vertigo ist eine Gute-Nacht-Geschichte."
Ich hatte eigentlich mit nichts gerechnet, aber das hatte ich wiederum überhaupt nicht erwartet, so fragte ich amüsiert nach.
Madeleine erklärte:
„Mein Vater erzählte mir immer die Geschichte von Vertigo, wenn ich im Bett lag und nicht einschlafen konnte. Als Kind machten mir die Geräusche unserer Waschmaschine Angst, wenn sie abends oder manchmal auch nachts lief. Es war eine alte Waschmaschine. Sie zischte und fauchte so unheimlich beim Hochkochen des Wassers, und es rumpelte dumpf, wenn ihre schwere Trommel langsam gedreht wurde. Oft lag ich dann wach im Bett und starrte immerzu an die Decke.
Wir wohnten in einem alten Haus auf dem Land, und zwischen den rissigen und knarzenden Dachbalken hatte ich einen freien Blick auf das mit Lehmziegeln gedeckte Dach. Das sah im Dunkeln von unten furchtbar gespenstisch aus und unheimlich – besonders wenn der Mond durch eine der Ritzen schien und seine bizarren Schatten warf. Dann bekam ich Angst, weil die Geräusche der Waschmaschine sie zum Leben erweckte.
Dann setzte sich mein Vater zu mir auf die Bettkante und erzählte die Geschichte von Vertigo ..."
Madeleine hielt mit dem Reden inne. Unwillkürlich dachte ich

an meinen Vater. In meiner Erinnerung saß er auch an meinem Bett, aber er nahm mir die Luft zum Atmen, statt Geschichten zu erzählen.
Sie rutschte näher an mich heran und drückte mich sanft, aber nachdrücklich zurück und damit auch meine beklemmenden Gedanken beiseite.
Sie legte ihren Kopf an meine Schulter und umschlang mit einem Arm meinen Brustkorb.
Ich liebte Madeleines weiche Wärme und ihren Geruch.
„Bitte erzähl weiter", bat ich heiser.
„Aber nicht, dass Du mir hier einschläfst, okay? ... Ich werde dir die Gute-Nacht-Geschichte nämlich kein zweites Mal erzählen, mein lieber Gottfried," lachte sie mit einem zärtlichen Unterton in ihrer Stimme.
Ich versprach, wach zu bleiben, und Madeleine begann mit der Erzählung, nachdem sie vorher meine Schulter und Brust mit dem Kichern eines kleinen Mädchens wie ein Kopfkissen erzähl-bequem zurecht geklopft und es sich auf mir gemütlich gemacht hatte:
„Die Waschmaschine schleuderte so, wie sie es etwa alle fünf oder sechs Tage tat. Ein Aschenbecher tänzelte im Rhythmus auf ihrem Deckel herum. Vertigo saß am Tisch und trank seinen Kaffee, der wieder einmal nach sandigem Staub schmeckte.
Schweigend beobachtete er, vor sich auf dem Tisch, den durch die Schwingungen der Waschmaschine nervös vibrierenden Deckel der Kaffeekanne.
‚Vielleicht sollte ich mir doch mal ein kleines Dach bauen', dachte er und betrachtete die feine Staubschicht in seiner halbvollen Tasse. Aber Dächer machten Vertigo Angst. Er glaubte, sie würden ihm die Fähigkeit rauben, eines Tages einmal, ganz oben, nach den Sternen greifen zu können.
Also trank er seinen Kaffee morgens oder auch zu anderen Tages- und Nachtzeiten mal staubig, eisig on the rocks, schneeweiß, frühlingswarm, regenkühl oder sogar siedend heiß.
Das passierte ihm allerdings nur einmal, nämlich, als sich ein Kugelblitz in seine Kaffeetasse verirrte.

Dieser beschwerte sich anschließend wütend bei Vertigo, ob er denn nicht besser aufpassen könne, wo er seine Tassen plaziere. Angewidert spuckte der kleine Kugelblitz den Kaffee aus: ‚Bääh ... dazu auch noch ohne Zucker! Pfui Teufel!'
Er schüttelte sich ärgerlich, dann versuchte er, vom Tisch zu starten.
Der Versuch ging gründlich daneben, stattdessen plumpste er wie ein nasser Sack auf den Boden.
Er nahm mit platschenden Schritten viel Anlauf, trotzdem blieb es bei der feuchten Bodenhaftung.
Er versuchte es mit Springen, aber er prallte immer wieder hart auf den Boden. Seine knollige Nase war nach den erfolglosen Startversuchen schon völlig verbeult.
Vertigo verfolgte das merkwürdige Geschehen eine Zeitlang sprachlos mit. Schließlich platzte es mit einem lauten Lachen aus ihm heraus, obwohl ihm der kleine Kerl in seinem verzweifelten Bemühen auch ein wenig leid tat.
Dennoch gönnte sich Vertigo die nicht minder aufrichtige Schadenfreude, weil er sich beim Trinken eines Schlucks vom blitz-erhitzten Kaffee äußerst schmerzhaft nicht nur den Gaumen und die Oberlippe verbrannt, sondern auch noch Teile seiner Unterlippe und seiner Fingerkuppen geopfert hatte, die an Kaffeetasse und Henkel festgeschmort waren und jetzt als verkohlte Hautfetzen das Porzellan verzierten.
Vertigo besaß keinen Spiegel, so blieb ihm der Blick auf sein geschundenes Spiegelbild erspart.
Seit diesem Zwischenfall schloss Vertigo vorsichtshalber Türen und Fenster und warf einen Blick zum Dach, bevor er einen Schluck Kaffee zu sich nahm, man konnte ja nie wissen. Er hat nie wieder etwas von dem kleinen, wütenden Kugelblitz gehört oder gesehen. Der war triefend und fluchend, mit schnippisch erhobener, aber verbeulter Nase, platschenden Schrittes davon gewatschelt.
Vertigo dachte noch länger über den ungewöhnlichen, kosmischen Einschlag in seinem Leben und in seiner Kaffeetasse nach:

‚Wenn solche Dinge aus dem Himmel ausgerechnet mich erreichten, warum sollte mir dann nicht auch im Gegenzug das ganz Große glücken?'
Der Gedanke gefiel ihm und er stellte sich vor, wie er zu einem geheimnisvollen Abenteuer in eine unbekannte, weit entfernte Dimension von unvorstellbar großem Ausmaß aufbrach.
In seiner Phantasie wurde er auf der Erde aus dem All angesogen und seine Füße lösten sich vom Boden.
Sein Körper wurde schwerelos.
Vertigo hob von der Erde ab und schwebte der kosmischen Ungewissheit entgegen, aber sein Ausflug in die galaktische Unendlichkeit wurde jäh ausgebremst, weil er mit dem Schädel gegen den Dachbalken knallte!
Was sollte er tun?
Sein Kopf brummte, und Vertigo rieb sich unschlüssig über seine Beule.
Er war so besessen von seiner kosmischen Idee, dass er kurzentschlossen Teile vom Dach seines Hauses entfernte, um jederzeit für sein Abenteuer im Weltall geöffnet zu sein ... Aber was sollte er nur gegen den Staub in seinem Kaffee tun?"
Madeleine verstummte und räkelte sich an meiner Brust. Die Geschichte endete ohne ein richtiges Ende.
Viele Gedanken schossen mir durch den Kopf, ich starrte wortlos in den Nachthimmel.
„Na ...?" knuffte sie mich.
„Etwas verrückt, aber wunderschön zugleich ... Und dein Vater hat dir immer diese Geschichte erzählt?" fand ich meine Worte wieder.
„Ja, er saß mit seiner Kaffeetasse in der Hand auf meiner Bettkante und erzählte mir immer wieder von Vertigo."
„Nur diese eine Geschichte? Kannte er keine anderen?" wollte ich wissen.
Madeleine nestelte mit ihren zierlichen Fingern an meinem Hals herum. Es kitzelte und prickelte leicht. Dann sagte sie mit leiser Stimme:
„Doch, er konnte schon noch mehr Geschichten erzählen, aber

ich wollte immer nur diese eine hören. Sie nahm mir einfach die Angst. Während mein Vater erzählte, schwebte ich durch das Dach zu den Sternen hinauf und spielte mit ihnen ... Alles fühlte sich ganz leicht und hell an, wenn ich das Schwarz der Schatten und die kalten, harten Dachziegeln erst einmal durchdrungen hatte ..."
Am Schluss ihrer Ausführungen klang Madeleines Stimme sehr zerbrechlich.
Mich überkam eine leise Ahnung.
„Madeleine..." begann ich zögerlich, ich musste diesen Gedanken jetzt einfach zu Ende bringen:
„Warum warst du alleine mit deinem Vater? Was ist mit deiner Mutter? Wo ist sie?"
Ich spürte, wie es Madeleines Körper durchzuckte, und ihre Hand krallte sich in meiner Seite fest. Gleichzeitig schien sie für einen Moment völlig in sich zusammenzufallen.
„... Sie saß im Zug, auf der Rückfahrt von Lourdes. Meine Mutter war allein unterwegs ..."
Ihre Antwort durchfuhr mich wie ein elektrischer Schlag:
„Estelle?"
Für einen kurzen Moment vergrub sie ihr Gesicht in meiner Schulter:
„Ja ..." Ihre Stimme bebte leicht.
Ich wollte begreifen:
„... aber warum ...?"
„Warum ich dir nicht von Anfang an alles richtig erzählt habe? Das meinst du ...?" unterbrach sie mich.
Ich nickte, und Madeleine erhob sich von meiner Brust.
Dann beugte sie sich ganz dicht über mich, und ihr süßer Atem umschmeichelte mein Gesicht.
„Hast du es denn getan? Vertraust du überhaupt jemandem, Gottfried? Könntest du das ...?"
Volltreffer! Mein Herz stolperte hart, und in meinem Kopf entlud sich eine wilde Eislawine der Erinnerungen, durchsetzt vom Stöhnen meiner Mutter aus dem verschlossenen Zimmer, welches jedoch nicht mein Vater bei ihr erzeugte..

Madeleine atmete tief durch, holte Schwung und richtete sich entschlossen auf:
„Es ist genug jetzt, Schluss damit!"
Übermütig kniff sie mir in die Seite, und ich zuckte zusammen. Wir sprangen auf, rannten zum Meer und tobten im Wasser herum. Dann ließen wir uns von den Wellen mitreißen und treiben. Hand in Hand liefen wir aus dem Wasser und spritzten uns gegenseitig nass.
Am Strand spielten wir ausgelassen mit Rubi herum und waren bei unserer Rückkehr zum Campingplatz über und über mit feinen Sandkörnern bedeckt.
Es führte kein Weg mehr an den kalten Duschen vorbei ...
Bei den ersten kalten Wasserstrahlen entfuhr Madeleine ein hoher, lauter Schrei, der in meiner benachbarten Duschzelle meine Ohrenkanäle durchdrang. Sofort danach japste sie unter den kalt brausenden Duschstrahlen nach Luft und trommelte mit ihren Füßen auf dem nassen Boden der Duschwanne herum.
Ich bekam einen Lachanfall, während mir die eiskalten Wasserstrahlen in meiner Kabine Kopf und Haut zersplitterten.
Abrupt beendeten wir unsere Kaltwasser-Reinigung.
Gleich darauf stob Madeleine in meine Duschkabine hinein und flog in meine Arme, um sich an mir zu wärmen.
Ihr Körper war eine einzige Gänsehaut und zum gefühlsbetonten Streicheln zu griffig. Wir rubbelten uns gegenseitig mit unseren Handtüchern warm und trocken und alberten herum wie Kinder.
Dann schlüpften wir wieder in unsere Sachen.
Wir hatten sie vorher ausgeklopft. Auch von innen.
Die Sandkörner kratzten trotzdem auf der Haut. Überall.
Beim Zelt kochten wir uns wieder mal Ravioli in Tomatensauce. Seit Tagen lebten wir von Ravioli und Baguette, als feste Ergänzung zu Pastis, Bier, Kaffee oder Wasser. Die Zigaretten hatte ich dagegen noch nicht wieder angerührt. Mir war nicht sehr nach Nachfeuerung mit oralem Kaminholz zumute, und so vertrockneten die Gauloises bröselnd in meiner Jackentasche.

Dennoch spürte ich wieder stärker diese unheilvolle Unruhe, die mit eisernem Griff mein Herz umklammerte. Noch war ich in der Lage, diesem Klammergriff etwas entgegen zu setzen, denn ich wollte nicht weiter.
Nicht jetzt sofort. Eigentlich wollte ich überhaupt nicht mehr weiter.
Wir stippten schweigend, jeder in seine eigenen Gedanken gehüllt, unsere Baguettes in die Tomatensauce..
Madeleine musterte mich eindringlich:
„Was ist mit Dir?"
Sie schien meine Gedanken zu erahnen.
Ich schaute zu Boden.
„Ich muss weiter", brach es aus mir heraus, und es schnürte mir die Kehle zu.
Madeleines Gesichtsausdruck blieb unbewegt, und dennoch sah ich diesen Schleier herunterfallen.
„Du musst weiter?" fragte sie leise.
Ich fühlte mich furchtbar.
„Ja, Liebes", sagte ich mit stockender Stimme, „es geht einfach nicht anders, bitte glaub mir das. Ich lass dir mein Zelt da, wenn du magst."
Madeleine huschte ein trotziges Grinsen über das Gesicht:
„Du bekommst es aber nicht zurück. Ich weiß nicht, ob ich es dir überhaupt zurückbringen möchte."
„Das Zelt ist doch egal", sagte ich. „Du darfst nur nicht von einem Kugelblitz verglüht werden ... Das ist wichtig."
Madeleine lächelte traurig. Dann streckte sie ihre Hand nach mir aus. Wir rutschten ins Zelt hinein.
Ich hielt Madeleine in meinen Armen, und sie drückte sich ganz eng an mich. Mit beiden Händen umschloss sie vor ihrer Brust meine Hand und führte sie hoch, bis ganz dicht an ihr Gesicht.
Leise begann ich, ihr die Geschichte von Vertigo zu erzählen, und einige stille Tränen perlten auf meine Hand.
Als die Geschichte zu Ende war, schlief Madeleine. Ich spürte ihre Wärme und ihre gleichmäßigen Atemzüge.

Ich wünschte mir so sehr, bei ihr bleiben zu können ... das war mein letzter Gedanke, bevor auch ich einschlief.
Viel zu früh am Morgen wachte ich von einem leichten Winseln, gefolgt von einem kitzelnden Schnuppern an meinem Ohr auf. Ich drehte mich weg, aber Rubi winselte wieder und leckte mir kurz und unruhig mein Gesicht.
Ich ließ Rubi aus dem Zelt hinaus.
Unverzüglich lief sie zu den Büschen am Eingang des Platzes und trottete kurz darauf schwanzwedelnd und mit erleichterten Schritten zurück.
„Wenn wir schon wach sind, dann könnten wir doch genauso gut einen kleinen Spaziergang machen – oder?" raunte ich Rubi zu und streichelte sie mit beiden Händen.
Wir gingen zum Strand hinunter, wo ich ein paar Stöcke und Muscheln für sie warf. Ich fröstelte leicht.
Die Luft war mild, aber auch sehr feucht und der Morgen noch sonnenlos grau. Sogar die Wellen schienen noch verhalten im Halbschlaf zu rauschen.
Nur Rubi schnüffelte und buddelte fröhlich im Sand herum. Ich pfiff sie heran und machte mich auf den Rückweg.
Vor dem Seiteneingang der Bäckerei stand wieder mit geöffneter Tür der alte Lieferwagen, und ich kehrte mit zwei knusprigfrischen Baguettes unter dem Arm zum Campingplatz zurück.
Madeleine schlief noch. Ich legte die Brotstangen ins Auto und gab Rubi etwas zu fressen.
Mehr flüchtig als bewusst streifte mein Blick Marcs Stellplatz.
Marc saß in seinem Armlehnen-Stuhl am Tisch. Seit unserer ersten Begegnung hatte ich keine längere Unterhaltung mehr mit ihm geführt.
Er war apathisch in sich versunken und versuchte, mit unsinnig hilflosen Bewegungen sein Glas zum Mund zu führen, um einen Schluck zu trinken.
Mein Verlangen nach Marcs Drogensumpf und seinem kaputten Gelaber hielt sich sehr in Grenzen, aber ich ging trotzdem hinüber, um nach ihm zu schauen.
„Hallo Marc", sagte ich.

In Zeitlupentempo und mit schwankendem Kopf wandte er sich mir zu. Mit seltsam entrücktem Blick stierte er mich aus starren, glasigen Augen an. Mich durchfuhr ein Schauer-Gemisch aus Mitleid und Ekel.
Wahrscheinlich erkannte Marc mich nicht einmal mehr.
„Siehst du den Kaktus dahinten?" sagte er mit zähfließenden Worten.
„Welchen Kaktus? Wo?"
Marcs träge schwankende Hand deutete auf einen kleinen Erdhügel, im hinteren Teil des Camping-Geländes. Zwischen Gestrüpp und Hecken entdeckte ich einen Kaktus, von etwa kniehoher Größe, mit harten, spitzen Stacheln. Seine Rinde war übersät von verschorften, grauen Narben.
„Was ist mit dem Kaktus, Marc?" fragte ich.
Marcs glasige Augen fixierten mich:
„Er hat geflucht ..."
„Komm Marc, was redest Du denn da ...?"
„Gottverdammter Mist! ... er hat – gottverdammter Mist! – geflucht ..."
Marcs glasige Augen hafteten weiter auf mir und starrten dennoch in die absolute Leere. Dann zog er kraftlos an seiner Zigarette und sagte nichts weiter.
„Und warum sollte der Kaktus so fluchen?"
„Er ist gestolpert", lautete seine trockene Antwort.
Marc verzog keine Miene, auch wenn er dazu wahrscheinlich sowieso nicht mehr in der Lage gewesen wäre.
„Wie denn gestolpert? Der Kaktus steht doch einfach nur da, Marc ..."
Es war sinnlos:
„Na schön, Marc, er ist also gestolpert. Dann möchte ich jetzt aber wissen, wieso und wann. Los Marc, ... die ganze Geschichte ...", forderte ich ihn auf.
Marc wandte mir langsam sein zur Maske erstarrtes Gesicht zu. Mit monoton leiernder Stimme begann er zu erzählen:
„Der Kaktus fluchte, weil er über den Stein gestolpert ist. Er lag im Weg. Der Kaktus hatte ihn übersehen, weil die Sonne

ihn blendete. Der Kaktus stand wieder auf, und er ärgerte sich, denn seine Stacheln hatten sich durch den Sturz überall, also ineinander und in seiner Haut verhakt und die zog nun überall Falten. Ehrlich ..., der Kaktus sah richtig runzlig und zerknittert aus, so wie'n ganz alter Knitter-Greis ... Und weißt Du, was der Kaktus dann gesagt hat?"
Marcs glasige Augen starrten mich abwartend an. Sein Zustand war alles andere als angenehm zu ertragen, aber seine Erzählung war, trotz der frühen Morgenstunde und der tragischen Begleitumstände, gleichzeitig sehr unterhaltsam.
Ich lieferte ihm den Impuls zum Weitererzählen:
„Nee, Marc, ich war ja nicht dabei, so wie du. Was hat der Kaktus gesagt?"
„Puuh! Da hab ich ja noch mal Glück gehabt ... meine so schön glatte, zartgrüne Haut ... Das hat der Kaktus gesagt ..." Marc nickte nachdrücklich mit dem Kopf. Diese ganze Geschichte meinte er vollkommen ernst, er stellte alles als ein reales Ereignis dar. Das war die erschütternde Realität.
Marc nahm den Faden wieder auf:
„Das war noch nicht alles, was mir der Kaktus erzählte .... er sagte: ‚Weißt du, ich bin mal auf eine reingefallen, das war übel schmerzhaft, kann ich dir sagen ... Sirita hieß die Biene ... so'ne Rothaarige ... die hatte überall diese feinen, einladend roten Stachelbüschelchen ... Naja, und anschließend war meine zartgrüne Haut fast überall von einem feinen, rötlichen Pelz überzogen. Ich kann dir sagen, das juckte vielleicht! Ich sprang sogar in einen Tümpel, um meinem juckenden Dasein ein Ende zu bereiten. Aber ich ging nicht unter, und schließlich gab ich nach zwei Tagen das Ertrinken auf ...'"
„Marc, jetzt ist aber mal gut", unterbrach ich ihn, „das alles soll dir der Kaktus erzählt haben?"
Marc reagierte empört:
„... und zwar Wort für Wort! Genauso hat er es mir erzählt! ... und die Geschichte geht sogar noch viel weiter ..."
Ich beschloss, meine Einwände zurückzuhalten und Marc diese abstruse Geschichte zu Ende erzählen zu lassen.

Er deutete mit schwacher Geste in die ungefähre Richtung des stacheligen Gewächses:

„... also dieser Kaktus da drüben stieg, nachdem er seinen Selbstmord aufgegeben hatte, aus dem Tümpel und wanderte los, schwerfällig und mühsam, aufgeschwemmt vom vielen Wasser. Ja ... und dann stolperte er über den Stein ..."
Ich grinste:
„Den Stein ...?"
Meine Skepsis ließ Marc gänzlich unbeeindruckt. Stattdessen zeigte seine zittrige Hand auf eine Stelle unmittelbar vor dem kleinen Hügel und dem Kaktus.
„Meinst Du den mit der kleinen Kante?" fragte ich.
„Genau den", bestätigte Marc. „Über diesen Stein ist er gestolpert!"
„Ganz schön fies, dieser Stein, nicht wahr?" schob Marc hinterher.
„Wie kann denn ein Stein um alles in der Welt fies sein?"
Marc ließ sich nicht beirren:
„Nun, das ist absolut kein Zufall, dass dieser Stein da liegt. Der liegt da, tief und sicher unter der Erde eingebuddelt. Den tritt niemand mal eben aus Ärger weg, wenn er darüber gestolpert ist. Sein Dasein dort ist das Ergebnis eines Paktes, den er vor langer Zeit mit Wind, Regen und Sonne geschlossen hat. Dieser Stein da ...," Marc zeigte nochmals mit schwankendem Nachdruck auf die Erdanhöhe: „ist ein dreister Fiesling, der gut getarnt und hinterhältig im Weg liegt! Besonders gut funktioniert seine niederträchtige Gemeinheit, wenn die Sonne direkt ins Gesicht blendet oder man bei starkem Regen nur an die Nässe denkt und gar nicht mehr auf den Weg achtet oder stürmischer Wind einem Sand in die Augen bläst oder dir Zweige und Äste an den Kopf fliegen.
Natürlich stürzt man dann über diesen fiesen Stein, weil man nichts erkennen kann."
Marcs glasige Augen, eingebettet in einem Gesicht mit absolut ausdrucksloser Mimik, ruhten auf mir.
Irgendwie schien er aber immer noch nicht ganz durch zu sein

mit seiner abstrusen Geschichte, also fragte ich noch einmal nach und machte mich auf alles gefasst:
„Okay, Marc ..., nur um Deine Geschichte mit diesem Kaktus richtig zu verstehen ..."
„Das ist keine Geschichte, hörst Du? Es war alles so, wie ich es erzählt hab", protestierte Marc mit schwerer Zunge.
Ich lenkte ein:
„Also schön, ... keine Geschichte. Aber dennoch will ich von Dir wissen, wo dieser Kaktus überhaupt hin wollte ... Was hatte er denn vor ...?"
„Das hat er mir nicht gesagt", nuschelte Marc – und sein Zeigefinger schob sich schwankend in die Höhe:
„... aber dafür weiß ich, was ihm alles auf dem Weg vom Tümpel bis hierher passierte, bevor er über den Stein gestolpert ist..."
„Marc ... ich muss jetzt rüber zu meinem Zelt ...", würgte ich an dieser Stelle weitere Schilderungen ab. Ich hatte genug von Marcs erbarmungswürdigen Zustand.
Sein Kopf schwankte nicht mehr, er war herunter sackt und ruhte mit dem Kinn auf der Brust. Seine Augenlider blieben immer länger geschlossen.
„Marc", sagte ich im Weggehen, „hast du überhaupt geschlafen? Vielleicht solltest Du Dich einfach mal hinlegen ... Du siehst absolut fertig aus ..."
Kaum hatte ich meinen Satz zu Ende gesprochen, schnellte Marc unvermittelt hoch, schwankte mit zwei, drei zielstrebigen Schritten zu seinem Bulli und verschwand.
Noch einen kurzen Moment verharrte ich in einer eigentümlichen Mischung aus Ratlosigkeit, Mitleid und Belustigung, dann überließ ich Marc seinem selbstgewählten Schicksal und seinem psychotischen Drogenrausch.
„Anscheinend hat der alles von sich in den Orbit geschossen", dachte ich und wünschte ihm diesen kleinen Anker zur Realität, obwohl Marc mich auch nervte, trotz der Kaktus-Geschichte, die mir einen tragisch-amüsanten Einstieg in den Morgen beschert hatte.
Ich zog den Reißverschluss an meinem Zelt auf, steckte den

Kopf durch den Zelteingang und sank in Madeleines Arme, die mich umschlangen und sanft zu Boden zogen.
„Guten Morgen", sagte sie mit trockener, schlaftrunkener Stimme, „... wo warst Du denn?"
Ich erzählte ihr von meinem Strand-Spaziergang mit Rubi und Marcs abstruser Kaktus-Geschichte. Madeleine lachte sich an manchen Stellen kaputt, aber auch sie wünschte Marc, dass er es in die Realität zurück schaffen würde.
Es war immer noch früh am Morgen, die Vögel zwitscherten und krakeelten laut herum. Ich kochte uns Kaffee.
Wir saßen uns im Schneidersitz gegenüber, und ich tunkte bedrückt ein Stück Baguette in meinen Kaffee.
„... Du wirst mir fehlen ..., ich ... ich vermisse Dich jetzt schon", sagte ich leise.
Ihre schönen blauen Augen verloren für einen Moment ihr Strahlen:
„Du willst also tatsächlich fahren ...?"
„Ja, ... nach dem Frühstück ..."
Madeleine tauchte die Spitze ihres Zeigefingers in ihren Kaffee und spielte gedankenverloren darin herum.
Nach ein paar Kreisen zog sie ihn wieder heraus und steckte die Fingerspitze in den Mund.
Sie sah mich an. Da war kein Lächeln mehr in ihrem Gesicht.
Es schnürte meine Seele zu.
Aber ich konnte nicht anders.
Irgendetwas trieb mich weiter, und ich verfluchte dieses „Irgend" und noch mehr das „Etwas".
Ich war innerlich zerrissen, obwohl alles hätte so klar sein können. Ich erfror unter diesen verdammten Bildern und dem nicht enden wollenden höhnischen Gelalle und Stöhnen der Vergangenheit, und ich verbrannte an Madeleines Wärme und ihrer hinreißenden Leidenschaft im Scheiterhaufen des Vertrauens.
Ich wäre so gerne geblieben.
Bei Madeleine. Aber es fühlte sich falsch an, obwohl ich spürte, wie richtig sie war.

Ich stand auf und kroch ins Zelt, um meine Sachen zusammen zu kramen.
Madeleine verschwand schweigend in Richtung Duschhaus.
Sie hatte mein lähmendes Unglück nicht nur verdrängt, es war für eine Weile unwichtig geworden und manchmal sogar verschwunden. Ich hatte mit ihr unschätzbar schöne, durch nichts zu ersetzende Stunden verbringen dürfen.
Isabelle war endgültig aufgestanden und gegangen. Ihr Platz war leer, aber ich wollte diese Leere auch als Bereicherung begreifen. Ich wollte diesen Platz auf keinen Fall einfach neu besetzen und schon gar nicht mit Madeleine.
Das hätte alles zerstört.
Es gab etwas, was mir in ihrer Gegenwart manchmal die gleiche Luft zum Atmen nahm, die ich soeben durch ihr Lachen in mich aufgesogen hatte.
Ich ging, weil ich Madeleine brauchte, weil ich sie liebte.
Ich lud meine Sachen in die Dyane und lief hinüber zum Bistro. Jacques stellte gerade die Stühle und Barhocker auf. Seine Tageszeitung lag noch zusammengefaltet auf der Theke, und aus dem Wasserhahn lief Wasser in das Spülbecken mit dem Bürsten-Einsatz. Die große Kaffeemaschine hinter der Theke brodelte leise vor sich hin und heizte das Wasser auf Betriebstemperatur.
„Guten Morgen, Geoffroi", grinste Jacques, „... geht's gut? Du bist schon früh unterwegs ..."
„Danke Jacques, ja, es geht gut. Ich konnte nicht mehr schlafen und war mit dem Hund am Strand."
Von meinem Erlebnis mit Marc erzählte ich nichts.
„Ich gehe auch gerne früh an den Strand, besonders an einem schönen Morgen wie heute", sagte er.
Er warf einen kontrollierenden Blick auf die Kaffeemaschine und fragte:
„Alles bereit! Wollen wir einen Kaffee zusammen trinken?"
„Ja, sehr gerne," erwiderte ich.
Ein paar Augenblicke später saßen wir mit unseren Milchkaffees nebeneinander am Tresen.

Ich erzählte Jacques von meiner unmittelbar bevorstehenden Abreise und dass Madeleine noch ein paar Tage bleiben würde. Jacques sah mich verständnislos an und schüttelte den Kopf: „Das ist jetzt nicht Dein Ernst?! ... Du lässt dieses wunderbare Mädchen hier zurück? ... Dir ist doch nicht mehr zu helfen, Geoffroi ..."
Jacques hatte mit seiner Standpauke vollkommen Recht.
Ich bezahlte die Gebühren für den Campingplatz und gab ihm noch Geld für ein paar weitere Tage, um Madeleine auszulösen. Jacques nahm das Geld in Empfang, und er gab mir sein Wort, auf Madeleine zu achten, falls sie Hilfe benötigen sollte.
„Ich komm ganz bestimmt wieder zurück an diesen wunderbaren Ort! Bis bald, auf Wiedersehen, Jacques", verabschiedete ich mich von ihm.
„Aber bring das nächste Mal besser eine wasserdichte Plane mit ...", grinste Jacques' Zahnlücke mir breit entgegen, dann ging ich.
Madeleine war inzwischen zurück beim Zelt. Ich drückte ihr einen kleinen Zettel in die Hand.
Es war das erste Mal, dass ich das tat.
Als meine Geschwister stark genug waren, sich selbst zu wehren, bin ich gegangen. Einfach so, ohne Zettel.
„Meine Adresse", sagte ich zu ihr, „... vielleicht brauchst Du sie ja doch einmal."
„Ganz bestimmt nicht ...", flüsterte sie.
Ich schluckte schwer an ihren Worten.
Ich nahm sie in den Arm.
„Ich habe Dir auch Besteck und Geschirr dagelassen ..."
Ich war so hilflos und wusste nichts anderes zu sagen, aber das war auch schon dämlich genug.
„... Du brauchst gar nicht zu glauben, dass ich dir´s zurückbringe oder den Abwasch für dich erledige ..., du ... blöder ... Scheiß-Kerl ...", sagte sie mit trotziger Stimme, und ihre Augen füllten sich mit Tränen.
„... ist überhaupt nicht wichtig ..., nur du zählst, Madeleine ... Pass bitte auf dich auf, ja?"

Ich fühlte mich unsagbar schlecht, aber ich konnte nicht anders, so sehnlichst ich es mir auch wünschte. Und die höhnische Stimme klatschte kalten Beifall.
Wir umarmten uns ein letztes Mal. Ich sog den Geruch ihrer Haut und ihrer Haare in mir auf. Sie roch so unbeschreiblich gut.
Ich ging zu meinem Auto und öffnete die Tür. Mir schossen die Tränen in die Augen.
Rubi blickte einmal zögernd zu Madeleine, dann sprang sie mit einem Satz auf die Rückbank.
Ich startete den Motor. Blöderweise sprang er sofort an.
Langsam rollte ich vom Campingplatz. Im Rückspiegel sah ich ein letztes Mal Madeleine. Sie verbarg den Zettel in ihren Händen.
Ich bog auf die Nationalstraße in Richtung Pau und später weiter nach Perpignan. Ich fuhr vor den Gipfeln der Pyrenäen entlang, ohne für die schönen Dörfer und Landschaften den Blick übrig zu haben, den sie verdient hätten. Wahllos hatte ich irgendeine Kassette mit gemischten Titeln in den Rekorder geschoben, was sich schnell als ein „Griff in die Vollen" entpuppte.
Zunächst schmachteten die Rolling Stones ihr „Angie" aus dem Lautsprecher, dann trieben mich Dion & the Belmonts mit „The Wanderer" immer weiter in die Ziellosigkeit meines Daseins, und nach dem melancholischen „Those were the days" von Mary Hopkins schnulzte Elvis unübertroffen gegen das Dröhnen des Motors mit „Are you lonesome tonight" an.
Ich dachte unentwegt an ... eigentlich dachte ich gar nichts. Ich fuhr einfach. Es ging immer weiter, der Straße nach. Es war völlig gleichgültig, wo ich war. Mein verlässlicher Begleiter auf dem Beifahrersitz war graue Einsamkeit. Rubi lag ausgestreckt, friedlich dösend auf der Rückbank, und ich kramte mit einer Hand zwischen den Kassetten im Karton herum.
An einer Kassettenhülle war ein Zettel befestigt. Ich nahm die Kassette heraus und schob sie in den Rekorder, spielte sie aber noch nicht ab, weil ich vorher noch den Zettel lesen wollte.

Ich hielt an, entfaltete ihn und las die Zeilen.
Madeleines Worte hämmerten in meinem Kopf und bohrten sich tief in meine Brust:
„Mein geliebter Gottfried,
gegen Lola könnte ich ja vielleicht noch bestehen, aber Amour Bleu, diese unglückliche große Liebe, hätte unser großes, gemeinsames Glück werden und sein können. Nein, sogar müssen! Nie zuvor habe ich so etwas mit einem Menschen teilen wollen ... ich hatte solche Sehnsucht nach dir, aber gegen dich und deine tief verankerten Mauern des Misstrauens habe ich einfach keine Chance.
Ich küsse Dich.
Pass bitte auf dich auf, ich werde nicht auf dich warten!
Madeleine
PS.:
Da ist noch etwas, was ich dir sagen muss:
Lern mal, vernünftig Billard zu spielen ..."

Ich war wie benommen.
Ich wusste, Madeleine wäre nicht mehr da, auch wenn ich sofort umkehren würde. Also versuchte ich es erst gar nicht und fuhr weiter, immer der Straße nach.
Madeleine hatte es gleich gespürt, wir liebten uns vom ersten Moment an, ohne diesen ganzen rosaroten Klimbim drumherum.
Und ich lief weg, weil ich nur zurückschaute, weil ich feige vor meiner Vergangenheit in die Knie ging, weil diese Liebe so anders, so klar ... hätte sein können, ... so voller Vertrauen.
Mein Herz schlug tonlos, aber es war noch nicht zum Sterben bereit.
Am Himmel zogen düstere, regenschwere Wolken auf, und ich suchte nach einer passenden Gelegenheit, um mir noch einmal mit Rubi zusammen die Beine zu vertreten, bevor uns das drohende Unwetter bis auf die Knochen durchnässen würde.
Ich bog in eine brüchig asphaltierte Nebenstraße ein.
Sie führte in einen bewaldeten Berghang hinauf, ich folgte ihrem

kurvenreichen, von zahllosen Schlaglöchern gepflasterten Weg, bis ich an einen ebenen Fleck gelangte, der ein gut geeigneter Ausgangspunkt für einen Spaziergang zu sein schien.
Die dunklen, schweren Wolken über mir hielten ihren Erguss noch zurück, und ich ließ Rubi aus dem Auto springen. Zielstrebig lief sie zu einem kleinen Feldweg und verschwand darin. Mich wunderte, was Rubi so anzog, und ich beeilte mich, ihr zu folgen.
Gleich hinter einer Biegung erhielt ich die, von aufgeregtem Hundegebell begleitete, Antwort. Rubi lieferte sich mit einem angeleinten, kaum wadenhohen Hund ein lautstarkes Kläff-Gefecht.
Der kleine, mit schmerzhaft hoher Stimmfrequenz unentwegt kläffende Hund war für seine Größe viel zu dick und sah aus wie eine pralle, schwarze Drahtbürstenrolle mit Terrierkopf, sein Bellen hörte sich eher wie schneidendes, metallisches Kreischen an.
„Elli, ... willst du wohl ruhig sein! ... Elli!" versuchte eine leicht hysterische Stimme am anderen Ende der Leine ihr pralles Stückchen Hund zu beruhigen.
„... Elli ..., das passt ...", grinste ich innerlich.
Ellis Frauchen war eine ältere, etwas füllige Dame mit knallroten Lippen und cremefarbenem Regenmantel. Ihre Füße steckten in Gummistiefeln mit Leopardenmuster. Ihre kastanienbraunen Haare waren hochtoupiert, und die Frisur trotzte, dank großzügig eingesetzten Haarsprays, jeder Wetterlage. Etwas oberhalb ihrer vollständig weg gezupften Augenbrauen waren bläulich gefärbte Augenbrauen-Striche aufgemalt.
Die dicken Clips ihrer Perlen-Ohrringe quetschten einen Blutstau in ihre Ohrläppchen.
„Elli! Willst du wohl endlich still sein!" schimpfte die Frau gegen das metallische Kreischen ihrer Drahtbürste an.
Für einen kurzen Moment war es ruhig.
Eine echte Wohltat für meine hochfrequent malträtierten Ohren.
Vorsichtig beschnupperten sich die Hundenasen.

197

Plötzlich kläffte Elli einmal kurz und machte einen Satz nach vorne. Die Frau fiel um und blieb platt auf ihrem gut gepolsterten Bauch und Busen liegen. Die Arme waren noch seitlich an ihrem Körper ausgestreckt, so schnell war alles gegangen. Sie starrte mich aus weit aufgerissenen Augen an. Ihr weit geöffneter Mund brachte keinen Ton hervor. Sie lag nur stumm da, Bilder von einem gestrandeten Seehund oder Walross schossen mir in den Kopf.
Selbst Elli kläffte nicht mehr und schnüffelte vorsichtig an den Haaren ihres gestrauchelten Frauchens. Innerlich bebte ich vor Lachen, aber die Frau tat mir auch leid.
Ich versuchte, ihr hoch zu helfen, was sich aber als schwieriges Unterfangen herausstellte, da mir die massige Frau immer wieder weg rutschte. Ihr Körper war von jeglicher Spannung befreit und bot meinen Händen keinen Zugriff.
„So helfen Sie doch mit ...", bat ich stöhnend.
„Das tue ich ja schon, ... Monsieur....", ächzte die Frau.
Doch mehr als ein hilfloses, auf der Erde kratzendes Schaben und Strampeln mit ihren Leoparden-Stiefeln kam dabei nicht heraus.
Da ich sie auf keinen Fall in ihrer hilflosen Lage zurücklassen wollte, probierte ich es mit etwas handfesteren Mitteln und weniger Zurückhaltung. Ich fasste beherzt zu, hob sie kurz und hart an und hatte Erfolg. Ich schob meinen Fuß unter ihren Hintern, der sich sogleich warm auf und neben meinem Fuß verteilte und ging leicht in die Kniebeuge. Dann umfasste ich mit einem Ringer-Griff ihren weichen Oberkörper. Die Frau japste nach Luft, weil ich mit meinen Armen gerade eben um sie herum kam und nur mit großem Kraftaufwand meine Hände verriegeln konnte.
Ich holte tief Luft und mit einem Urschrei und unter hebelnder Zuhilfenahme meines Fußes, wuchtete ich sie auf ihre Leoparden-Füße. Ich war bedient und auch froh, dass mein Rücken dieser Belastung standgehalten hatte.
„Merci, Monsieur,... oh vielen Dank! Ohne Sie hätte ich das nicht geschafft", stöhnte die Frau atemlos und schlug sich den

Schmutz von ihrem Regenmantel. Ich wunderte mich nur, wie so ein kleines bisschen Hund eine so gewichtige Frau umreißen konnte, aber ich ersparte mir dazu jeglichen Kommentar: „Schon in Ordnung, Madame, ... ist ja nochmal gut gegangen ... Sie konnten ja nicht damit rechnen, dass Sie ausgerechnet hier einem Spaziergänger mit Hund begegnen ..."
Die Frau schien unverletzt zu sein. Ich verabschiedete mich auf schnellem Wege und ging, ohne weitere Worte zu wechseln, mit Rubi tiefer in den Feldweg hinein.
Das Rauschens der Bäume im stärker werdenden Wind war beruhigend. Die Luft wurde spürbar kälter, und es roch nach starkem Regen. Schon fielen die ersten Tropfen.
Natürlich hatte ich keinen Regenschutz dabei.
Weiter oben am Hang entdeckte ich eine kleine Höhle mit einem Fels-Überstand und kletterte dorthin. Kaum hatten wir den knapp schulterhohen Eingang zum Felsen-Unterschlupf erreicht, ging das Unwetter los.
Der Regen prasselte in einem wahren Wolkenbruch herunter, begleitet von Donnergrollen und grell verästelten Blitzen. Ich kroch tiefer in den Schutz der Höhle hinein und kauerte mich mit dem Rücken an die Felswand gelehnt am Boden nieder.
Es begann zu hageln, das Unwetter tobte sich aus.
Rubi winselte leise und kroch dicht an mich heran. Ich streichelte der verängstigten Hündin beruhigend über den Kopf und schloss weinend die Augen.
Als ich aufwachte war draußen alles ruhig.
Der Regen hatte aufgehört, und es dämmerte bereits. Rubi war die ganze Zeit nicht von meiner Seite gewichen, ihr Kopf lag schwer und warm auf meinem Bein. Ich stupste sie an und kroch aus der Höhle.
Weit und breit war keine Menschenseele zu sehen, und außer dem tröpfelnden Knistern des Waldes und vereinzelten Vogelstimmen war nichts zu hören. Die regenfeuchte Luft war abgekühlt und dunstig.
Ich rutschte den Abhang bis zum Feldweg hinunter und erkannte den klaren Vorteil von vier Beinen, als ich Rubi beim

leichtfüßigen Abstieg beobachtete.
Mit zügigen Schritten ging es zurück zum Auto.
Das Faltdach der Dyane war immer noch von schmelzenden, dicken Hagelkörnern bedeckt.
Ich holte etwas Futter aus dem Kofferraum und gab Rubi zu fressen. Seit meiner Abreise am Morgen hatte ich ebenfalls nichts mehr gegessen. Ich beschloss, bei der nächsten Gelegenheit einen Essenstop einzulegen.
Nur ein paar Kurven entfernt lag an der Straße ein einfaches Wirtshaus aus grauen Granitsteinen mit Schieferdach, welches mit seinem rustikalen Charme sehr einladend wirkte.
Über dem Eingang hing an einem Metall-Bügel ein Schild mit dem Namen „chez nous"
„chez nous, ... was sich dahinter wohl verbirgt", dachte ich und stieg aus. Rubi ließ ich im Auto zurück.
An der dunkelrot gestrichenen Eingangstür aus grobem Holz hing in einer Öse ein massiver, geschmiedeter Klopfring, ich schlug ihn zweimal gegen die Eisenplatte, die an der Tür verschraubt war.
Es klackte laut, die Antwort ließ nicht lange auf sich warten:
„Kommen Sie rraa...hein, die Tür ist oo...ffen!" trällerte mit viel Vibrato eine glockige Frauenstimme.
Ich holte Schwung, um die schwere Tür zu öffnen, hatte aber angesichts ihrer massiven Erscheinung nicht ein so leichtgängiges Scharnier erwartet. Ich stolperte hinein und landete fast auf dem Bauch.
„Hoppla, nicht so stürmisch! ... Na so eine Überraschung! Jetzt hätten Sie mir beinahe zu Füßen gelegen ...", begrüßte mich die lachende Tremolo-Stimme.
Ich sah auf und erblickte die geschwungenen, bläulichen Augenbrauen mit den knallroten Lippen darunter und dieser hochtoupierten Haarspray-Frisur darüber.
Ellis kreischendes Kläffen war dagegen im Moment nirgends zu hören, aber ich vermisste es auch nicht.
„... Bonjour ... Madame", stotterte ich irritiert, konnte mir aber ein Grinsen nicht verkneifen.

„... Ja, Sie haben vollkommen recht, Monsieur, da gibt es charmantere Arten, sich kennenzulernen....", lachte die Frau zurück und erhob mit einer einladenden Geste ihre Stimme: „Willkommen! Willkommen in unserer kleinen Herberge ‚chez nous' !"
„Vielen Dank, Madame", entgegnete ich, „aber Sie sagen ‚bei uns'?"
„Das sind mein Mann Louis und ich. Ich bin Annabelle und warten Sie ... Monsieur ...?"
„Gottfried Joseph", antwortete ich auf ihr fragendes Zögern.
„So so, ... Gottfried, das nenn ich einen schönen Namen für einen netten und hilfsbereiten, noch dazu so kräftig zupackenden jungen Mann wie Sie", schmunzelte Annabelle. „Warten Sie, Gottfried, ich stelle Ihnen Louis, meinen Mann, vor. Ich hole ihn eben, ... bin gleich wieder zurück ..." Damit verschwand Annabelle in einem der hinteren Räume.
Ich schaute mich im Wirtshaus um. Die Gaststube war nicht sehr groß. An zwei groben, massiv gezimmerten Tischen konnten auf robusten Holzbänken jeweils vier oder fünf Personen Platz finden.
In der Ecke loderte ein anheimelndes Feuer im Kamin. Darüber hing an einem Feuerhaken ein schmiedeeiserner Kessel, in dem dampfend etwas lecker Riechendes vor sich hin köchelte. Seitlich vom Kamin stand ein runder Tisch mit stabilen Holzstühlen, der etwa drei bis vier Personen Platz bot.
„Gottfried, darf ich vorstellen? Das ist Louis, mein Mann", vernahm ich hinter mir Annabelle.
Vor mich trat ein großer, muskelbepackter Mann mit Glatze und einem riesigen, schwarzen Schnauzbart. Ich dachte bei ihm sofort an einen Löwendompteur in Leopardenhemd mit breiten Lederriemen um den Bauch und über die Brust.
Aber Louis stand lächelnd im kurzärmeligen T-Shirt vor mir und streckte mir zur Begrüßung seine Hand entgegen:
„Guten Tag, Monsieur! Annabelle hat mir schon von Ihrer Rettungstat erzählt, das war sehr freundlich und hilfsbereit von Ihnen!" sagte er.

Der Tonfall seiner Stimme war auffallend angenehm.
„Guten Tag, Louis. Nett, Sie kennenzulernen, und das mit ihrer Frau war doch selbstverständlich ...", entgegnete ich und reichte ihm die Hand, was sich jedoch als unmittelbarer Fehler erwies, denn unter Louis´ Händedruck wurde meine Hand zusammengequetscht wie eine Zitrone.
„Louis ist blind ..., müssen Sie wissen, Gottfried ...," sagte Annabelle und streichelte ihrem Mann zärtlich über die muskulösen Arme.
Seine Oberarme waren mindestens so umfangreich wie meine Oberschenkel. Beim Streicheln schob sie den Ärmel etwas hoch, und ich blickte auf die Tätowierung einer barbusigen Nixe, die auf einem Felsen im Meer saß, auf dem „mon Amour" eingraviert war. In ihren Händen hielt die Nixe eine Schriftrolle, auf der „Annabelle" geschrieben stand.
Das war eigentlich schon zu viel des Guten, aber es passte zu diesem Paar.
„Sie kommen beide von hier?" fragte ich, als ich nach Entfaltung meiner Hand wieder sprachfähig war.
Annabelle ergriff als Erste das Wort:
„Aber nein, Monsieur Gottfried, nicht wir beide. Ich bin hier in den Pyrenäen aufgewachsen, und mein Großvater hat mir dieses Wirtshaus vererbt. Es war sein ganzer Stolz."
„Und Ihre Eltern? Eigentlich hätten sie doch zunächst diese Herberge bekommen oder?" wunderte ich mich.
„Mein Großvater hat mich aufgezogen", entgegnete Annabelle etwas ausweichend, „er lebte alleine hier, seit meine Großmutter früh an einer Lungenentzündung gestorben war."
„Und Ihre Eltern, Annabelle? Wo waren die?"
Annabelles Blick bekam einen traurigen Schleier:
„Ich habe es nie ganz erfahren können... Meine Mutter stammte von der spanischen Seite der Pyrenäen, sie war Katalanin. Sie kämpfte im Widerstand gegen das Franco-Regime, gemeinsam mit meinem Vater, dem einzigen Sohn meiner Großeltern. Ich war noch ein kleines Kind, als sie verhaftet wurden.
Ich habe kaum Erinnerungen an sie und habe sie seitdem nie

wieder gesehen oder etwas von ihnen gehört ..."
Annabelle wischte sich ein paar Tränen aus den Augen und erzählte weiter:
„Ich blieb bei meinem Großvater. Er zog mich mit seiner ganzen Liebe auf und trug mich als sein kleines Engelchen auf Händen durch die Kindheit ..., bis ich einfach zu schwer für ihn wurde", fügte Annabelle lachend hinzu.
Ihr Humor war ansteckend und, einmal in Fahrt gekommen, redete sie gleich munter weiter:
„Ja, und dieses Prachtexemplar von einem Mann", dabei streichelte sie zärtlich seine glänzende Glatze, „... habe ich auf dem Markt in Biarritz kennengelernt. Bei einem Fischhändler stand er auf einmal neben mir ... mon Dieu ..., was für ein Mann! Ich war sofort in ihn verliebt ..."
Ich schluckte.
Biarritz, dachte ich, dieser einzigartige Ort, scheint wohl für die ganz großen Liebesdinge zuständig zu sein.
„Das Erste, was Annabelle zu mir sagte, war, ob ich Appetit auf Fisch habe", riss mich die sonore Stimme von Louis aus meinem Gedankenleid.
„Weil mir so schnell nichts anderes einfiel, ... ich musste dich doch unbedingt kennenlernen", lachte Annabelle in fröhlicher Erinnerung und betrachtete liebevoll ihren Louis.
Dann wandte sie sich wieder mir zu:
„Und wissen Sie, was er mir geantwortet hat?"
Natürlich wusste ich es nicht und schüttelte verneinend den Kopf.
„Aber nur, wenn ich koche", kam ihr Louis mit der Antwort zuvor.
„Das war seine Antwort. Wie könnte ich das jemals vergessen ...", versicherte Annabelle.
„Louis folgte mir zum Auto, stieg ein und fuhr mit, seitdem ist er bei mir", erklärte Annabelle mit einem zärtlichen Unterton in ihrer Stimme.
„Wie lange ist das her?" wollte ich wissen.
„Über zwanzig Jahre", sagte Louis.

Ich zögerte etwas mit der nächsten Frage:
„... aber, damals waren Sie noch nicht blind ... oder?"
Er schüttelte leise verneinend seinen blanken Kopf:
„Nein Gottfried, das passierte später. Damals fuhr ich noch zur See, als Seemann auf einem Frachter. Wir waren bis in die Südsee unterwegs, müssen Sie wissen. „
„Und dann sind Sie ihr einfach so gefolgt, Louis?" wollte ich von ihm wissen.
„einfach so ..." bestätigte Louis mit ruhiger Stimme. „Ich habe seitdem kein Schiff mehr betreten."
„Naja, hier kommen auch nicht gerade oft welche vorbei", grinste ich.
Louis grinste zurück: „Da haben Sie wohl recht."
Er nahm Annabelle in den Arm und drückte sie liebevoll an sich:
„Ich liebte die Seefahrt und das Leben auf dem Schiff sehr, aber diese Liebe hier, die ließ sich einfach nicht umschiffen."
Ich konnte ihre große Liebe und Zuneigung beinahe körperlich spüren. Sie schmolz in seinen starken Armen regelrecht dahin ... und das nach mehr als zwei Jahrzehnten. Gleichzeitig aber auch ein tragisches Bild angesichts seiner Blindheit, die Louis, trotz seiner ganzen Männlichkeit, hilflos machte.
„Hm ...", begann ich zögernd, „wie ist es denn zu ihrer Erblindung gekommen? Darf ich Sie das so fragen, Louis?"
„Dürfen Sie, Gottfried", antwortete Louis wohlwollend und holte weit aus:
„Gleich nachdem ich mit Annabelle hier angekommen war, ging ich in die Küche und kochte uns allen eine richtige Fischsuppe, eine Bouillabaisse. Annabelle schaute mir beim Zubereiten zu und erzählte einige Geschichten und kleine Anekdoten aus dem Leben mit ihrem geliebten Großvater.
Dieser saß schweigend in der Ecke auf seinem Stuhl, hörte den Erzählungen seiner Enkelin lächelnd zu und freute sich auf die Fischsuppe. Ja, dieser eine Landgang war für mich der wichtigste meines Lebens ..."
„Mein Großvater schloss Louis sofort in sein Herz, und er

freute sich sehr über mein Lebensglück", ergänzte Annabelle fröhlich.
Louis fuhr mit ernster Miene fort:
„... dann wurde mir eines Tages plötzlich schwindelig. Ich sank zu Boden und schaffte es nicht, aus eigener Kraft wieder aufzustehen. Ich blieb einfach so liegen, meine Arme und Beine kribbelten und waren schwach. Vor meinen Augen verblasste und ergraute alles ..."
Louis hielt inne und tastete nach Annabelles Hand. Sie ergriff sie und sagte mit leiser Stimme:
„Er lag da, auf dem Boden, ganz stumm ... es war schrecklich, Louis so hilflos zu sehen. Er versuchte wieder und wieder, sich aufzurichten, aber er schaffte es nicht. Ich versuchte, ihn hochzuziehen, aber er war doch groß und so schwer ... Unglücklicherweise erlitt ich dabei mehrere Bandscheibenvorfälle ..., deswegen fällt mir das Aufstehen so schwer, Monsieur Gottfried, und deswegen kann mich auch so ein kleiner Hund wie Elli bei unbedachten Bewegungen zum Stürzen bringen ..."
Unwillkürlich sah ich in meinen Gedanken, wie meine Bandscheibenknorpel beim Anheben von Annabelle wie bei einem Reißverschluss der Reihe nach heraussprangen.
„Der Krankenwagen brachte uns beide in die Klinik. Dort lagen wir das erste Mal seit unserer ersten Begegnung auf getrennten Zimmern. Es war einsam ohne ihn, und ich wusste nicht einmal, was mit ihm war", fuhr Annabelle fort. „Nach ein paar Tagen konnte ich endlich wieder aufstehen", erzählte Annabelle weiter, „und ich beeilte mich, so schnell es meine Bandscheiben erlaubten, Louis wiederzusehen. Ich stürmte in sein Zimmer und flog förmlich in seine Arme ..."
„Es war atemberaubend ...", grinste Louis und zwickte Annabelle liebevoll in ihren großen, runden Hintern.
„Endlich durfte ich wieder bei ihm sein. Louis lebte, und nur das war wirklich wichtig", sagte sie mit leiser Stimme.
Louis legte seinen Arm um ihre Schulter und räusperte sich:
„Es war unglaublich, Annabelle wieder zu spüren, aber ich konnte sie nicht mehr sehen. Nie wieder."

Seine Worte und die gedankliche Vorstellung dieses Dramas berührten mich tief.
Annabelle nahm meine Hand: „Gottfried, es ist in Ordnung, so wie es ist ..."
Ihre Wärme durchflutete mich.
„Louis und ich sind glücklich miteinander. Er kann nicht mehr sehen, und das veränderte ein wenig unser Leben, aber nicht unsere Liebe. Wir lernten, mit Louis' Blindheit zu leben, und übten unser Leben mit ihr ein."
Aus ihren Worten sprachen große Kraft, Mut, Zuversicht, tiefe Liebe und gegenseitige Fürsorge.
Annabelle plapperte fröhlich weiter und brachte augenzwinkernd ihre mollige Figur in Pose:
„Louis liebte ja nicht nur mich, ich musste mir von Anfang an seine Liebe mit seiner Kochleidenschaft teilen, wie Sie ja unschwer erkennen können ..."
Meine bedrückte Stimmung besserte sich wieder.
„Mir würde jedes deiner Pfunde sehr fehlen, Chérie," lächelte Louis charmant.
Annabelle fuhr geschmeichelt fort:
„Wir richteten die Küche so ein, dass Louis alle Utensilien, die er zum Kochen benötigte, bequem und auch gefahrlos erreichen konnte. Wir übten die Bewegungsabläufe und veränderten und probierten so lange herum, bis alles passte. Seine Krankheit verläuft in unberechenbaren Schüben, und wir versuchen, das Risiko weiterer Stürze so gering wie nur möglich zu halten. Also sitzt Louis eben den größten Teil während seiner Arbeit auf dem Hocker, seinem Küchenthron, und das klappt bis jetzt vorzüglich. Voilà! Louis, der unumstrittene Herrscher in seinem Reich und ..."
Annabelle lächelte kokett: „Hier bin ich seine treu ergebene Liebesdienerin und draußen die Gastwirtin, die sich über angenehme Gäste wie Sie freut. Wünschen Sie etwas zu essen, Monsieur Gottfried? Louis hat gerade einen vorzüglichen Eintopf auf dem Feuer ..."
„Ja, sehr gerne", antwortete ich.

Mir fiel Rubi ein.

„Dürfte ich vielleicht meinen Hund hereinholen? Der wartet nämlich draußen im Auto."

„Aber ja, selbstverständlich dürfen Sie das! Holen Sie ihre Hündin rein! Elli wird sich freuen ..."

Fast bereute ich mein Ansinnen schon wieder, denn ich hatte Ellis kreischendes Gekläffe kurzzeitig ausgeblendet.

Rubi lag auf der Rückbank und schaute träge hoch, als ich die Tür öffnete.

„Los, hopp! ... raus mit Dir!" rief ich ihr aufmunternd zu, und die Hündin sprang aus dem Auto. Sie beschnüffelte die Umgebung und folgte mir schwanzwedelnd in das Wirtshaus, wo sie Annabelle sofort grinsend und niesend wie eine alte Bekannte begrüßte. Dann ging es wie selbstverständlich schnurstracks weiter in die Küche, wo sie von Louis mit einem lautstarken, fröhlichen: „Hallo! Na, wer bist Du denn?" empfangen wurde.

Als ich kurz darauf in der Küche nachsah, saß Louis auf seinem Hocker und putzte frisches Gemüse, welches sortiert vor ihm auf dem Tisch lag.

Rubi und Elli lagen friedlich eingerollt in trauter Innigkeit unter dem Tisch. Nichts deutete darauf hin, dass erst vor wenigen Momenten ein fremder Hund die Küche gestürmt hatte. Ich wollte Rubi mitnehmen, aber Louis meinte:

„Es ist schon in Ordnung, Gottfried. Lassen Sie die beiden ruhig hier liegen, sie stören mich nicht ..."

Er fuhr in aller Seelenruhe mit dem Gemüseputzen fort.

Also ließ ich Louis in der Küche mit den beiden Hunden alleine und setzte mich an den kleinen Tisch in der Gaststube neben dem Kaminfeuer, auf dem eine große Schüssel, randvoll gefüllt mit dampfendem Eintopf stand. Annabelle gab mir mit der Suppenkelle und einem fröhlichen „Guten Appetit!" eine üppige Portion auf meinen Teller. Es war reichlich und schmeckte vorzüglich. Ich kam mit dem Auslöffeln gar nicht so schnell hinterher, wie Annabelle den Nachschlag brachte.

„Louis kocht wirklich gut, es schmeckt großartig!" lobte ich das deftig-leckere Essen.

Annabelle freute sich über das Kompliment:
„Vielen Dank, Gottfried. Das wird Louis freuen, denn es ist ihm sehr wichtig, dass unseren Gästen seine Gerichte auch schmecken."
„Ich kann mir eigentlich gar nicht vorstellen, dass jemand so ein leckeres Essen nicht mag", entgegnete ich.
„Oh doch, das kommt leider ab und zu vor. Nicht sehr oft, aber es passiert eben auch ...", widersprach Annabelle und ergänzte mit einem leichten Kopfschütteln:
„Es gibt manchmal Gäste, die man nicht so gerne haben möchte ... Leute, die an allem was auszusetzen haben und mit sich und der Welt in ständigem Streit liegen ..."
„Was machen Sie denn mit denen?" wollte ich von ihr wissen.
„Das ist ganz einfach: ich bediene sie ...", antwortete Annabelle trocken.
Ich sah sie fragend an.
Sie lächelte und legte eine Hand auf meinen Handrücken. Sie trug unfassbar viel Wärme in sich.
„Gottfried, ich lasse mir von niemandem das Leben vermiesen. Das habe ich von meinem Großvater gelernt, der hat mich für das Leben stark gemacht ... und den Rest erledigt manchmal Elli ...", erklärte sie.
„Elli? Was erledigt Elli?" fragte ich.
Annabelle schmunzelte: „Sie erinnern sich an unsere Begegnung auf dem Feldweg? Geben Sie´s ruhig zu, ihr Gekläffe ist enervierend oder? Im Haus verhält sie sich meistens ganz ruhig, zum Glück, nur in bestimmten Situationen kann es auch ganz nützlich sein ...", lächelte Annabelle verschmitzt.
„... bis die Leute von sich aus gehen?" ergänzte ich grinsend.
„Elli spürt einfach, wenn Menschen unfreundlich oder griesgrämig sind, und dann ist sie kaum zu stoppen. Meistens haben es die Leute dann ziemlich eilig mit dem Bezahlen und Gehen", lachte Annabelle.
„Manchmal verzichte ich auf die Rechnung, unter dem Vorwand der Entschuldigung für die akustischen Unannehmlichkeiten. Ich lache innerlich darüber, wie freundlich diese griesgrämigen

Geizhälse auf einmal sein können und sich sogar bedanken. Dabei hatten wir unseren Spaß ... Elli und ich ..."
Annabelle sprühte vor Humor, Lebensmut und Optimismus.
Ein kreischender Hund als Rausschmeißer, dachte ich.
Ich stand auf, ging zum Fenster und schaute hinaus.
Es dämmerte.
Ich versank in meine Gedanken und sah im diffusen Spiegelbild der Fensterscheibe Madeleines Gesicht.
Das Glas beschlug vom eisigen Atemhauch „... es ist nur zu Deinem Besten!" Isabelles Augen versuchten, sich in ihr verschwommenes Antlitz hineinzudrängen.
Sie schrien und rissen in meinem Inneren, aber ich wollte nur ihren Geruch, ihre Wärme und ihre Liebe spüren.
„Madeleine..." hörte ich mich leise seufzen.
Ein kurzes Räuspern holte mich aus meinen trüben Gedanken.
„Hm, ... wo bleiben Sie eigentlich heute Nacht, Gottfried?"
„Darüber habe ich mir, ehrlich gesagt, noch keine Gedanken gemacht, Annabelle. Vielleicht fahre ich weiter und schlafe im Auto oder im Freien. Vielleicht fahre ich auch die Nacht durch, ... so wie es kommt ... ich weiß es nicht ..."
Ich blickte wieder hinaus in die Dunkelheit
„Wenn Sie möchten, dann können Sie auch bei uns übernachten. Wir hätten ein Gästezimmer frei ..."
„Oh, das ist wirklich sehr nett von Ihnen, vielen Dank! Ich nehme natürlich sehr gerne an", freute ich mich über Annabelles Angebot.
„Na dann los! Kommen Sie, ich zeige Ihnen Ihr Zimmer", lächelte sie und ging forschen Schrittes voraus.
Das Zimmer befand sich hinter einer schmalen Tür, gleich vor dem Durchgang zur Küche.
Es war eine winzige, sehr gemütliche Kammer. Die Einrichtung bestand aus einem alten Bett aus massivem Holz mit hohen Kopf- und Fußenden und dreiteiliger Strohmatratze, einem runden Tisch, ebenfalls aus dunklem Massivholz, und einem robusten Holzstuhl mit Sitzfläche aus geflochtenem Stroh.
Auf dem Tisch stand eine Waschschüssel aus Emaille, daneben

lag in einer kleinen Holzschale ein Stück Seife und über der Stuhllehne hing ein frisches, graumeliertes Handtuch.
Das Zimmer gefiel mir, und das Bett knarrte herrlich.
Die Bettdecke und das Kopfkissen sahen aus wie pralle, mit Federn vollgestopfte Stoffsäcke, ihre gestärkten Bezüge rochen leicht muffig, warne aber dennoch frisch und sauber.
„Es ist sehr schön hier, so gemütlich", freute ich mich auf die Nacht, und Annabelle lächelte zufrieden.
„Rubi kann selbstverständlich bei Ihnen im Zimmer bleiben, ... natürlich nur, wenn Elli Ihren Hund wieder gehen lässt", schmunzelte sie.
Rubi lag immer noch eingerollt neben Elli auf dem Boden und machte überhaupt keine Anstalten, unter dem Küchentisch hervor zu kommen.
Louis saß, vollkommen ins Kochen vertieft, auf seinem Hocker. Ich schaute ihm eine Weile zu, und es war beeindruckend zu sehen, wie flink und selbstverständlich ihm alles von der Hand ging. Jeder Handgriff saß mit einer unglaublichen Präzision und Leichtigkeit, und ein Außenstehender wäre angesichts seiner ruhigen und emsigen Geschäftigkeit nicht auf den Gedanken gekommen, dass hier ein blinder Mann am Werke war.
Ich ging zum Auto, um einige Sachen für die Nacht und auch meinen Kassettenrekorder zu holen.
Die Luft war frisch und klar. Draußen war es inzwischen merklich abgekühlt und eine sonderbare Ruhe lag auf diesem, an einer einsamen Landstraße gelegenen Ort, beruhigend und unheimlich zugleich.
Immer wieder huschten diese eigenartigen, geisterhaften Schatten im Gegenlicht der Dunkelheit über die Erde, was meinen Drang zu einem Nachtspaziergang eingrenzte.
„Gottfried, sei nicht albern ...", sprach ich mir grinsend Mut zu.
Ich packte meine Zahnbürste und den Rekorder ein und ging zurück ins Haus.
Ich pfiff nach Rubi, um mit ihr einen Gang durch die Wald-Finsternis zu machen. Sie gehorchte, aber stand nur langsam und umständlich auf und watschelte sehr träge heran.

Ich trat hinaus in die Dunkelheit und stellte mich den Mächten der Finsternis. Es war unheimlich draußen.
Hinter dem Haus führte ein kleiner Trampelpfad den Hang hinauf. Ich folgte ihm.
Das fahle Mondlicht warf furchteinflößende Schatten in dieser felsigen, bizarr geformten, dicht bewaldeten Einsamkeit der französischen Pyrenäen.
Und ich war ganz sicher: hinter jedem raschelnden Busch oder Baum lauerten Geister und Wesen der Schattenseite des Lebens.
Aber ich nahm all meinen Mut zusammen und ging festen Schrittes weiter.
Ich spürte diese beiden großen, glühenden Augen, die sich scharf gegen die Dunkelheit der Nacht abzeichneten, um von hinten meine Seele zu durchbohren.
Rubi blieb auffällig dicht bei mir.
Irgendwo rutschte ich mit dem Rücken an einem Felsen in die Hocke und verharrte im Nirwana der Nacht. Rubi kroch unter dem Tunnel meiner angewinkelten Beine durch und streckte sich lang aus.
Ich entspannte meine Sitzhaltung und vergrub meine Hände in ihrem warmen, im Mondlicht seidig schimmernden Fell. Rubi hechelte leise, ihre Zutraulichkeit wirkte beruhigend, denn die Geister und diese bohrenden Augen lauerten und umkreisten mich mit lüsterner Gier.
Ich wusste nicht mehr, was ich machen sollte.
Ziellos trieb ich in immer trübsinnigeren Gedanken durch mein liebeszertrümmertes, vertrauensunfähiges Leben und sah mich als einsamen alten Mann im Rollstuhl sitzen, dem beim Rückblick auf sein Leben und der Betrachtung seines Spiegelbildes nichts weiter einfällt als: „Du Idiot!"
Ich hatte genug.
Genug von mir selbst und meiner Flucht vor ..., vor was oder wem eigentlich? Mein Vater war tot, und die falschen Tränen meiner Mutter musste ich nicht mehr ertragen, seit ich den Kontakt zu ihr verloren hatte.

Louis hatte alles zurückgelassen und war Annabelle einfach in ein neues Leben gefolgt, ohne Wenn und Aber und ohne sich umzudrehen.
Er ging mit ihr, so wie er war, und kehrte nie wieder aufs Schiff und in sein altes Leben zurück.
Und was tat ich?
Ich umklammerte die eisige Vergangenheit, hielt sie weinend fest und lief feige davon.
Vor ihrer und meiner Liebe, vor unserem Vertrauen.
Rubi leckte mir den Handrücken. Es war, als ob sie mein Unglück spüren konnte. Schweren Schrittes ging ich zurück zum Haus, den Geistern schenkte ich keine Beachtung mehr. Die Augen verfolgten mich dagegen unbarmherzig, und ich beschleunigte meine Schritte, so schnell es die Dunkelheit zuließ. Hauptsache, ich erreichte die Sicherheit des beleuchteten Hauses vor diesen verdammten Augen...
Ich schaffte es.
Aber es war knapp. Nur um Haaresbreite vor dem Zugriff der unheilbringenden Schattenwesen warf ich die Tür hinter mir zu. Erleichtert atmete ich auf und schaute in die sprachlos verwunderten Gesichter von Annabelle und Louis.
Sie saßen bei Kerzenlicht in schön anzusehender Zweisamkeit, bei einem Glas Rotwein am Tisch. In der Mitte des Tisches stand ein Weinkrug aus Ton und ein Korb mit Baguette-Stücken.
„Nanu, was ist denn los? Werden Sie verfolgt, Gottfried?" fragte Annabelle mit ihrer einnehmend lebensfrohen Stimme.
Ich wollte mich nicht sofort dem Abschuss der Lächerlichkeit freigeben und zog es vor, lieber erst einmal zu schweigen.
„... möchten Sie einen Rotwein mit uns trinken? Kommen Sie, setzen Sie sich zu uns ...", bot mir Annabelle mit einladender Geste einen Platz am Tisch an.
Louis schob mir wortlos lächelnd einen Stuhl entgegen.
„Danke, gerne... das ist sehr nett von Ihnen", antwortete ich, und Annabelle holte mir ein Glas.
Der Rotwein aus dem Krug schmeckte außerordentlich gut.

Sein trockener, vollmundiger Geschmack kleidete meinen Mund vollständig aus und ging mit einem angenehmen, leichten Brennen auf der Zunge und in der Kehle den Hals hinunter. Anschließend stieg er mir sofort zu Kopf. Ich wurde redselig.
Ich erzählte den beiden von meinem Liebeskummer, von den Geistern und Augen der Nacht hier in den Pyrenäen, und Annabelle und Louis hörten zu und schenkten mir Wein nach.
Das Erzählen tat gut, der Wein auch, ich wurde völlig betrunken. Das Kerzenlicht verschwamm vor meinen Augen, und der Boden begann, sich unter meinen Füßen wild zu drehen.
Mir wurde schlecht, und ich wollte so schnell wie möglich weg.
„Ich geh dann mal ... gute Nacht und vielen Dank", nuschelte ich mit lallender Stimme.
Damit erhob ich mich und torkelte unter Aufbringung all meiner Willenskraft zur Tür meiner Kammer, wo ich es gerade eben bäuchlings auf das pralle Federbett schaffte.
Ich hörte noch das herzhafte Knarren, bevor ich in ein besoffenes Koma-Gemisch aus Rotwein, Geisteraugen und Liebesschmerz fiel.
Ich erwachte mit einem fürchterlichen Geschmack im Mund, meine Zunge klebte pappig am Gaumen und hatte Durst. Ich brauchte einige Momente, bis ich mich daran erinnerte, wo ich überhaupt war. Draussen war es dunkel, das fahle Licht des Mondscheins fiel durch das Fenster in meine Kammer.
Mühsam rappelte ich mich hoch, setzte mich auf die Bettkante und trat fast auf Rubis Beine, die unter dem Bett hervorschauten. Sie war zum Schlafen unter das Bett gekrochen.
„Rubi?" rief ich leise ihren Namen.
- Pock! - machte es unter mir.
Sie war mit dem Kopf an den Bettrahmen gestoßen.
Ihr wedelnder Schwanz klopfte ein paar Male auf den Boden.
Ich grinste und kicherte amüsiert, riss mich aber zusammen, sie noch einmal zu rufen. Außerdem war mir hundeelend.
Auf dem Tisch stand eine Wasserflasche, ich trank in gierigen, hastigen Zügen. Das kalte Wasser klarte meine Gedanken auf, und in der Einsamkeit der Nacht dachte ich an Madeleine.

Vielleicht waren wir uns nur zum falschen Zeitpunkt am richtigen Ort begegnet?
Aber warum sollte es der falsche Zeitpunkt gewesen sein, wenn ein Waschsalon der richtige Ort war?
In diesen wenigen Tage haben wir zusammen so viele bedeutsame und tief reichende Dinge erleben dürfen.
Die kurze Zeit mit Madeleine würde mich mein ganzes Leben lang begleiten. Was für eine unendlich traurige Aussicht.
Ich musste zurück nach Hause, nach Paris und es musste gleich geschehen. Ich stand auf.
Im letzten Moment schaffte ich es zur Toilette im Flur. Ich erbrach mich, bis nur noch Galle kam.
Ich würgte das Elend bis zur Gegenwart aus mir heraus.
Danach fühlte ich mich fürchterlich zerschlagen, aber es ging mir besser.
Erschöpft und leer taumelte ich in meine Kammer zurück.
Ich goss Wasser aus dem Krug in die Waschschüssel.
Nach einigen kalten Ladungen ins Gesicht waren meine Sinne wacher und ich wurde handlungsfähig.
Ich packte meine wenigen Sachen zusammen und ging in den Gastraum. Es roch nach Wein, Bienenwachs, erkalteten Kamin, Holzkohle und geräuchertem Speck. Meine schabenden Schritte übertönnten das gleichmäßige Ticken der Pendel-Wanduhr.
Ich fand hinter der Theke Zettel und Stift zum Schreiben und schrieb:
„Liebe Annabelle, lieber Louis,
ich danke Euch von ganzem Herzen für Eure großzügige Gastfreundschaft!
Aber besonders möchte ich Euch dafür danken, Zeuge Eurer einzigartigen Liebe gewesen zu sein.
Ich musste früh abreisen, weil sich mein Leben nicht mehr länger aufschieben ließ.
Vielleicht sehen wir uns bald wieder.
Das wäre schön, und ich würde es mir wünschen.
In freundschaftlicher Verbundenheit,
 Gottfried"

Ich lehnte den Abschiedsbrief an die Kerze auf dem Tisch, an dem wir noch wenige Stunden zuvor gesessen hatten. Dann entriegelte ich die Tür, und wir schlüpften hinaus in die beginnende Dämmerung des Morgens.
Meine Schritte, das Öffnen der Autotür, die Geräusche der Umgebung, all das entlud sich lautstark in meinen Ohren. Es verstärkte meine eigene Einsamkeit und ließ mich ganz klein, ja geradezu winzig in dieser Umgebung erscheinen.
Ich ließ den Motor an und warf noch einen letzten Blick auf die „Auberge chez nous". Dann trat ich die lange Reise nach Hause an.
Ich wollte nur noch fahren und verschmolz, eingebettet im unermüdlichen Drehen des Motors, mit dem Weg, der Geschwindigkeit und der Landschaft, der kraftvoll aufgehenden Sonne entgegen.
Vielleicht würde es ja ein guter Tag werden.
Man hört auf, über Dinge nachzudenken, weil man nur noch das ist, was man gerade macht – und irgendwann macht man das nicht mehr, sondern ist es einfach.
Die Zeit, die Kilometer, die Strecke, die Gegend, das Dröhnen des Motors. Die Abstufungen der Wichtigkeit entfallen schließlich, und alles ist untrennbar mit deinem Leben verbunden.
Irgendwo in der Ferne gaben die Hügel erste vereinzelte Blicke auf die im hellen Tageslicht glitzernden Wellen des Mittelmeeres frei. Die Luft roch immer stärker nach Sonne, Wasser und Salz.
Nach Béziers nahm ich die kleine Landstraße, die nahe am Mittelmeer entlang führte. Im Auto wurde es wärmer, und Rubi lag hechelnd auf der Rücksitzbank. Die Sonne brannte auf meinen linken Arm, der lässig angewinkelt aus dem geöffneten Seitenfenster auf dem Türrahmen ruhte.
Dann war es soweit, und friedlich, wie ein leicht grünlich schimmernder Teppich, breitete sich das Mittelmeer einladend vor meinen Augen aus.
Der Anblick erweckte mich aus meiner Lethargie, ich steuerte die nächstgelegene Stadt an und erreichte Sète.

215

Ich folgte dem Verlauf einiger Straßen und Gassen und entdeckte schließlich eine kleine Bäckerei. Ich parkte am Straßenrand und betrat den einfachen, altmodisch wirkenden Laden. In den Auslagen lockten einige von Hand zubereitete Baguette-Sandwiches, zwischen deren Hälften frische, grüne Salatblätter hervorlappten. Ich entschied mich für eines mit Kochschinken und Mayonnaise, und die nette, rundliche Frau mit dem freundlichen Lächeln einer zufriedenen Bäckereiverkäuferin füllte mir einen großen Becher mit Kaffee, den ich mit nach draußen nahm. Ich frühstückte in der geöffneten Heckklappe und betrachtete Rubi, wie sie ihr Futter aus dem Napf fraß.
Ein Vater ging mit seiner kleinen Tochter an der Hand vorbei.
„Papa ...?" fragte das kleine Mädchen.
„Ja?" seine Stimme klang tief und sehr männlich.
„Papa, hier juckt es ..., " sagte sie, mit einem leidenden Tonfall in ihrer Stimme.
„Wo juckt es?" fragte der Vater.
„... hier ...,"wiederholte das Mädchen, ohne auf die juckende Stelle zu zeigen.
„Kannst Du mir mal zeigen, wo ‚hier' ist?" forderte er seine kleine Tochter geduldig auf.
„Na hier ...", drängte die Kleine, und ihr Tonfall wurde noch leidender, aber weiter ohne jeglichen Hinweis auf die juckende Stelle.
Die tiefe Stimme des Vaters wurde nun forscher:
„Wo ist denn ‚hier'? Am Arm, Kopf, Bauch, Bein ...?"
„Na hier ...", nölte das Mädchen und machte eine ungeduldige Kreisbewegung um ihren Kopf herum.
Der Vater nahm seine kleine Tochter lachend auf den Arm und kitzelte sie liebevoll.
Sie gluckste vor Vergnügen.
Ich schaute den beiden hinterher. Es war beneidenswert, wie leicht und schnell die Probleme des kleinen Mädchens gelöst wurden und ihre Welt damit für eine Weile wieder in Ordnung war.
Ich brachte der freundlichen Bäckerin den leeren Kaffeebecher

zurück und erkundete etwas die Umgebung.
Sète schien eine beschauliche Kleinstadt zu sein, die vermutlich von Touristen überquoll, wenn in der Saison das sonnige Badewetter die Menschenmassen an die flachen, weitläufigen Strände der Lagune und des Mittelmeeres lockte. Ein Badeparadies für Liebhaber des seichten Wassers und langweiligen Wellengangs und für Familien mit Kleinkindern, deren Strandburgen und Sandkuchen nicht gleich in der nächsten Welle untergehen sollten.
Ich fuhr weiter auf kleinen Straßen mit vielen Rissen und Schlaglöchern und suchte die nächstbeste Ausfahrt aus diesem Ort.
In einiger Entfernung vor mir senkten sich rot-weiß gestreifte Bahnschranken, ich ließ den Wagen ausrollen, bis ich vor dem geschlossenen Bahnübergang zum Stehen kam.
Auf den Gleisen tat sich erst einmal gar nichts, sondern schaute ein wenig gelangweilt in der Gegend herum. Seitlich von mir blieb mein Blick auf einem Häuschen mit einer verwitterten, schmutzig weißen Putzfassade hängen. Es lag etwas zurück in einem verwilderten Garten, in unmittelbarer Nähe zur Bahn. Ein aus Felssteinen gelegter Weg führte in einer Schneise durch das hoch wuchernde Gras zum Hauseingang, einer massiv-hölzernen, blau gestrichenen Stalltür, von der die stark verwitterte Farbe abblätterte.
Das Anwesen sah aus wie ein geschrumpfter Bauernhof, bei dem irgendwann die Bahnschienen mitten durch das Grundstück gelegt worden waren.
An diesem Verkehrsknotenpunkt aus Schienen, Bahnschranken und Straße strahlte das kleine Gehöft eine ruhige, leicht verkommene Idylle aus.
Plötzlich ertönte ein lauter Knall, und die Haustür flog krachend auf!
Ein Mann in T-Shirt und Jeans stürmte in wilder Flucht aus dem Haus und durch den Garten zur Straße.
Er humpelte und war barfuß. Eine Hand presste er auf das Bein. Es blutete stark.

Mit panischem Gesichtsausdruck verharrte er für den Bruchteil einer Sekunde auf dem Gehweg und blickte hektisch hin und her. Da die Bahnschranken immer noch geschlossen waren, ergriff er die Flucht in die andere Richtung.
Ich hatte die Situation noch gar nicht richtig erfasst, da tauchte ein zweiter Mann auf. Mit hochrotem Kopf und wütenden Gesichtsausdruck blieb er dicht neben meinem Auto stehen. Ich wollte zunächst meinen Augen nicht trauen, denn der Mann trug in seiner Hand einen ziemlich großen Trommelrevolver, und die Waffe sah nicht nach einem Spielzeug aus!
Der Mann blickte zornig suchend herum und wurde schnell fündig. Er hob die Waffe und drückte ohne Zögern ab!
Mir stockte der Atem. Der Knall fuhr mir durch Mark und Bein, doch den wütenden Schützen ließ das Ganze ziemlich unbeeindruckt.
Ob er den fliehenden Mann erneut getroffen oder sogar auf der Flucht erschossen hatte, konnte und wollte ich nicht feststellen. Angesichts dieser großkalibrigen Waffe zog ich es vor, besser den Mund zu halten und einfach nicht da zu sein.
Ich hörte keinen Schrei, also schien die Flucht erfolgreich zu sein.
Der Revolverheld hatte zum Glück überhaupt kein Interesse an mir, er schien mich nicht einmal bemerkt zu haben. Er ließ seine Waffe sinken und kehrte achselzuckend in sein Haus zurück.
Ich konnte kaum glauben, was sich an diesem Bahnübergang, in einer kleinen Straße, irgendwo in Sète zugetragen hatte. Noch dazu am helllichten Tag!
Eine Rangierlok, die einen einzelnen Waggon schleppte, kreuzte langsam den Bahnübergang. Kurz darauf erlöste mich das metallische Gebimmel der hochgehenden Schranken aus meinem Zwangsaufenthalt in dieser bleihaltigen Idylle, die ich glücklicherweise ohne Durchschuss überstanden hatte. Ich startete den Motor und gab Gas. Rubi lag weiter entspannt auf dem Rücksitz. Die Natur hatte sie offensichtlich mit einem beneidenswert schussfesten Gehör und Gemüt ausgestattet.

Ganz im Gegensatz zu mir.

Nach diesem glücklicherweise missglückten Exekutions-Versuch hatte ich gegen eine kurzfristige Mental-Kur am lang auslaufenden Sandstrand mit dahinplätschernden Wellen nichts mehr einzuwenden. Ich parkte an einer geeigneten Stelle am Seitenstreifen, Rubi sprang aus dem Auto und rannte mit flatternden Ohren zum Wasser, welches in seichten Wellen auf den Strand schwappte. Ich folgte ihr mit müden Schritten, und der milde, warme Wind blies durch meine trüben Gedankenbilder.

Im Niemandsland des Strandes zwischen Straße und Meer ließ ich mich in den Sand fallen und hoffte auf die Gemüt erhellende Kraft der letzten Sonnenstrahlen des Tages.

Isabelle strich sich eine Haarsträhne aus ihrem verblassenden Gesicht, und Madeleines Gegenwart fehlte mir so sehr.

Ihre Stimme, ihr Geruch, ihre bedingungslosen Worte, ihre griffige Gänsehaut, ihre unkomplizierte Nähe ... Und der milde, salzige Wind trug meine Gedanken und Sehnsucht ... irgendwohin ins Nirgendwo.

Ich dachte an Annabelle und Louis. Ihr außergewöhnliches Leben folgte einer scheinbar so einfachen Regel, was sie alles meistern ließ. Sie liebten sich ohne Wenn und Aber.

Es wäre schön gewesen, wenn mir das auch gelungen wäre.

Die dahinplätschernde Ereignislosigkeit des Strandgeschehens beruhigte nicht nur, sie war auch ermüdend. Für diesen Tag reichte es, ich verspürte keine Lust mehr auf Weiterfahrt. Mein Zelt stand verlassen auf Jacques' Campingplatz, aber wenigstens hatte ich noch meinen Schlafsack.

Ich ging mit Rubi zum Auto zurück und genoss es, diese neugierige, fröhliche Hündin zu beobachten. Hunde sind in beneidenswerter Weise in jeder Situation sofort zu Hause, sobald sie jemanden begleiten können.

Dort wo ich war, wollte ich nicht im Freien übernachten oder im Auto schlafen. Ich fuhr los und schaute mich nach einem geschützten Schlafplatz unter freiem Himmel um. Meine Wahl fiel auf einen großen Parkplatz in direkter Nähe zum Meer.

Die Parkfelder waren in zwei großflächige Abschnitte unterteilt. Der vordere Teil war beleuchtet und nur ein paar Schritte von einem Spielcasino mit angrenzendem Restaurant und einem Mini-Supermarkt für späte Einkaufsmöglichkeiten entfernt. Vom hinteren, unbeleuchteten Abschnitt waren es wenige Schritte bis zum Strand.
Ich steuerte eine möglichst dunkle und ruhige Ecknische im hinteren Parkfeld an. Zwischen Hecke und Auto gut geschützt, entrollte ich meinen Schlafsack auf der Erde, für alles weitere setzte ich auf Rubis Qualität als Schutz- und Wachhund.
Das Parkplatzgelände war so gut wie frei von Autos, so schlüpfte ich entspannt in den Schlafsack.
Rubi zog den Autorücksitz dem Erdboden vor, ich verkeilte die Tür, damit sie über Nacht offen blieb.
Ich musste bereits tief geschlafen haben, als ich vom Lärm aufheulender Motoren, laut kreischender Bremsen, quietschen-der Reifen und lautem Knallen jäh aus dem Schlaf gerissen wurde. Verwirrt spähte ich durch die Hecke. Auf dem beleuchteten Parkplatz-Areal vor dem Spielcasino spielten sich dramatische Szenen ab:
Autos fuhren hin und her, umkreisten sich mit wild schlingernden, ausbrechenden Hecks und qualmenden Reifen. Ihre Motoren brüllten laut auf, von brutal durchgetretenen Gaspedalen auf Vollgas hochgetrieben. Von der Straße raste ein weiteres Auto auf den Parkplatz, bremste hart, die Türen flogen auf, hektische Schreie, einige Männer verschanzten sich hinter den aufgerissenen Türen, andere duckten sich hinter den Motorhauben ihrer Autos, und sofort begann eine wilde Schießerei!
Leider war das kein Filmdreh!
Ich hockte geduckt hinter der Hecke. Rubi hatte die Ohren gespitzt, blieb aber auf ihrem Rücksitz liegen.
Ich hörte das Sirren der Kugeln und ihr platzendes Einschlagen im Stahl der Autotüren und Karosserien.
Fensterscheiben barsten und unzählige Glassplitter ergossen sich zu einem silbrig schimmernden Glitzerteppich auf dem

Asphalt der Parkfelder. Ein wahnsinniges Geschreie, quietschende Reifen und Schüsse, immer wieder das trommelnde Knallen der Schüsse und unheilbringende Sirren der Geschosse. Es ließ sich nicht erkennen, worum es bei diesem Scharmützel ging, welches sich zum Glück in noch sicherer Entfernung vor meinen Augen abspielte. Es interessierte mich in diesem Augenblick aber auch nicht besonders.
Ich wollte nur unbeschadet aus dieser Nummer herauskommen. Das war alles, was in diesem Moment zählte.
Trotzdem verspürte ich überhaupt keine Angst, denn dazu war mein Gemütszustand nicht mehr fähig.
Auf keinen Fall wollte ich aber auf eine so uncoole Art sterben: Bei einer Bandenschießerei zufällig von einem tödlichen Querschläger getroffen oder als zufälliger Zeuge entdeckt und beseitigt, tödlich perforiert hinter der Hecke eines Parkplatzes, in einem Badeort mit Kleinkind-gerechten Stränden und plätschernden Wellen.
Aber genauso schnell, wie sich diese Gewaltorgie fast aus dem Nichts heraus brutal entlud und eskalierte, beruhigte sich die Lage auch wieder: Die Revolverhelden sprangen zurück in ihre Autos und rasten in unterschiedlichen Richtungen davon. Aus einem Seitenfenster feuerte ein erhobener Arm noch ein paar Schüsse in die Luft, dann wurde es still. Eine gespenstische Ruhe machte sich auf dem verlassenen Schlachtfeld breit.
Vorsichtig traute ich mich aus meiner Deckung hoch.
Ich konnte keine Menschen auf dem Boden liegend erkennen, also schien es zumindest keine Toten gegeben zu haben. Ob jemand bei der wüsten Schießerei verwundet worden war, hatte ich in dem wilden Gefechtslärm nicht mitbekommen, und es war mir ziemlich egal, denn ich wollte einfach nur weg. Weg von diesem Parkplatz, weg vom Meer und vor allen Dingen weg aus Sète.
Ich schmiss meinen Schlafsack ins Auto und gab Gas.
Ich ließ das Meer hinter meinem Rücken zurück, verließ in einem Stück Sète und tauchte ein in die Dunkelheit der Nacht mit ihren kurvenreichen Straßen.

Ein leises Gefühl beklemmender Vorahnungen stieg in mir auf. Es schien, als ob seit meiner Flucht vor Madeleine und seit dem überstürzten Abschied von Annabelle und Louis die lebensbejahenden Geschichten und Begegnungen kippten und dafür die kalten Seiten und Einschläge des Lebens bedrohlich näher rückten.

Die Innenbeleuchtung meines Autos hatte ihren Geist aufgegeben, ich durchwühlte mit einer Hand den Schuhkarton vor dem Beifahrersitz, um irgendeine Kassette herauszugreifen und abzuspielen.

Ich mochte die musikalischen „Blind Dates", denn auf diese Weise kam ich ab und zu in den Hörgenuss des einen oder anderen Titels, der schon in die Nische der Nichtbeachtung abgetaucht war. Genauso gut konnte sich aber so ein Griff auch als musikalischer Albtraum entpuppen, etwa, wenn man an einen Kassetten-Mix eines gutmeinenden Bekannten geriet, der nicht gerade gut tat.

Mein Griff in die musikalische Dunkelheit zerstreute die düsteren Gedanken und trieb mir das Grinsen ins Gesicht, denn ausgerechnet „I Can Help" von Billy Swan ertönte aus dem Mono-Lautsprecher. Ich hörte dieses fröhliche Liedchen nicht allzu häufig, obwohl es mit seiner fließenden und unbeschwerten Melodie besonders beim Autofahren gut zu ertragen war. Aber es war schon komisch, nach den letzten Ereignissen, die lebensgefährlich hätten enden können, im Zufall der Dunkelheit ausgerechnet dieses Lied aus einem Karton zu fischen, in dem ein netter Mann mit freundlicher Stimme seine Hilfe anbietet ...

Das Mondlicht spiegelte sich im Wasser der Rhône, und der Verlauf ihres Flussbetts wurde zu meinem treuen Wegbegleiter. Unablässig fraß ich am Autolenkrad Kilometer auf Kilometer. Im Morgengrauen erreichte ich Lyon. Die Straßen dieser sonst chronisch verstopften Stadt waren fast leer. Es war noch zu früh für Staus in diesem Knotenpunkt Frankreichs, das Dröhnen meines Motors hallte einsam zwischen den rußgeschwärzten Mauern und Häuserfassaden.

Mir war überhaupt nicht nach Großstadt.
Ich folgte einer Seitenstraße in Richtung Osten, die so aussah, als würde sie auf schnellem Wege der Morgensonne entgegen aus der Stadt hinaus führen. Bald durchfuhr ich wieder ländliches Gebiet. Nach einer Weile führte mich der Weg an einen größeren Flussarm, vielleicht auch die Rhône selbst.
Mein Zustand war durchgeschwitzt, klebrig und müde.
„Warum nicht?" dachte ich und suchte nach einer günstigen Stelle, von wo ich den Fluss zu Fuß erreichen konnte. Ich stieß auf einen Feldweg, der zu einem Acker und mehreren Weiden führte und parkte dort.
Ich lief mit Rubi das kleine Stück zum Fluss hinunter und ließ mich an der Uferböschung ins dichte, saftige Gras fallen. Bevor mich die bleierne Müdigkeit endgültig in ihre Gefangenschaft nahm, zog ich kurzentschlossen meine Sachen aus und sprang in den Fluss.
Das Wasser war eiskalt, ein gewaltiger Urschrei entlud sich aus meinem Inneren und brachte den Krakatau-Vulkan erneut zum Erbeben.
Schwimmend zitterte ich einige Kreise im Wasser und tauchte sogar ein paarmal unter. Zu meiner Verwunderung war mir Rubi sogar gefolgt, und ich war begeistert von ihrem eleganten Schwimmstil. So watschelnd ihre Gangart an Land auch war, geradezu grazil mutete ihre Fortbewegung im Wasser an.
Ich fror erbärmlich. Die Erfrischung im Fluss reichte, ich schwamm zum Ufer zurück. Als meine Füße wieder festen Grund ertasteten, watete ich aus dem Wasser heraus. Der moddrige Schlamm, der unter meinen Füßen im bräunlich trüben Wasser nachgab, fühlte sich eklig an.
Mit meinem T-Shirt trocknete ich mich ab.
Rubi hatte inzwischen auch wieder das Ufer erreicht und schüttelte in meiner unmittelbaren Nähe ausgiebig ihr Fell trocken.
Also noch einmal mit dem feuchten T-Shirt abtrocknen.
Ich gab Rubi etwas Futter und zog ein nicht mehr ganz sauberes, aber dafür trockenes T-Shirt aus meinem Rucksack.

Die Wiesen und Felder versteckten sich noch unter den Schleiern aus Bodennebel und Morgentau, ich genoss für einige Augenblicke dieses idyllische Bild der Ruhe.
Nach Lyon zog mich nichts zurück, also folgte ich der Route weiter flussaufwärts und fuhr einige Kilometer durch nebelverhangene, schlafende Landschaften.
Aus dem nebulösen Nichts heraus tauchte vor mir eine monumentale Fabrik auf, die sich bei näherer Betrachtung und zu meinem Entsetzen als ein Atomkraftwerk entpuppte!
Noch dazu mit rauchenden Kühltürmen!
Was für ein erbarmungsloses Erwachen bescherte mir dieser so idyllisch begonnene Morgen. Zeigte nun der frühmorgendliche, alles sanft bedeckende Nebelschleier sein wahres Gesicht, nämlich eine hässliche Fratze mit radioaktiv angereichertem Rauch aus nuklearen Schornsteinen?
Und natürlich lag dieses strahlende Monstrum direkt an dem Fluss, in dem ich nur wenige Biegungen weiter gebadet und dessen Wasser ich zwischen meinen Lippen durch die Zähne gespritzt hatte.
Dieser Einschlag war nicht nur näher gekommen.
Das war ein nuklearer Volltreffer!
Außer mit den Füßen hatte ich noch nie zuvor in einem Fluss gebadet. Und dann gleich so was!
Nach erfolgreicher radioaktiver Verstrahlung und Ganzkörper-Verseuchung drohte mir jetzt, neben dem schmerzhaften, einsamen Sterben an gebrochenem Herzen, außerdem noch das Uran-angereicherte lethargische Dahinsiechen.
Ich war restlos bedient, und mir wurde auch schon seltsam warm, als ob ich von einem inneren Glühen erfasst wurde.
Rubi lag hektisch hechelnd auf der Rücksitzbank.
Sie war noch nicht ganz trocken vom belastenden Flussbad, und die Cäsium-Moleküle und Plutonium-Neutronen blinkten wie kleine Flöhe in ihrem feuchten Fell.
Ich drückte die Starttaste des Kassettenrecorders, und prompt bot mir der freundliche, musikalisch unerschütterliche Billy Swan seine Hilfe an. Trotz der dramatisch zugespitzten Gesamt-

situation musste ich grinsen.
Da konnte ich von einer Katastrophe in die nächste schliddern ..., der hilfsbereite Billy würde es schon richten.
Mir war noch nicht nach Heimkehr zumute, denn zu Hause würde mich früh genug die peinigende Apathie befallen, wenn die radioaktive Verstrahlung in meinem Inneren erst einmal auf Kurs gebracht war.
So hinterließ ich eine strahlende Fahrspur nuklearer Fingerabdrücke entlang der schweizerischen Grenze. Auf einen Abstecher in die klinisch reine Schweiz verzichtete ich aus ethischen Gründen.
Irgendwann verschwand die eidgenössische Alpenrepublik schließlich aus meinem Rückspiegel. Kilometer auf Kilometer durchquerte ich vermutlich atemberaubend schöne Landschaften, die ich mit keinem Blick würdigte.
Unaufhörlich hörte ich in einer endlosen Schleife wieder und immer wieder „Harvest" ...
Ich wusste nicht mehr, wo ich genau war und noch weniger, wie ich mich fühlte oder fühlen sollte.
Die Straße führte an einem See entlang.
Ich brauchte dringend eine Pause. Rubi auch. Also hielt ich an. Meine treue, pflegeleichte, immer freundliche Wegbegleiterin bellte aufgeregt und rannte zum See. Ich folgte ihr und erreichte über einen kleinen Trampelpfad das Seeufer.
Ich inspizierte die nähere Umgebung: kein Atomkraftwerk weit und breit.
Wir befanden uns an einem abgeschiedenen und naturbelassenem Fleck.
Ich holte aus dem Auto meinen Gaskocher, Wasser, Kaffee, Ravioli, Hundefutter und Schlafsack und machte es mir am Seeufer in der Sicherheit dieses kleinen, von Büschen und Sträuchern umgebenen Plätzchens bequem.
Ich füllte Rubi Futter in den Napf, und nachdem sie auch ihren Durst im See gestillt hatte, rollte sie sich zufrieden auf dem Schlafsack zusammen.
Ich aß meine aufgewärmten Ravioli aus der Dose und kochte

mir anschließend einen Kaffee. Es war wunderbar und ruhig, aber unsäglich trübe Gedanken lärmten in meinem Kopf.
Seit meiner Flucht vor Madeleine schlug das Schicksal Stück für Stück mit zunehmender Härte zu.
So etwas wie hoffnungslose Endzeitstimmung und tiefe Erschöpfung ergriffen von mir Besitz. Alles in mir und um mich herum versank plötzlich im Schwarz.
Als ich die Augen wieder öffnete, lag Rubi friedlich und dicht bei mir.
Die Wärme ihres Fells tat gut, denn ich fror. Es war dunkel, und ich hatte nicht die leiseste Ahnung, wie spät es war und immer noch nicht, wo ich mich genau befand, außer dass ich auf einer Decke lag, neben mir mein Hund, in der Dunkelheit einer tiefschwarzen Nacht, an einem See, irgendwo zwischen Besançon und der Schweiz. Zitternd rappelte ich mich hoch und hüllte mich in meinen Schlafsack.
Die Finsternis über dem See war gespenstisch, das Mondlicht spiegelte sich in der undurchdringlich stillen Wasseroberfläche. Die dunkle Tiefe des Sees ließ mir nur sehr wenig Spielraum für romantische Gedanken – und so blieb nur noch das Gruseln übrig.
Augenblicklich begann ich, mich mit dem Gedanken an eine vorbehaltlose Rückkehr nach Paris anzufreunden. Als ich mein Zimmer und Paris verlassen hatte, war es eine Flucht vor dem Ersticken, doch nun spendeten die Gedanken an meine Wohnung hauchzarte Luftzüge der Geborgenheit, wider den unheimlichen See.
Zügig raffte ich alle Sachen zusammen und ging zum Auto. Rubi trottete hinter mir her, und ich nahm auf dem Fahrersitz Platz.
Als ich die Tür zuschlug und den Motor anließ, war ich in Sicherheit.
Die Scheinwerfer durchteilten das Schwarz der Nacht.
Den Blick nach hinten vermied ich, weil ich nicht wissen wollte, was sich in der Finsternis in meinem Rücken alles zusammenbraute.

Die Straße war absolut leer.
Die Fahrt durch die Nacht füllte mein einsames Herz mit dem Nichts der Einsamkeit und sättigte es mit einer seltsamen, unbekannten Leichtigkeit.
Diese Leichtigkeit trug mich nicht auf direktem Weg nach Paris, sondern bis Mulhouse, kurz vor die französisch-deutsche Grenze.
Ich wollte Frankreich nicht verlassen und noch tiefer unter die eisige Decke meiner Vergangenheit kriechen. Ich blieb auf der linksrheinischen Seite und folgte dem Flussverlauf in nördlicher Richtung.
Ich suchte, fand und hörte endlich und immer wieder „Sweet Virginia" von den Stones.
Irgendwo am breit auslaufenden Rheinufer blieb ich stehen und stieg aus, um die Morgensonne zu begrüßen.
Ich setzte mich ins Ufergras, streichelte Rubi und beobachtete den träge fließenden Fluss.
Ab und zu tuckerte eines dieser sehr tief im Wasser liegenden Rhein-Binnenschiffe vorbei und sorgte für einen beachtlichen Wellengang.
Die Hektik der Menschen und das hysterische Tempo der Industrialisierung gehen an Flüssen schlicht vorbei. Selbst wenn bereits alles Leben in ihnen abgestorben ist, fließen sie gleichmütig weiter, es sei denn, man trocknet sie aus oder bereitet ihnen an einer Staudamm-Mauer den schleichenden Garaus.
Die Sonne meldete sich kraftvoll an und versprach einen klaren, milden Tag.
Ich stieg wieder ins Auto und folgte weiter dem Rhein.-
Hinter Colmar führte mein Weg schließlich durch Sélestat, ein kleines verschlafenes Nest im französischen Elsass. Die unaufgeregte Atmosphäre des Städtchens, der zentral gelegene Marktplatz mit dem großen Brunnen in der Mitte, luden zu einer Pause ein.
Am äußeren Rand des Marktplatz-Rondells stand das Wirtshaus, der eigentliche Mittelpunkt des Dorflebens:
ein großzügiges Fachwerkhaus mit hölzernen, gefächerten

Fensterläden im ersten Stock, und zu ebener Erde hinter einer breiten Glasfront mit einem Bistro und einer langen Theke ausgestattet.
Draußen standen unter freiem Himmel einige Sitzgruppen aus weißen Tischen mit orangefarbenen Plastikstühlen, und ich bekam Lust auf ein Frühstück in der Morgensonne.
Das Wirtshaus hatte geöffnet. Ich trat ein. Eine Frau sortierte hinter dem Tresen geschäftig Tassen und Gläser. Hier und da hauchte und polierte sie nach. Aus der angelehnten Tür zur Küche verriet lebhaftes Stimmengewirr und Geschirr-Geklapper emsige Betriebsamkeit. Alle schienen mit regen Vorbereitungen auf eine große Gesellschaft beschäftigt zu sein, die wohl im Laufe des Tages noch einkehren würde.
Ich bestellte bei der freundlichen und rundlich-gemütlich wirkenden Gastwirtin zwei Croissants und einen Milchkaffee. Ich nahm mein Frühstück in Empfang und setzte mich an einem der Tische in die Sonne. Keine Menschenseele hielt sich auf der Straße oder auf dem Marktplatz auf. Vereinzelte Autos parkten auf den Stellflächen rund um den Marktplatz herum. Zwei offensichtlich verwaiste, aneinander gekettete, rostige Fahrräder lehnten an einem Laternenmast.
Ihre Sättel waren rissig, und eines davon hatte einen Plattfuß. Die dampfende Kaffeetasse und der flache Teller mit den zwei Croissants vor mir auf dem Tisch waren der einzige Beweis dafür, dass das Städtchen nicht evakuiert und die be-riebsamen, fröhlich schwatzenden Menschen im Wirtshaus keine Einbildung waren.
Das Wasser im Brunnen plätscherte in Rinnsalen aus dem hohen, gusseisernen Mittelsockel vor sich hin.
Genauso war wohl auch das Leben hier, es plätscherte so vor sich hin und war bestimmt nicht allzu aufregend ...
Ich versuchte wieder einmal den idealen Biss in einen von Kaffee durchtränkten Croissant, als an einer großen Halle, wahrscheinlich der Gemeinde-Turnhalle, die in zweiter Reihe am Markt stand, plötzlich die Türen weit aufgestoßen wurden. Kurz darauf quoll eine Gruppe von mindestens einhundert

Trommlern aus dem Halleneingang heraus und marschierte zu zackig getrommelten Marschrhythmen strammen Schrittes zum Marktplatz.
Vorneweg schwang ein dicker Mann, in eine zu enge Uniform gezwängt, mit militärischer Würde den Tambourstab und gab den Takt vor.
Das trommelnde Fußvolk, Jung und Alt, Frauen, Kinder und Männer, folgte ihm im Gleichschritt, lautstark um einheitliches Trommeln und eifrig ums Marschieren bemüht.
„Wünschen Sie noch etwas, Monsieur?" fragte mich die Gastwirtin. Ich erschrak ein wenig, denn ich hatte ihr Herannahen nicht bemerkt.
„Oh, Pardon, Monsieur, ich wollte Sie nicht erschrecken", entschuldigte sich die freundliche Frau.
„Schon gut, es ist alles in Ordnung", beschwichtigte ich sie sogleich, „ich bin nur so überrascht von diesem plötzlichen Aufmarsch hier."
Die Wirtin lachte:
„Ja, damit können Sie nun wirklich nicht rechnen. Das sind die Proben für den Nationalfeiertag."
Sie zeigte hinüber zur Turnhalle:
„Sie finden immer dort drüben in unserer Turnhalle statt. Haben Sie noch einen Wunsch? Kann ich Ihnen noch etwas bringen, Monsieur? Ansonsten würde ich nämlich weitermachen mit den Vorbereitungen für nachher, wenn die Leute nach der Probe bei uns einkehren. Da haben wir mächtig zu tun."
Ich orderte noch einen Milchkaffee, und die nette Wirtin entfernte sich wieder.
Ich schaute ihr kurz nach. Ihre Bewegungen wurden von einer bemerkenswerten Leichtigkeit getragen, und der selbstbewusst wiegende Schwung ihres mächtigen Hinterns hatte dennoch etwas Graziles und Anmutiges, während sie in einer Hand ein lappiges Geschirrtuch schwenkte.
Das Trommler-Korps hatte inzwischen das Zentrum des Marktplatzes erobert. In straff geordneter Dreierformation marschierte es in einem fast lückenlos geschlossenen Kreis um

den Brunnen herum. Immer vorneweg der dicke Mann mit dem Tambourstab. Er schwitzte stark und gab mit hochrotem Kopf sein Bestes. Dicht vor ihm trommelte die letzte Reihe der gesamten Gruppe, hochkonzentriert um Gleichschritt und Takteinheit bemüht.
Hinter mir ertönte ein metallisches und hölzernes Klacken, und ich sah mich um.
Ein dickbauchiger Mann in weißem, ärmellosen Unterhemd und Hosenträgern öffnete die Fensterläden des mittleren Fensters im ersten Stock des Wirtshauses.
Er entrollte mit bedächtiger Sorgfalt eine Fahne in den französischen Nationalfarben Blau-Weiß-Rot und steckte das Tricolore-Banner mit pathetischer Geste in eine Fahnenhalterung neben dem Fenstersims.
Dann straffte sich der Mann und stand zwischen den geöffneten Fensterflügeln reglos stramm, die rechte Hand flach an sein Herz gelegt, während das Trommler-Bataillon mit unvermindertem Einsatz trommelte und im zackigen Gleichschritt um den Brunnen weiter Runde um Runde zog.
Ich grinste breit über das ganze Gesicht. Diese Szene war so unglaublich komisch, besaß aber gleichzeitig viel Charme und war an Liebenswürdigkeit kaum noch zu überbieten.
Erleichtert und auch dankbar lehnte ich mich zurück. Das Schicksal öffnete mir anscheinend wieder einen Türspalt zur freundlichen Seite.
Das Leben in Frankreich zeigte erneut seine frohe Lebensart, mit seinen bisweilen auch schrulligen Charakteren.
Ich lachte und streichelte Rubi durch ihr glänzendes, schwarzes, aufgeheiztes Fell. Die Sonne schien sehr warm, und ich legte meinen Kopf zurück, um die Sonnenstrahlen auf meinem Gesicht zu spüren.
Ich blinzelte, das grelle Sonnenlicht blendete mich, und meine Augen begannen zu tränen.
„... Es gibt das Glück der unglücklichen großen Liebe ..."
Ich wusste nicht, ob ich das laut gesagt oder nur gedacht hatte.
Ich schloss die Augen.

Die Kraft des Sonnenlichts ließ sich auch durch die geschlossenen Augenlider nicht aufhalten, und so wich die natürliche Verdunkelung einem grellen, lebensgierigen Rot.
Ich hörte, wie die Trommler unverdrossen weiter um den Brunnen herum marschierten, und ich war mir ganz sicher, dass der Mann immer noch in Unterhemd und Hosenträgern im geöffneten Fenster ausharrte. Reglos, mit strammer Körperhaltung, die rechte Hand aufs Herz gepresst, erfüllt von inbrünstiger Vaterlandsliebe.
Der Geist der französischen Revolution war allgegenwärtig, und die Bewohner dieses kleinen Städtchens waren stolz und freuten sich darauf, am höchsten Nationalfeiertag, diesen Geist der Freiheit zu zelebrieren.
Wie gerne hätte ich in diesem Moment mit Madeleine in der Sonne am Marktplatz gesessen und mit ihr gemeinsam diese patriotische Liebeserklärung der Dorfbewohner erlebt.
Meine Sehnsucht war schrecklich.
Wie viele Kilometer hatte ich inzwischen wohl zurückgelegt? Ich wusste es nicht. Der Kilometerzähler funktionierte schon seit geraumer Zeit nicht mehr. ... zehntausend Kilometer waren es wohl nicht ganz, das waren einfach zu viele ... eher, sagen wir mal ... neuntausendsechshundertvierunddreißig ...
Ja! Das kommt ungefähr hin, eine gute Zahl mit friedlichem Klang.
Aber neuntausendsechshundertvierunddreißig Kilometer hatten natürlich nicht gereicht, um dem Liebeskummer zu entkommen.
Es war noch schlimmer geworden, doch das war auch gut so ... denn der Schwerpunkt hatte sich entscheidend verlagert.
Neuntausendsechshundertvierunddreißig Kilometer können sowieso nie ausreichen, um den Schmerz einer verlorenen Liebe und die Trauer hinter sich zu lassen. Da fehlten noch ein paar ... es sei denn, man geht zu Fuß ...
Das Unglück der großen Liebe beschenkte mein Leben mit unerwartet reichhaltigen Begegnungen, Erlebnissen und Geschichten.-

In meinen Gedanken saß ich am geöffneten Fenster meines Zimmers.
Es war Blue Hour.

Ich trank einen Kaffee und rauchte eine filterlose Gauloise.
Rubi lag eingerollt unter meinem Bett.
Die nackte Glühbirne an der Decke brannte immer noch, und ich schaute hinunter auf die Straße und hinüber zum Bahnhof.
Am Abend würde ich ins Quartier Latin fahren und den „Caveau de la Huchette" aufsuchen.
Djamal fegte den Bürgersteig vor seinem Geschäft.
Ich konnte ihn von meinem Punkt aus nicht sehen, aber ich hörte das kratzende Bürsten seines Besens auf dem Asphalt.

Am Bahnsteig erkannte ich Madame Berlier und Pierre Mouton.
Wie ich gehört hatte, waren sie sich zufällig in einem Geschäft in Belleville begegnet. Madame Berlier stieß dem armen Pierre beim Verlassen des Geschäftes die Tür vor den Kopf. Sie versorgte die blutende Wunde an seiner Stirn – und nun waren die beiden ein Liebespaar.
Madame Berlier war nicht wiederzuerkennen.
Sie war buchstäblich aufgeblüht und trug modisch enge Kleidung mit Blumenmustern in kräftigen Farben. Sie sah sogar richtig sexy aus und alberte und kokettierte neckisch mit Pierre herum, während sie in aller Herrgottsfrühe auf den Zug warteten.
Pierre trug den Trenchcoat, den er damals Rudot, dem kleinen Gauner, im Krankenhaus abgekauft hatte.
Rumpelnd fuhr ein Zug im Bahnhof von La Garenne ein.
Zischend öffneten sich die Türen.
Vergnügt und händchenhaltend hüpften Madame Berlier und Pierre Mouton mit verliebter Leichtigkeit in den Zug.

Ich hielt Ausschau nach dem Hut mit der rosa Krempe.
Ich hoffte so sehr, sie würde einem der Waggons entsteigen.

Ich fühlte mein pulsierendes Herz und ertastete die kräftigen Schläge, die sich voller Lebensgier dem lauernden Tod entgegenstemmten und die eisigen Bilder meiner Erinnerung immer tiefer in die verblassende Gedankenwelt des Vergessens pumpten.
Vom Plattenspieler ertönte in moderater Lautstärke „Harvest", meine neueste Errungenschaft.

„Komm, ist gut jetzt", streichelte mich eine sanfte Stimme.
Ihre Worte klangen wie gehauchter Samt, und ich vertraute ihr. Ich spürte die erleichternde Glut der Tränen und blieb allein zurück mit meiner blauen Liebe.

Liste der in diesem Buch erwähnten Musiktitel (Interpreten)

Unchained Melody (The Righteous Brothers) –
Stairway to Heaven (Led Zeppelin) –
Black Dog (Led Zeppelin) -
One Bourbon, one Scotch, one Beer (George Thorogood) –
You are the Sunshine of my Life (Stevie Wonder) –
Rock around the Clock (Bill Haley & his Comets) –
Non, je ne regrette rien (Edith Piaf) –
Blowing in the Wind (Bob Dylan) –
Hey Joe (Jimi Hendrix) –
Faraway Eyes (The Rolling Stones) –
Sweet Virginia (The Rolling Stones) –
Love in Vain (The Rolling Stones) –
Harvest (Neil Young) –
Honky Tonk Woman (The Rolling Stones) –
All I need is the air (The Hollies) –
Exile on Mainstreet (Album/ The Rolling Stones) – Jolene (Dolly Parton) –
I am what I am (Gloria Gaynor) –
I want Muscles (Diana Ross) –
Death of a Clown (The Kinks) –
Angie (The Rolling Stones) –
The Wanderer (Dion & The Belmonts) –
Those were the Days (Mary Hopkins) –
Are You lonesome Tonight (Elvis Presley) –
I can help (Billy Swan)

Weitere Erwähnungen: Patricia Kaas – Lester Young – The Village People – ABBA – Queen – Bronski Beat – Cool & the Gang – Duran Duran – Donna Summer – Chic – Bee Gees

Anmerkung des Autors:

Es könnte sein, dass die in diesem Buch genannten Personen und Orte nicht nur fiktiv existieren, sondern real sind – wie die Blue Hour auch. Manches wurde so gelassen oder auch geändert, wenn es die reale Fiktion erforderte ... und ob Sie den ganzen Rest in diesem Buch glauben, das entscheiden am besten Sie selbst.

Aus unserem Verlagsprogramm

Nela und Philipp zieht es mit Ende fünfzig noch einmal fort, in die Provence, nach Südfrankreich.
Zuvor haben sie mit ihren drei Kindern in gemeinschaftlichen Projekten gelebt, in Deutschland und in Spanien.
Ihr Projekt mit Freunden in Südfrankreich scheitert schon bei der Ankunft.
Der Versuch, etwas Neues zu zweit zu finden, wird durch die Absagen für einen Kredit von den Banken durchkreuzt.

Als sie sich schließlich für einen restaurierungsbedürftigen Hof entscheiden, bemerken sie erst nach und nach, warum dieser so lange leer gestanden hat. Die folgenden Konflikte mit den sie umgebenden Einheimischen weiten sich zu einem Alptraum aus, der sie krank macht und ihre Beziehung bedroht. Durch die drei erwachsenen Kinder erhalten sie neue Orientierungen und Denkanstöße, um aus ihrem Labyrinth herauszufinden. Die verschiedenen Episoden ihres Lebens spiegeln die Entwicklung von Nela und Philipp wider und ihre Suche nach einem selbstbestimmten Leben.

Lionel Duroys autobiografischer Roman beginnt mit der Besatzung der Deutschen in Frankreich im Zweiten Weltkrieg. In dieser Zeit heirateten die Eltern. Der Vater hatte außer dem adligen Namen weder Beruf noch Vermögen, die Mutter aber wollte ein Leben in den besseren Kreisen. Lionel, im Roman William, ist das vierte von 10 Geschwistern, und alle erleben sie den Abstieg einer Familie in der Nachkriegszeit, die aus den Luftschlössern, die der Vater seiner Frau versucht zu erschaffen, ins Nichts stürzt.
Zugleich mit der atemberaubenden Geschichte dieser Familie erhalten wir einen Blick auf die politische Entwicklung Frankreichs vom Algerienkrieg bis zum Mai 68 und darüber hinaus bis 2010. William folgt bis zum Erwachsenwerden der Perspektive der Eltern, die auf Seiten Pétains und gegen die Résistance waren, auf Seiten der putschenden Generäle gegen De Gaulle, und die im Mai 68 aus Angst vor einer bolschewistischen Regierung nach Australien auswandern wollten. Langsam erfolgt das Erwachen des jungen Mannes, der die Welt nicht kennt und entdecken muß, dass sich der Kummer seiner Kindheit in sein erwachsenes Leben und seine Liebesbeziehungen frisst. Als Journalist bemüht er sich um die Aufarbeitung der Kollaboration und die Bewältigung der kolonialen Unterdrückung, reist in Krisengebiete wie den Balkankrieg und wird dort immer wieder mit seinem eigenen Kummer konfrontiert.

Philipp, ein junger Mann aus Berlin ohne berufliche Perspektive, entschließt sich nachzuholen, was sein Vater ihm immer versprochen hatte: eine Reise durch Spanien auf den Spuren des Bildhauers Eduardo Chillida. So rau wie das Meer, an dem er die Skulpturen Chillidas findet, ist die Stimme Xenias, in die er sich verliebt und die ihm immer wieder entgleitet, denn sie begeistert sich für die Protestbewegungen.

Philipp will dem Drama seiner Kindheit auf die Spur kommen. Sein Vater war bei einem Flugzeugunglück ums Leben gekommen, und seine Mutter zog mit dem 12-Jährigen nach La Gomera. Die Sprachlosigkeit seiner Mutter, die Feindseligkeit der spanischen Umwelt und seine eigene Verschlossenheit tauchen auf der Reise wieder auf.
Durch Chillida lernt Philipp, auf seine Intuition zu hören und Geduld zu haben mit sich selbst, bis er weiß, in welche Richtung seine Wünsche ihn führen.
Cornelia Becker gelingt es, die Spanienreise, die Kindheit Philipps in den 80er Jahren auf La Gomera und das Leben Eduardo Chillidas im franquistischen spanischen Baskenland sensibel miteinander zu verflechten. Wie Chillida suchen auch Philipp und Xenia danach, trotz widriger Zeiten dem Weg der eigenen Leidenschaft zu folgen.

Franziska hat eine Krebsdiagnose erhalten, von der sie niemandem erzählt. Sie will sich nicht in die Maschinerie der herkömmlichen Medizin begeben, die sie durch ihren Beruf und den Krebstod ihres Mannes kennt. Doch mit der Begegnung einer jungen Frau verläuft die Reise anders als geplant. Amira gibt sich als Schauspielerin aus, sie ist unangepasst und will das Leben genießen. Sie führt Franziska in Spielkasinos und teure Lokale.

Franziska entdeckt, dass die Krankenschwester-Mentalität dazu geführt hat, eigene Wünsche und Bedürfnisse zu vergessen.

Amiras beharrliche Fragen helfen Franziska, sich von ihrem toten Mann zu verabschieden, mit dem sie seit Jahren Gespräche führt, und sich auf eine neue Liebe zu einem jüngeren Mann einzulassen.

Doch die Krankheit und die Angst vor dem Tod folgen ihr immer wieder.

Elke Vesper beleuchtet mit Sensibilität, Tiefenschärfe und Witz die Geschichte zweier gegensätzlicher Frauen, die sich auf den Weg machen, festgelegte Rollen abzulegen und sich selbst zu entdecken.

Livres imprimés sur des papiers labellisés
- *Certification garantissant une gestion durable de la forêt* -
Fabriqué en France

Achevé d'imprimer sur les presses du
Centre Littéraire d'Impression Provençal
Le Rove - France
www.imprimerieclip.fr